大师精华课系列

文学
原来很有趣

16位大师的精华课

郑伟 著

LITERATURE
IS VERY
INTERESTING
THE ESSENCE OF 16 MASTERS

清华大学出版社

北京

内 容 简 介

本书选取了世界文学史中较具有代表性的16位文学大师，把他们的文学思想、文学作品、人生经历以一种通俗易懂又趣味横生的方式介绍给读者。这16位文学大师将会带领读者畅游于浩瀚的文学星海，一点一点揭开文学的神秘面纱，让读者感受到文学的多样魅力。

《文学原来很有趣》的重点不是教读者去了解文学的体裁和文学的类别，而是逐步引导读者与文学进行"对话"，感受文学作品之中的情感内涵，其目的不是让读者学会赏析文学，而是让读者学会用文学进行表达。

图书在版编目（CIP）数据

文学原来很有趣：16位大师的精华课 / 郑伟著 . —北京：清华大学出版社，2023.11
（大师精华课系列）
ISBN 978-7-302-62403-5

Ⅰ . ①文⋯　Ⅱ . ①郑⋯　Ⅲ . ①文学－通俗读物　Ⅳ . ① I-49

中国国家版本馆 CIP 数据核字 (2023) 第 016301 号

责任编辑：刘　洋
封面设计：徐　超
版式设计：方加青
责任校对：王荣静
责任印制：宋　林

出版发行：清华大学出版社
　　　　　网　　　址：http://www.tup.com.cn，http://www.wqbook.com
　　　　　地　　　址：北京清华大学学研大厦 A 座　　　邮　　编：100084
　　　　　社 总 机：010-83470000　　　　　　　　　邮　　购：010-62786544
　　　　　投稿与读者服务：010-62776969，c-service@tup.tsinghua.edu.cn
　　　　　质 量 反 馈：010-62772015，zhiliang@tup.tsinghua.edu.cn
印 装 者：大厂回族自治县彩虹印刷有限公司
经　　销：全国新华书店
开　　本：148mm×210mm　　印　　张：8.875　　字　　数：206 千字
版　　次：2023 年 11 月第 1 版　　印　　次：2023 年 11 月第 1 次印刷
定　　价：79.00 元

产品编号：086710-01

序言

文学的魅力千般万般，你喜欢的是哪一种？

是莎士比亚的人文主义戏剧，是泰戈尔的乐观主义诗作，是鲁迅先生对现实的尖锐批判，是贝克特笔下的荒诞文学，还是马尔克斯所讲的魔幻与现实？

如果这些都不能满足你，你还可以去浩瀚的书海中探索，虽然会花费些时间，但终究会找到让你如醉如痴的文学作品。

从文字诞生时起，文学之花便悄然绽放，在数千甚至上万年的历史演变中，文学经历了低谷与高潮、落寞与复兴、衰弱与强盛。但在时间长河的淘洗与冲刷下，文学之花却从未凋零、败落。

文学是浪漫的。被封建时代扼杀的杜丽娘，遇到了肯为自己冒险的柳梦梅，最终挣脱了封建牢笼，粉碎了时代枷锁，获得了美好爱情。

文学是凄凉的。利欲熏心之下，麦克白残杀无辜，陷人民于水火，最终在恐惧与猜疑之中，落得个妻子自杀、众叛亲离、自己身死的下场。

文学是幽默的。从天而降的百万英镑，让亨利一下子从地狱来到天堂，担忧、兴奋、恐惧、坦然，亨利的内心如过山车一般。两位富翁仅用一张百万英镑的大钞，就欣赏了一出幽默滑稽的"真人秀"表演。

文学是荒诞的。两个流浪汉在等待戈多，戈多是谁？为什么要等他？如果有人知道这些问题的答案，等待便不会持续下去，遗憾的是，没人知道戈多代表什么，所以这等待还会一直持续下去。

文学是残酷的。狂人和其他人不一样，所以他被认为是"有病的"，怎么才能治好这种病呢？跟别人一样就好了。但狂人看到周围的人都在吃人，他不想这样，所以只能以绝食来拒绝被救治。但这样做好像并没什么用，因为狂人的妹妹没了，她可能被藏在了狂人自己的饭菜里。

一千个读者眼中就有一千个哈姆雷特，用这句话来描述文学，是再合适不过的。在汤显祖的《牡丹亭》中，有人看到的是杜丽娘的一片痴情，有人看到的则是柳梦梅的敢作敢为；在鲁迅先生的《阿Q正传》中，有人觉得阿Q是在装疯卖傻愚弄自己，有人则认为阿Q只是在寻一种自己的活法。对文学作品的解读不同，我们所获得的感受也会有所不同。

文学可以让人哭，让人笑，让人体味到人生百态，感受到生命的残酷或美好。从这一角度来说，文学是有趣的。

文学就如浩瀚的星海，想要将其盛装到一本书中，显然是难以实现的，但摘选星海中最亮的星，以独特的方法巧妙连缀，也能编织出一幅别样的星海奇景图。《文学原来很有趣》就是这样一本闪烁着奇妙光彩的图书。

本书选取了世界文学史中较具有代表性的16位文学大师，把他们的文学思想、文学作品、人生经历以一种通俗易懂又趣味横生的方式介绍给读者。这16位文学大师将会带领读者畅游于浩瀚的文学星海，一点一点揭开文学的神秘面纱，让读者感受到文学的多样魅力。

《文学原来很有趣》的重点不是教授读者去了解文学的体裁和文学的类别，而是逐步引导读者与文学进行"对话"，感受文学作品之中的情感内涵，其目的不是让读者学会赏析文学，而是让读者学会使用文学的表达手法。

希望这本书能够带给读者一种别样的文学体验，请翻开这本书，开始你的文学星海遨游之旅吧！

引言

顾悠是中文系大一新生，由于从小就酷爱文学，所以报考专业时毫不犹豫选择了汉语言文学。但是真正步入大学生活之后，顾悠才明白，原来兴趣并不能当饭吃，即使自己对文学有着巨大的兴趣也没有敌过索然无味的大学生活，什么热爱可抵岁月漫长，都是传说。顾悠每天过着教室—食堂—宿舍三点一线的生活，没有任何波澜和起伏，着实无趣。

顾玄是顾悠的哥哥，两人就读于同一所大学，只不过顾玄修读的是哲学专业。与妹妹一样喜好文学的顾玄，经常来找她"蹭课"。

这一天，顾悠正坐在教室里发呆，耳边突然传来了哥哥的声音："顾悠，发什么呆呢？"

"要你管，你说为什么大学生活如此无

聊，和我想象中的完全不一样。"顾悠没好气地说道。

"原来我的妹妹是太无聊了呀！最近我在学校发现了一个好玩的地方，特别适合我们这些'文化人'，要不带你去玩玩？"

"你肯定在骗人，咱们学校我都已经逛遍了，还有什么地方是我不知道的？"顾悠并不相信顾玄的鬼话。

"真的有，不去保准你后悔。"顾玄再三保证道。

这时顾悠的同班同学蒋兰兰凑了过来："什么好玩的地方呀？能不能带我也去见见世面？"

"当然可以，我正好跟那里要了三个名额，咱们三个一起去吧！"顾玄说道。

顾悠见蒋兰兰也想去，于是便答应下来，还没好气地对哥哥说："顾玄，要是敢骗我，你就死定了！"

说罢，三人一起向着那个"神秘又好玩"的地方走去……

顾玄带着顾悠和蒋兰兰走出教学楼，穿过教学楼后面的一片小树林，来到一处满布爬山虎的高墙的前面。

"顾玄，这里只有一面墙，哪里有什么好玩的地方？你又在搞恶作剧是不是？"顾悠有些生气地说道。

顾玄好似并没有听到妹妹的话，也没有辩解，只是耸了一下肩膀，走到这堵墙前面，将上面的爬山虎叶子扒开，这些树叶的下面居然隐藏着一扇小门，门上刻着四个大字："寒暄书院"。

顾悠和蒋兰兰都极为讶异，没想到学校居然还有这样一处神秘的地方。

顾悠对从小经常捉弄她的哥哥还是不放心："这个门不会是你自己装上的吧！其实里面什么都没有。"

"顾悠，你过来推开试试，看你英明神武的哥哥到底有没有骗你？"顾玄自信地说道。

听到顾玄这样说，顾悠半信半疑地走向那扇门，使劲一推，门开了……

目录

第十六章

马尔克斯主讲"魔幻现实主义" / 255

第一章
汤显祖主讲
"中国古典戏剧"

本章通过四个小节讲述汤显祖的创作历程以及他对中国古典戏剧的贡献。中国古典戏剧无论取材还是呈现形式都是非常广泛的，而这种广泛就体现在了汤显祖大量的经典著作中，了解这些著作，是走入中国古典戏剧文学世界的一个途径。

汤显祖（1550 年 9 月 24 日—1616 年 7 月 29 日）

字义仍，号海若、若士、清远道人，中国明代戏曲家、文学家。出生于江西一个书香门第，早年中进士后步入官场，后辞官回乡隐居。他精通中国古典诗词，最大成就则是戏剧创作，作品《牡丹亭》《紫钗记》《南柯记》《邯郸记》等深受中国人民喜爱，近代以来更获得世界范围内的广泛赞誉。

第一节　取材广泛的中国戏剧文学

门内散发出的强烈光芒令顾悠下意识闭上了眼睛。光芒散去，等她缓缓睁开眼睛，看清门后的一切时，不禁惊讶得一句话都说不出来，而身后的蒋兰兰早就看直了眼，两个人就这样傻傻地站在门口……

小门的后面竟然是一个礼堂，里面还有不少学生在听讲座。讲台上站着一位头戴幅巾、胡子花白、面容和蔼的老者，这不是明代大戏曲家汤显祖吗？一下子接收到如此多的信息，怪不得顾悠和蒋兰兰会惊讶得一动不动。

"门口的三位同学，进入我们寒暄书院可是有时限的，再不进来门就要关了。"汤显祖老师将了将自己的胡子，笑眯眯地对还傻在门口的顾悠等人说道。

"啊，是真的，会动还会说话！"顾悠激动得大喊大叫起来。

"哈哈哈……"那些已经落座的学生看到顾悠如此模样都纷纷大笑起来。

"你就别丢人了，快点吧，老师开讲了。"顾玄满脸尴尬，提溜着顾悠找了个座位坐了下来，蒋兰兰紧跟其后落座。

顾悠刚一坐定，汤显祖老师就开始说话了："不知道同学们有没有在大学校园里邂逅过一段美好的爱情呢？大家能否说一下对爱情的看法？"

"生命诚可贵，爱情价更高，真爱至上！"人群中响起一个嘹亮的声音。

"说的不错，爱情作为主题的故事总是能让老夫感动得老泪纵横。"汤显祖老师边说边用长长的衣袖作擦眼泪状。

"老师真是性情中人，怪不得能写出《牡丹亭》《紫钗记》那样以爱情为主题的旷世奇作。"刚坐下的顾玄不忘称赞老师。

汤显祖老师微微一笑："谢谢夸奖。的确，我的这两部得意之作都借助了爱情这个伟大的人类情感。一部好的作品很大程度上都得益于好的题材，也正是因为爱情这样永不过时的主题，才能让它们在长达四百年的时间里一直活跃在舞台上。"（见图1-1）

图 1-1　永不过时的爱情主题

"同学们，你们都看过'临川四梦'或者听过由此改编的戏曲吗？谁能简单介绍一下？"

汤显祖老师刚说完，蒋兰兰就站了起来，她的"小才女"的称号可不是白得的。

"第一梦为《牡丹亭》，杜太守之女杜丽娘，天生丽质，多愁善感，一日踏春归来，心中想起先生所授'窈窕淑女，君子好逑'，情丝萌动，困乏后倒头睡于后花园床上，忽见一儒雅书生邀请她前去牡丹亭作诗，两人互诉衷肠。杜丽娘醒后寻不见书生，方知大梦一场，之后几次前往牡丹亭寻人未果，后抑郁而终。其游魂与书生柳梦梅相见，发觉彼此正是梦中爱人，杜丽娘因爱获重生。其父得知后，不相信女儿复活，并认为柳梦梅也是妖怪所化，便奏请皇上将其斩首。最终杜丽娘通过照妖镜验明正身，果真是真人。于是皇上下旨让亲人相认，成就了圆满结局。

"第二梦为《紫钗记》，陇西才子李益游学长安，他年过弱冠未娶妻，托媒人鲍四娘寻良人。鲍四娘有心把自己的徒弟霍小玉介绍给李益，在得知小玉元宵节将去观灯后，便通知李益前往。当天，小玉头上的紫钗不慎挂至梅树梢掉落，恰被李益捡到，小玉回来寻找时与李益相遇，两人一见钟情，便结为夫妇。后来李益高中状元，权贵卢太尉欲招其为婿，李益不从，卢太尉便从中作梗，将李益软禁，使二人不得相见，误会加深，最终两人在黄衫客的帮助下得以相见，重归于好。

"第三梦为《邯郸记》，八仙之一吕洞宾要度化一个人成为扫花使者，一日在邯郸见仙气升腾，便在此地寻访，刚好与书生卢生相遇。两人入客栈闲谈功名事，卢生颇有建功立业之心，吕便巧施计让卢生入梦。梦中卢生偶遇崔小姐，与之结为百年之好。后又高中状元，上阵杀敌，战功赫赫，却被奸臣所害，银铛入狱，发配广南鬼门关，妻儿不得相见。所幸沉冤昭雪，加封赵国公，权倾朝野，享尽荣华富贵，然最终因纵欲而得病，归天而去。卢生惊醒后，黄粱米饭尚未煮熟，才知是黄粱一梦，吕洞宾告诉他，他的妻子崔氏及五个儿子俱是他胯下的驴子、店中的鸡儿、狗儿所变。卢生遂幡然醒悟，跟吕洞宾回去做了扫花使者。

"第四梦为《南柯记》，唐代东平游侠淳于棼胸怀大志，因酒失官职，闲居扬州城外，常和朋友在庭前的古槐树下饮酒。一天，淳于棼去孝感寺听经，偶遇三个美貌女子，他见一人所持凤钗犀盒奇异，便上前搭讪。淳于棼回家后与友人饮酒，烂醉入梦，忽听车铃响，被使者扶上车，向古槐穴下驶去。原来那三个女子是蚂蚁所化，来为国王的女儿瑶芳公主选婿。淳于棼就这样做了'大槐安国'（蚂蚁国）的驸马，与公主恩爱有加，后任南柯太守，政绩卓著。公主死后，他又被召还宫中加封左相。他权倾一时，淫乱无度，加之奸臣陷害，终被驱逐。淳于棼醒来知是一梦，在契玄禅师度化下出家，最终与公主的幽魂重晤。"

蒋兰兰讲完后，大家都还沉浸在剧情中。顾悠先回过神来，眼里满是崇拜地看着汤显祖："老师，你太厉害了，想象力天马行空，不拘一格。"

"不止这些，我概括得比较简洁，原著读来更是曲折婉转，引人入胜呢。"蒋兰兰也崇拜地说道。

"老师，你是怎么做到的呢？我写文章的时候，都要愁死了，怎么才能像你一样才思敏捷，下笔如有神呢？"一个学生问道。

"好的作品需要好的题材支撑，有了好的题材在写作时就会得心应手。中国戏剧是对中华传统文化的一种传承，有着悠久的历史，戏剧艺术多以国人喜闻乐见的历史故事、宗教故事、民间传说、时事新闻为主要内容。从文学角度看，很多文学体裁都对戏剧文学产生过深远影响，如笔记小说、传奇小品、说唱话本、古典诗词等，都是历代戏剧作家的巨大取材之地，当然我也是这样。"汤显祖老师说道。

"拿'临川四梦'来说，这四部作品中的故事，都是我在已有的小说、话本的基础上改编的，《紫钗记》是以唐小说《霍小玉传》中主要人物和故事主干为原型，《牡丹亭》是据明人小说《杜丽娘慕色还魂》改编而成，《南柯记》的题材来源是唐人李公佐的传奇小说《南柯太守传》，而《邯郸记》则取材于唐朝沈既济的传奇小说《枕中记》。而以梦写实的虚幻手法也不是偶然出现的，早在先秦时期的《诗经》中就有写梦的痕迹。可以说，我的戏剧作品是在对传统的继承和自身的感悟中逐渐形成的。因此，同学们在写作中也可以通过借鉴他人的作品打开思路，而最关键的是你如何将借鉴而来的内容完全变成自己的东西，达到更高的水平，也就是我最为推崇和强调的创新。"汤显祖老师继续说道。

"中华传统文化几千年生生不息、绵延不绝，展现出无与伦比的生命力，这种源远流长和连续的传承发展正是得益于历代人民群众社会实践的推动和思想家们的概括提炼，这之中最离不开的就是创新。此外，很重要的一点是要融入个人独特的阅历和真实情感，要与时代社会背景密切相连。"汤显祖老师强调道。

"嗯嗯，老师说得太对了，这些故事之所以哀怨动人、备受喜欢，很大程度上就是其中的情感非常真实，使得故事题材更加丰富也更能引起人们的共鸣。"蒋兰兰附和道。

听完蒋兰兰的发言，教室里响起了掌声，而汤显祖老师的第一堂课就在掌声中结束了。

第二节　古典戏剧创作的规律

第二天傍晚，顾玄找不到顾悠，便在女生宿舍楼下等待。高大帅气的顾玄瞬间吸引了很多女生的目光，顾悠经过时，看到哥哥在搭讪美女，觉得丢人，不由加快了脚步，不曾想还是被顾玄看到了。

顾玄一把抓住她的胳膊："小丫头，看见我居然不打招呼！"

"你这不忙着嘛，我怎么好打扰你的'大事'。"顾悠心不在焉地说道。

"好了，不跟你计较了。你跑到哪去了？不知道今天还要去'上课'吗？"

"上课？我晚上没有课啊。"

"你，你忘了昨天汤显祖老师……"

"啊，我还以为是做梦呢？居然是真的，那还不快走？"说着顾悠拉起哥哥的手就疯跑起来，完全不像平时淡定的样子，两人俊男美女的组合也引得其他人频频回头。

两人到时，汤显祖老师已经开讲了，蒋兰兰早就给他们占好了座位。

"上节课我们主要讲了'临川四梦'中的故事题材，今天我们来了解一下戏剧的形式。所谓戏剧，现在一般解释为戏曲、话剧、歌剧、舞剧等的总称；而戏剧文学的载体剧本，则是指供戏剧舞台演出用的文本，是一种与小说、散文、诗歌并列的文学体裁。'临川四梦'既然是戏剧文学，那么据此编排的戏曲、话剧等就可称为戏剧。"

"戏剧文学有什么特点呢？"顾悠托着下巴提问。

"戏剧文学的创作说到底都是要为舞台戏剧表演服务，因此也受到戏剧特征的制约。众所周知，戏剧有三大特征，即综合性、直观性、集中性，戏剧文学的基本特点与之对应：第一点是舞台性，包含两方面的内容，一是时间、空间、人物的集中性，二是人物形象的行动性，必须具有强烈直观的内心动作性和外部动作性；第二点是语言要简洁易懂，必须口语化、动作化、性格化。戏剧文学不能像其他的文学作品类型那样，需要读者思索想象甚至品味很久才能理解。"汤显祖老师解释道。

"正是因为这些原因，戏剧作品不仅要有情节，还要根据主题、矛盾、人物性格等精心安排情节，而这就是戏剧文学的'结构'。尽管任何文学形式都要组织好结构，但结构对于戏剧文学来说尤为重要。戏剧文学的结构形式有两种划分方式，一是划分为三个阶段，包括起（开端）、身（转折）、尾（结局）；二是划分为四个阶段，包括起（开端）、承（发展）、转（高潮）、合（结局）。以'四段论'为例，分量最大、最主要的部分是'发展'，在这一部分，主要人物、事件、冲突都将体现出来，戏剧矛盾要越来越尖锐，人物个性也要越来越鲜明，各处伏笔，相互呼应，细节渲染，虚实相济，为之后高潮的到来做好铺垫。"汤显祖老师继续说道。（如图1-2所示）

图1-2 戏剧文学的结构形式

"除了结构上，戏剧文学还有哪些特殊的地方呢？"又一个学生问道。

"上一节提到过，我们中国传统文学的诸多体裁都对戏曲文学产生过影响，其中古典诗词的影响颇深。古典戏曲文学创作的主要格式就是韵文，文字表达讲究句式、韵辙、平仄等，戏剧作家要富有诗情词情，要擅长运用借景抒情的文学手法，而这正是受古诗词的影响。不过在我看来，一味地讲究曲牌格律而削足适履，反而会让作品本身失去意义。就像一个美妙女子，穿粗布衣服能衬托出她的美貌，穿华丽的衣服也能与其人交相辉映，但如果服饰过于雍容华贵，反而会适得其反、喧宾夺主。"汤显祖老师不紧不慢地说道。

"嗯，是这样的，我就有过这样一段经历。"顾玄边点头边说道。

"请说出你的故事。"汤显祖老师一脸看好戏的样子。

"之前，我们隔壁班转来一个很朴素的妹子，我觉得她长得清纯又可爱，于是就请顾悠帮忙递了情书，后来就发展成了男女朋友。可是好景不长，我们在一起之后，她就变得只知道买各种衣服、买鞋子、买饰品，把自己打扮得跟千金大小姐似的，我就觉得她完全没有以前漂亮可爱了。"顾玄惋惜地摇头。

"喜新厌旧可不好，咱们上节课刚说了真爱至上，感情不是儿戏，要认真对待。"汤显祖老师一本正经地教育顾玄。

"老师，您的作品中就很好地体现了您说的'不一味地讲究曲牌格律而削足适履'呢！"一个学生的感慨将大家的思绪拉了回来。

"当然，也就是因为如此，'临川四梦'在我的那个时代一度被看作'问题作品'。"汤显祖老师略显惆怅地说道。

"啊？什么意思？"还没等老师说完，顾悠就迫不及待地发问了。

"实际上，有不少作家、学者指责过'临川四梦'中存在的音律问题，这种争议概括来看主要包括三个方面，即曲牌失律、滥用方言、用韵不谐。今天，借着这个机会，我刚好想在这里为自己辩解一下。"汤显祖老师似乎想借这个机会好好反驳一下。

"众所周知，余姚腔、弋阳腔、昆山腔与海盐腔并称为明代南戏四大声腔，我创作'临川四梦'时，正逢明朝万历年中期后，那时昆山腔的影响范围逐步扩大，海盐腔在江浙等地逐渐淡出，且在善于歌唱的音乐家魏良辅等人革新南曲的倡导下，昆山腔在曲唱形式上已相当成熟完善。不过，临川并没有处于戏曲声腔革新变化的中心地带，虽然我对曲牌的使用规则依照的是昆腔中强调的'依字声行腔'，但在使用曲牌时，我根据表现内容的需要，在符合文辞要求的范围内对曲牌旋律做了一些扩张和收缩，这引起了当时一干文人的强烈不满……"汤显祖老师越说越激动。

"等等，老师，我有点听不懂，曲牌旋律的收缩和扩张是什么意思？"汤显祖老师说的一系列专业词汇弄得顾悠丈二和尚摸不着头脑。

"曲牌是传统填词制谱用的曲调调名的统称，也是昆曲中最基本的演唱单位，其音乐结构和文学结构是统一的，曲牌由词发展而来，就是你们所熟悉的'词余''长短句'。所谓'依字声行腔'就是腔调要跟着字走，遵循严格的四定：定调、定腔、定板、定谱，演员个人不可随意发挥。而扩张和收缩，正是为了增加灵活性而创作的带有添声、犯调、减字的作品，我所遵循的原则是'句字转声，表达曲意'，也就是说唱字之间自然转换，完整地表达句子的意思即可，不必刻意遵循上面的规则。因为按照我的想法，歌诗者要可以自由地歌，唱曲者要可以尽情地唱。"汤显祖老师解释道。

"那您这算是戏剧创作形式上的一大创新吧？"顾悠问。

"创新倒谈不上，只能算是不囿于传统的一个小突破吧。"

汤显祖谦虚地表示。

"此外，我还在作品中大量使用方言，方言的用韵和当时的文学用韵有很大区别，因此用韵的不规范也引发了诸多文人的不满。这不满的原因就是因为地域问题，我在作品中多用临川方言，但他们中的多数都是苏州、吴江等地人，对临川音系十分陌生，对临川方言的发音方法、用语特点不了解，因此完全无法理解。"汤显祖老师颇为无奈地说道。

"老师，为什么要在戏剧作品中使用方言呢？"一个学生问。

"方言的使用可以使戏剧更加具有特色，以'临川四梦'为例，其中并不是所有的角色都是方言演唱，主要角色旦、生用中州韵演唱，念白则用官腔，也就是当时的'普通话'，用韵基本规范；而次要角色净、丑、贴等多用临川音韵演唱，临川方言念白，可谓雅俗皆备，独具特色，这也是我认为'临川四梦'的最特别之处。"汤显祖老师解释道。

"啊，原来如此，这就是所谓的雅俗共赏。"蒋兰兰附和道。

汤显祖老师微笑地点了点头。这时，刚好到下课时间，顾悠恋恋不舍地来到汤老师身后，脑子里还回想着课堂上丰富的文学知识。

第三节　文学内容比形式更重要

课前，汤显祖老师将顾玄叫到了另一个房间，不一会儿，两个人在同学们惊诧的目光中走了进来。

只见，汤显祖老师穿着顾玄的破洞裤子、宽松卫衣，戴着夸张的项链，配上一顶鸭舌帽，再加上那丝毫不搭的大胡子，看起来很是搞怪；而顾玄就更好玩了，完全就是历史书上汤老师的那身装扮，但他还是迈着吊儿郎当的步伐，完全没有文人气息，反而看起来有些滑稽搞笑。

"哈哈哈，哈哈哈，汤老师，你……你们要笑死我吗，顾玄你快……脱下来吧，别玷污了老师的衣服……"顾悠在座位上笑得东倒西歪。

"非常奇怪吗？"汤显祖老师带着笑意问道。

"不是非常，是非常非常非常……哈哈哈……"蒋兰兰也笑得上气不接下气。

"上一节，我们简单讲了戏剧创作的形式，强调了戏剧创作要敢于突破传统，打破常规，根据实际情况做出灵活改变。当然，不仅在文学创作上如此，很多事情都应如此。相信通过之前两节课的学习，大家对'临川四梦'以及戏剧都有了一定的认识，今天，我们就走进作品，深入了解其中的内容。"在笑声中汤显祖老师开始了今天的课程，大家也都止住笑，端正坐好。

一个皮肤白皙的男生举手提出了疑问："老师，其实我有一个问题，《牡丹亭》《南柯记》《邯郸记》都是以'梦境'贯穿始终，但《紫钗记》却不是如此，为什么也会被称为'四梦'之一呢？"

"《紫钗记》中虽然没有以梦作为故事主线，描绘梦境的篇幅很少，但是梦在故事中起到的作用是不可忽视的。例如，最为著名的一梦《晓窗圆梦》中的一折，卧病在床的小玉梦到身着黄衫的侠客送鞋，这表明小玉在爱情遇阻后渴望夫妻团圆的心理，揭示了小玉从一而终、对爱情无比执着的倔强，另一方面也与下文黄衫客的出现相呼应。可以说，梦境是整个故事结构的点睛之笔，既丰富了人物形象，也使得起承转合过渡更自然。"汤显祖老师解释道。

看同学们听得很认真，汤显祖老师话锋一转："现在你们看我，还是觉得很奇怪吗？为什么都不笑了？"

"单纯看还是会觉得奇怪，但只要老师一开始讲课，我们就完全不会注意您到底穿的是什么了。"顾悠回应道。

"这就是我今天想说的重点——内容比形式更重要，形式上的不规整只会引起短暂的阅读不适，只要有实质性的内容，就经得起反复推敲。文学创作就是如此，外在的形式只是作品分类的一个硬性标准，是小说、古诗、剧本或者其他，都不重要，重要的是内容，没有内容，形式就成了华丽的外衣，这样的作品是成不了文学经典的。"汤显祖老师终于说到了重点。（如图1-3所示）

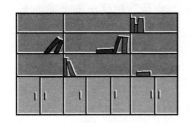 

图1-3　内容比形式更重要

"对啊，一个内心丑陋的人再怎么打扮也不会让人真心倾慕。"刚才那个提问的男生突然说了这么一句。

"那，谁能说说'四梦'中有哪些内容触动了你呢？"汤显祖老师突然发问。

一个可爱的小女生站起来，慢悠悠地说道："《紫钗记》中最为经典的两个形象是霍小玉和黄衫客，正如本剧《题词》所说：'霍小玉能作有情痴，黄衫客能作无名豪。馀人微各有致。第如李生者，何足道哉！'霍小玉虽名为王府之女，实际上身份卑微，其母不过是霍王的一名歌姬。这种环境下长大的她是谨小慎微的，然而与李益相遇后，却变得勇敢，无所畏惧，这正是爱情的力量。她把自己生存的价值和生命的理想全都与爱情联系在一起，对丈夫无比关怀和信任，即使在她认为丈夫负了自己的情况下，也毫无怨言，只是将定情信物卖出所得的钱财抛洒于苍茫大地，这样忠贞而痴情的女子实在难能可贵。而黄衫客的豪侠仗义行为既成全了有情人的团圆，又对破坏李、霍婚姻的卢太尉的丑恶行径予以了警示，表达了对现实的失望，殷切地呼唤着社会的良知。"

"嗯，每部作品中都有那么几个灵魂人物，他们身上所展现出来的精神和美好品质就是这部作品的灵魂，即内容的精华。"汤显祖老师总结道。

"老师，我能说说《牡丹亭》吗？我最喜欢这一部了。"另一位同学举手道。

"当然可以。"汤老师肯定道。

"我认为相较于《紫钗记》，《牡丹亭》的女主人公有了更多的反抗意识。杜丽娘是一位官家小姐，其父是太守，在当时的时代背景下，官宦家庭中的封建思想更甚，礼数教条颇多，但她却偏要追寻个性自由和爱情自由，并甘愿为此付出生命的代价，这样的勇气实在让人佩服。杜丽娘说她一生的爱好是天然，'这般花花草草由人恋，生生死死随人愿，便酸酸楚楚无人怨'，意思大致为对于美好的事物想爱就爱，爱了就要生死相随，即使死了也无怨无悔。杜丽娘也正是这么做的，体现了人物思想和行动的统一，也是这一形象最出彩的地方。杜丽娘作为'情'的化身，为情而死，为爱重生，揭示了至情超越生死的伟大力量。"这位同学声情并茂地描绘道。

"情不知所起，一往而深，生着可以死，死可以生，生而不可以死，死而不可复生者，皆非至情也，人如此，物亦然。"汤显祖老师感慨道。

"《南柯记》……"顾悠迫不及待地跳了起来，总看别人出风头让她心里很不是滋味，这次她可是做足了功课的。

"与前两梦不同，《南柯记》最主要的主人公是一名壮志未酬的男子，淳于棼虽然落魄于扬州，但并不甘心失败，他是一个积极入世者，渴望建功立业、荣华富贵。曾经的他意气风发，自视甚高，认为自己'人才本领，不让于人'，风华正茂之年，必能有所成就，前途无量。随着时间的推移，尽管想法未变，但现实却远非想象中那般，他已是被弃者，且已过而立之年，仍名不成、婚不就。他客居扬州，无家可归，无法享受到亲人热土的情感慰藉，随着时间的推移，一种连带着孤独、苦闷、绝望的恐惧感将他紧紧包围着，精神上的寄托之地和心灵的归宿之所都已经丧失。这时，淳于棼只有借酒浇愁，排遣苦闷，在这一过程中，主观情思开始转变为梦幻，他为自己营造了一个美好梦境，在无意识中实现了平生理想。"顾悠说道。

"与《牡丹亭》中歌颂的'至情'不同，淳于棼要做的不是单纯追求情爱，而是要从世俗凡情中抽离出来，从深邃的痛苦中顿悟，实现自我超越，挣脱万般束缚抵达自由之境，最终明白'世间一切苦乐兴衰，南柯无二，等为梦境'。"顾悠又补充道。

"我来说《邯郸记》！"顾悠话音刚落，顾玄就急不可耐地接住了话茬儿。

但不巧的是，下课时间到了……

第四节　作家在创作过程中的成长

今天的汤显祖老师恢复了以往的打扮，看上去儒雅稳重，与昨天那身衣服比起来确实少了些年轻感。"上节课有三位同学很详细地阐述了前三梦中的主人公的特点和作用，今天接着讲最后一梦。"他说道。

"我来。"顾玄迅速站了起来。

"《邯郸记》的主人公也是一位颇具凌云壮志的男子，他渴望功名利禄，荣华一生，但是他所面临的现实和理想差距太大，因而一出场就感叹自己时运不济。在吕洞宾的引导下，卢生梦中娶高门女，高中状元，披挂上阵，屡立战功，中途虽被小人陷害，但最终还是完成了生平鸿志，持将相家，封妻荫子。但是仔细来看，卢生的梦中60年并非那么顺利美好，他基本都生活在别人的控制之中。这种控制就是从与崔小姐相遇开始的，当然，面对崔小姐的'逼婚'，他完全可以拒绝，但代价是见官府，思量之下他还是选择了'屈服'，这样既可以免除官府拷问，又能抱得美人归，还能享受荣华富贵，何乐而不为呢？然而被迫的、强权的婚姻，也预示着卢生进入了一个非常矛盾和尴尬的境地——他看似拥有了权力，但实际上却是别人给予的，他不能选择也没有能力选择。"顾玄说道。

"婚后，卢生与崔小姐十分恩爱，过着锦衣玉食般的生活，在这样的日子消磨下，他心中的理想早已没了踪影，更加无意于功名仕途，但是崔小姐却执意让他赶考，卢生不得不从。家庭经济地位的悬殊决定了崔氏的意见在两人的婚姻中处于主要地位，也正是这种差距无意间激发了卢生的斗志，只有考取功名他才能在崔家拥有一定的地位。卢生到达京城后，便开始攀附权贵，这也并不是他的本意，而是在妻子雄厚的财力和家庭地位下被迫产生的对权力的渴望。卢生想要获得权力，从而得到社会的认可，也得到妻子及其家人的认可。"顾玄继续说道。

"这些无奈再加上奸臣的陷害以及最终纵欲过度而亡的结局，种种悲欢离合让卢生清醒地意识到官场社会的腐败肮脏，高官厚禄一生荣华又有何用，与禽兽为伍，受功名所累，历尽辛苦满身污秽，到头来还是一场空，于是幡然醒悟，追随吕洞宾远离了尘嚣，与《南柯记》相比，《邯郸记》批判色彩更强烈，是最清醒的一梦。"顾玄娓娓道来。

"说得非常好，不禁勾起了我创作时的回忆，实际上剧中人物的情感历程、心理刻画、理想追求反映的正是作者本身，从《牡丹亭》到《南柯记》，也正是我的思想转变历程。"汤显祖老师有些激动地说，"这四梦，前两梦讴歌人间至情至爱；后两梦揭露人间恶情，感叹人生似梦。"（如图1-4所示）

"我出生于物华天宝、人杰地灵的江西，家中四世习文，祖父笃信老庄之学，父亲倾心儒学。年幼时我曾师从徐良傅学习古文词，也曾拜泰州学派罗汝芳为师，接触心学。1561年，12岁的我目睹广东流兵进攻家乡，从那时起，我就暗暗下定决心，长大之后定要做个忠君报国的大英雄。我最崇拜的就是家乡名将谭纶，一直想找机会一睹他的风采。大家应该都有追星的经历，用现在的话说，我就是他的崇拜者。青年时期，我开始有了出仕为官，兼济天下的追求。1571年，21岁的我在乡试中以第八名中举，会试时不幸落榜。"汤显祖老师动情地说道。

图1-4　人物思想转变历程

　　"我前前后后共参加过五次科举考试，毫不夸张地说我有半生都是在备考与考试中度过的。在参加第三、四次会试之前，当朝首辅张居正都曾邀请我与他的儿子结识，但我这人脾气太倔，断然拒绝了他，这就导致了这两次会试均未通过。直到万历十一年（1583年），34岁的我才得中进士。"汤显祖老师略显伤感地说道。

　　"我一心想做一个恪尽职守、勤政为民的好官，拒绝了多个官员拉帮结派的邀请，却因此只能做个闲职，升升降降，丝毫发挥不了作用，最后还因为直言上谏而被贬谪，当时的我对黑暗的官场、对所崇尚的儒家政治失去了信心，便毅然辞职回到了家乡。二十余年的仕途沉浮让我逐渐从一个满腔热血、渴望为官报效国家的有志者变成了郁闷失望、精疲力竭的失志者。万历二十六年，回归田园之后，我开始信奉佛教思想，逐渐有了出世的想法。再之后，我的长子去世、我被冠上莫须有的罪名、尊崇之人自杀、好友死于狱中，这一连串的打击使得我出世之心更加坚定。"汤显祖老师说着情绪有些激动。

大家脸上露出些许担忧，都用关切的眼神看着他。

气氛有点凝重，蒋兰兰适时转移了话题："那老师您再给我们说说这些在作品中是如何体现的吧。"

"瞧瞧，都这么大年龄了还是这么容易'动情'，"汤显祖老师自嘲地笑笑，平复了一下情绪继续说道，"《紫钗记》创作于我在南京任职期间，那时的我也算经历了人生的大起大落，虽已经感觉到科举制度、官场的腐败，但仍心存希望，因而《紫钗记》中的情不仅代表着儿女之情，也代表着我渴望能够在官场有所作为的希望，其中李益的遭遇也映射了我的一些经历，这是春天之梦，像一个载满希望的风筝，摇晃着飞上蓝天，但又十分脆弱。

"《牡丹亭》的具体创作时间我自己也说不清，因为时间跨度太长了，不过大部分是远离官场之后完成的，其中包含的情感思想是极为复杂和矛盾的，既有着对'情'的深刻总结，以'至情'反对'天理'（程朱理学），反对封建教条，也有着对官场的强烈控诉，而最深处仍带有强烈的儒家功名之念，这是一个剖析自己的忠贞和追求，炽热的仲夏夜之梦。"汤显祖老师继续说道。

"《南柯记》和《邯郸记》中都有明显的佛道思想，现实中追寻无果后，试图借助梦境实现欲望，但梦醒后又觉虚幻、迷茫。这两部作品都以主人公被度化为结局，明显地体现了佛道避世的消极思想，但是并不意味着我心中已经没有了忧心天下、寻求清平世界的政治理想，这些自始至终都是我用心追求的，只是我因为在官场遭遇打击后才不得已萌生了退隐之心，从佛教思想中寻求心灵的慰藉。可以说《南柯记》从对真情的讴歌转向了对'矫情'的忏悔，热情还未消失殆尽，是一个秋天的失落之梦。"汤显祖老师解释道。

"《邯郸记》是在经历了长久的困惑之后，从情和梦的纠缠中挣脱出，透过哲学的沉思，回归沉寂，是一个冬天的冰之梦，着重表现的是如我一般有功名欲望和政治理想的士大夫在丑恶的政治中走向幻灭和觉醒的过程，同时也强调了情爱对于人生的价值。"汤显祖老师说道。

听完汤显祖老师的讲解，大家更加深刻地体会到这几部作品的精彩之处，也感受到了中国戏剧文学的博大精深，以及戏剧本身的非凡意义。

吴梅在《四梦传奇总跋》中对四部传奇的总体评价是："紫钗，侠也；还魂，鬼也；南柯，佛也；邯郸，仙也。"但是，成人、成鬼、成仙、成佛终归离不开一个"情"字。

第二章
莎士比亚主讲
"人文主义戏剧"

本章通过四个小节讲述与汤显祖同时期的莎士比亚的创作经历和文学风格。作为西方古典文学代表人物之一，莎士比亚的人文主义戏剧至今仍在世界有极大的影响力，了解西方戏剧文学，探索西方作家的精神世界，有助于我们更进一步了解文学发展的脉络。

莎士比亚（William Shakespeare，1564 年 4 月 23 日——1616 年 4 月 23 日）

英国杰出的戏剧家、诗人、人文主义学者，欧洲文艺复兴时期最重要、最伟大的作家之一，被后人尊称为"莎翁"。他一生作品以戏剧成就最高，代表作有《罗密欧与朱丽叶》《哈姆雷特》《李尔王》《麦克白》等，被翻译成多种语言在世界各国广为流传。

第一节　戏剧文学在欧洲的发展

顾悠小心翼翼地推开那扇小门，这时教室已经坐满了人，讲台上不再是穿着长衫的汤老师，而是一个留着齐肩卷发，穿着大领黑衫的外国绅士。

"顾悠，快过来。"蒋兰兰冲着她小声喊道。

顾悠在她身边坐下小声嘀咕道："上面是哪个老师啊？怎么发型、穿着都这么奇怪？"

"你不认识？"蒋兰兰诧异地看着顾悠，随手将一本书翻到了有画像的一页给她看说："就是他。"

"莎士比亚？这也太大牌了吧？"顾悠情不自禁地喊了出来，声音大得引得台上的老师都看了过来。

"哈哈，这位同学不要这么惊讶！"莎士比亚老师笑着挑了挑眉毛。

"我听说，前几节课你们跟着汤显祖老师学习了关于中国戏剧的一些内容，不知道你们对于欧洲戏剧有没有了解呢？"莎士比亚老师开门见山地点出这节课的主题。

见没有人站起来回答，场面十分安静，莎士比亚老师也只是微微一笑，小胡子也跟着一翘一翘的："好吧，既然同学们都不是很了解，那就由我来说吧。西方戏剧发端于古希腊，并在古罗马时期得到发展。在公元前 4 世纪，古希腊文明就孕育了光辉灿烂的戏剧。"说到这里，莎士比亚老师微微一顿，脸上露出了神往的表情："像古希腊喜剧之父阿里斯托芬的《骑士》、古希腊悲剧之父埃斯库罗斯的《被缚的普罗米修斯》、索福克勒斯的希腊悲剧典范《俄狄浦斯王》这些，都是十分伟大的戏剧作品。而古罗马戏剧主要则是在古希腊戏剧的基础上发展起来的，喜剧是希腊式的人情喜剧，悲剧则分为神话剧和历史剧。"

"我之前在一本书上看到过说悲剧在古希腊语中的意思是'山羊之歌'，据说是因为那时候人们在演出之前都会用山羊祭祀，因此得了这个名字。但是关于古希腊悲剧的起源，如今较被认可的是'酒神狄奥尼索斯祭祀说'，老师，您怎么看？"蒋兰兰提出了自己一直以来藏在心里的疑问。

莎士比亚老师对她的提问赞许地点了点头，稍微沉思了一会儿，走到讲台边上说道："西方戏剧的雏形虽然出现极早，但戏剧艺术在欧洲发展却相当迟缓。尤其在教会统治时期，也就是所谓的中世纪，欧洲戏剧发展进入了黑暗时代，戏剧艺术在整个欧洲都极其衰微。"（如图2-1所示）

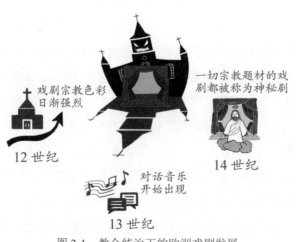

图2-1　教会统治下的欧洲戏剧发展

"当时，教会规定了七种宗教仪式，以至于当时的人一生基本都要在宗教的制约之下生活，各种习惯习俗都有宗教的烙印，很多节假日都带有浓烈的宗教色彩，也是在宗教仪式——复活节的庆典中，一种与宗教密切相关的戏剧开始兴起，它们多以《圣经》教义为题材。

"不过，宗教剧的发展也是不平衡的，欧洲各地都有宗教剧，如英国的神秘剧、法国的奇迹剧、意大利的圣剧、西班牙的劝世短剧等。约从13世纪起，欧洲各地的教堂礼拜中，由圣歌咏唱发展而来的对话音乐开始出现，后来发展为歌剧艺术中宣叙调的源头，到14世纪，一切宗教题材的戏剧又都被称为神秘剧，中世纪宗教戏剧的演进明显地体现了由神到人的发展。"莎士比亚老师系统地讲述了宗教剧的起源。

顾玄见莎士比亚老师完美地回答了蒋兰兰的问题，突然想搞个恶作剧为难一下他。莎士比亚26岁之后的人生基本都沉浸在创作中，他对自己所处时代之前的欧洲戏剧如数家珍，那么对与自己同时代的戏剧是什么观点呢，顾玄顺势提问："那么，您能说说在您所处的文艺复兴时期，戏剧发展有什么样的特点呢？"

"你问的正是我接下来要讲的重点内容，文艺复兴为戏剧发展带来了新的曙光，开创了欧洲戏剧的新时代。正如黑格尔的那一句感叹'中世纪的艺术是沉了的夜色，文艺复兴的艺术是新吐的曙光'。"莎士比亚老师之前的笑容一直是淡淡的，脸上像蒙着一层阴郁的雾，在说到文艺复兴的时候，他的眼睛里爆发出强烈的光彩，眼睛里的雾也散了，台下的每一位同学都可以感觉到他的兴奋与颤抖，他继续说着："在这一时期，形式上，欧洲近代戏剧性质得以确立，从古希腊古罗马喜剧的诗、舞综合性的形态样式开始走向分离，演变为科白剧、歌剧以及舞剧；精神上，则将古希腊罗马文化与中世纪基督教文化进行了一定程度的融合，'神化'思想逐渐淡化，科学理性精神更加深入人心。另一方面，人性在戏剧中有了更丰富的体现，杂合了更多戏剧表现的技巧，大大地增加了戏剧舞台本身的表现力。"

"您当初为什么选择戏剧作为一生的追求？"顾玄追问。

"我与戏剧的缘分就像是天生注定一样。在我出生前几十年，宗教改革的浪潮就席卷了整个欧洲，我出生的前一年，以英国圣体剧为代表的中世纪基督教戏剧艺术完全陨灭，大批富有人文主义气息的新一代戏剧家开始活跃在完全不同于街头巷尾露天演出的固定剧场里面，也正是在这样的剧场中我与戏剧开始了不解之缘。"莎士比亚老师微笑中带着怀念，似是在回忆一段甜蜜的过往。

莎士比亚老师腼腆一笑："实际上，在我 10 岁左右时对戏剧表演就已经非常熟悉和感兴趣了。我出生于英国沃里克郡埃文河畔斯特拉福镇的一个市民家庭，父亲是杂货商，生活还算富裕，7 岁时我被送到镇上的文法学校念书，掌握了一些写作技巧和知识，这段求学经历为我之后从事文学创作打下了基础。那时候，我的家乡小镇就经常有一些旅行剧团来表演，我常常跑去观看，久而久之就对戏剧表演越来越熟悉，并产生了浓厚的兴趣。后来，我结婚之后来到伦敦谋生，戏剧在这里正在快速流行，也因此产生了很多相关职业，我就跟随潮流到剧院去谋差事，这时候才算真正近距离接触戏剧，我从马夫、杂役做起，再后来进入剧团成为演员和编剧，最终成为剧院的股东。"

"这也太励志了吧！没想到莎士比亚老师身上还有这么一段草根逆袭的传奇经历。"一个坐在后排的小眼镜男生激动地说了一句。

"哈哈，'草根逆袭'，我喜欢这个词。因为正是这些经历让我有了更加丰富的人生。其实，一个人做自己喜欢的事情时，就不会觉得付出、努力是辛苦的，反而会享受其中，这样不知不觉间，就能有所收获。当然，找到这样的事情并不那么简单，但是你们还小，人生才刚刚开始，要相信一切皆有可能，记住感谢经历，相信未来。"莎士比亚老师鼓励台下的学生道。

从寒暄书院出来，顾悠还在回味着莎士比亚老师讲课时的样子，他的博学多识深深吸引了她，让她脸上不禁露出了沉醉遐思的表情。

刚巧这时顾玄扭过脸来看到了，赶紧推了一下蒋兰兰："你看，顾悠那迷迷瞪瞪的样子，哈哈……"

顾悠回过神来，抄起一本书向顾玄丢去："去你的，有你求我的时候！"

"哎呀，你们俩怎么天天闹啊，真是欢喜冤家。"蒋兰兰在一旁劝不住，无奈地说道。

三个人吵吵闹闹地向宿舍楼走去，阳光将他们的身影深深浅浅地印在了地面上。

第二节　自然而真实的戏剧文学

朱丽叶（顾悠）：我的耳朵里还没有灌进从你嘴里吐出来的一百个字，可是我认识你的声音；你不是罗密欧·蒙太古家里的人吗？

罗密欧（蒋兰兰）：不是，美人，要是你不喜欢这两个名字。

……

顾玄刚一进来，就看见顾悠和蒋兰兰在表演《罗密欧与朱丽叶》中的片段，引得众人围观，笑声不断。

"你们表演得也太假了吧？根本都没有感情！"顾玄毫不客气地指出。

"你行你上啊，别说风凉话！"顾悠回怼道。

"这可是你说的，我要是比你们演得好，你得给我买一个星期早餐，送到我的宿舍楼下，敢不敢赌？"顾玄来了兴致。

不知何时，莎士比亚老师悄悄走了进来，悄悄看着台上的表演。

"呀，老师来了。"不知谁喊了一声，大家纷纷回到了自己的座位上。

"我有这么可怕吗？"莎士比亚老师温柔一笑，"刚才顾悠和蒋兰兰演得真好，我还没看够呢。"

听到老师的称赞，顾悠极其得意地看了顾玄一眼，说道："谢谢老师夸奖。"

"顾玄，你说说戏剧创作和表演最重要的是什么？"莎士比亚老师问。

"我们都知道戏剧的要素有多种，包括舞台说明、戏剧动作、戏剧场面、戏剧情境、戏剧悬念、戏剧冲突、戏剧结构、人物台词等，这些不管是在剧本创作时，还是在舞台表演上，都是非常重要的，哪一步做不好，都会产生不利影响。戏剧虽只是'戏'，是虚构的，但其中却是人生百态的浓缩，换句话说戏即人生，所以我认为戏剧创作和表演最重要的是如何做到'真、自然、让观者感同身受'，这就要求剧作家和演员们都带有真实的情感，最好有着丰富的人生经历。"顾玄回答道。（如图2-2所示）

图 2-2　自然而真实的戏剧

　　"很好。"莎士比亚老师满意地点了点头，示意顾玄坐下，然后接着说，"同学们应该都知道，我的戏剧创作类型有着鲜明的时期划分，早期我年轻气盛偏好喜剧和历史剧，中期更青睐悲剧，在人生的最后阶段才开始创作传奇剧。就像顾玄说的那样，我将自己的真情实感注入作品中，所以随着时代格局、我的个人经历和思想的变化，戏剧类型和内容也在不断变化。"

　　"老师，您的作品中有很多经典的台词，那些都是您对当时所处环境、发生事件的有感而发吧？"蒋兰兰问。

　　"不错，1588 年我开始写作，最初只是改编别人的剧本，后来我才开始尝试独立创作。就在这一年，英国打败西班牙的无敌舰队，国势大振，后面那十年里，英皇伊丽莎白一世中央主权尚且稳固，王室、工商业者、新贵族的暂时联盟等都处于平稳发展中，这样的社会环境使得我处在一种非常乐观的情绪中，对人文主义思想坚信不疑，作品中带有强烈的乐观主义情绪，表现出乐观明朗的风格，多以爱情为主题，歌颂真爱，赞美高尚的品格。"

莎士比亚老师说道。

"我知道！有很多相关的名言我都很喜欢，比如《仲夏夜之梦》中的'The course of true love never did run smooth'（真爱无坦途）；《皆大欢喜》中的'Sweet are the uses of adversity'（逆境和厄运自有妙处）等。"顾悠激动地大喊道。

莎士比亚老师无奈地笑了笑："顾悠，你这莽撞的性格跟顾玄还真是如出一辙。"

顾悠的脸倏地红了，莎士比亚老师适时转移了话题，接着说道："1601 年后，英国农村圈地运动加速进行，王权不稳，资产阶级和新贵族的暂时联盟也面临瓦解，政治经济形势非常不乐观，社会矛盾深化，而继位的詹姆士一世昏庸无道使得人民痛苦加剧，各地反抗斗争愈演愈烈。这种情况下我对人文主义逐渐失去了信心，便开始着手创作一些以悲剧的形式揭露和批判社会罪恶和黑暗的作品。"说到这里，莎士比亚老师浑浊的眼里忽然盛满了泪水。顾悠想，那一定是一段极其黑暗的岁月，才使得莎士比亚老师过了这么多年还这样难过。

"1608 年后，王朝更加腐败，社会矛盾激化达到极致，我已然看不到希望，我的人文主义理想在现实中如泡沫般彻底破灭了，但心中仍希望勾勒出一个美好平和的世界，于是我开始把创作风格转向浪漫空幻。"莎士比亚老师低着头，看不清表情，只能看到他微微颤抖的肩膀。这段时期于莎士比亚老师而言，一定是十分难熬的岁月，顾悠这样想。

缓了好久，莎士比亚老师才慢慢开口继续讲道："戏剧是反映人生的一面镜子，创作时要无限贴近现实，同样，表演也是如此，要真实自然，切忌过火，这和顾玄所说的一致，也是我认为的戏剧创作和表演的根本。然而，要达到这个目的，只注入真情实感远远不够，还要对语言、结构等艺术有清楚的认识和感悟，并能熟练运用、把握技巧，逐渐形成个人特色。

"很多人在最初创作时，容易受到当时同类型作品特点的影响。我最早的剧作就是按照当时最常见的风格写成的，采用标准化的语言、华丽的辞藻，常常不能根据角色和剧情需要自然释放，台词做作又不自然，比如《维洛那二绅士》中就存在这样的问题。"莎士比亚老师已经恢复了最开始言笑晏晏的模样，认真地讲起自己的写作经历。

"怪不得高中时流行伤春悲秋风格的小说，然后我自己尝试写出来的小说也是那个类型。"顾悠心里想。

"经过一段时间的摸索和领会，我逐渐有了自己的方向特点，喜欢使用无韵诗。我开始打断和改变规律，让语言文字更加自然，表达也越来越灵活，诗文释放出新的力量，也是因为如此，我的作品感情更加真挚，富有感情的情节更紧凑、明快、富有变化。到后期，我已经能够大量使用技巧来达到我所追求的自然和真实，比如跨行连续、不规则停顿和结束，句子结构和长度的极度变化，长短句互相综合、分句排列在一起，主语和宾语倒转、词语省略等。"莎士比亚老师以总结自己创作的特点结束了这堂课。

第三节　悲剧与喜剧的交融

"蒋兰兰，悲剧和喜剧划分的依据是什么？"正在看《罗密欧与朱丽叶》的顾悠突然抬起头问道。

这猛然的一问把蒋兰兰也问住了："是按照结局和文风？不

对，我上网搜一下。"

"悲剧是把有意义（有价值）的一面给损毁，假丑恶一方压倒真善美一方（包括人性的摧残、战争的失败、社会的腐败等）；喜剧是把丑恶（没有价值）的一面给揭露显现出来，结局通常是愉快的、美满的，真善美战胜假恶丑（有时用诙谐幽默的语言揭示深刻道理，有讽刺意味）。"顾玄不知道什么时候出现了，头头是道地讲起来。

"呦呦呦，顾大才子果然名不虚传，不过这品行嘛，有待商榷。"跟在顾玄身后的邢凯笑着说道。邢凯是顾玄的舍友，这次是被顾玄拉着来听课的，但很快他心里的"不情愿之意"便会烟消云散。

几个人打闹了几句，同学们也都陆陆续续到了，莎士比亚老师也走了进来。

邢凯是第一次见到这么神奇的课堂，惊得下巴都快掉到地上了，看到他的样子顾悠不禁想到自己第一次来时的窘态。

"老师，《罗密欧与朱丽叶》为什么是正剧？也有人说它是悲剧？"蒋兰兰的提问将顾悠的思绪拉了回来。

"所谓正剧，就是悲喜剧，简单说就是戏剧作品中既有悲剧性也有喜剧性。现代人对悲剧往往存有误解，认为悲剧就是悲惨的事件，是悲情痛苦的，需要用大量消极情绪来展现。但这仅仅是一方面，悲剧更多的是表现正义力量被打败和毁灭的悲壮与无力，揭露现实的黑暗，而非停留在个人的悲伤之上。喜剧也不是单纯的插科打诨，而是喜剧性在戏剧中的集中体现（例如圆满、错位、讽刺，甚至抑郁等）。当然，搞笑是必须有的，喜剧就是引人发笑的艺术，但更为重要的还是笑声背后引发的深思。"莎士比亚老师解释道。（如图 2-3 所示）

图 2-3　悲与喜的交融

　　"《罗密欧与朱丽叶》是典型的悲喜剧吗？"蒋兰兰问。

　　"《罗密欧与朱丽叶》的艺术风格与我早期创作的大多数喜剧相一致，诗意盎然，热情充沛，洋溢着浓郁的浪漫气息和喜剧氛围，但很多人更愿意把它看作一部悲剧，悲剧的冲突是罗密欧和朱丽叶的恋情与两个家族间的仇恨和对立，两个渴望自由、勇敢追爱的年轻人最终还是不敌封建势力的压迫，双双赴死，它表现了自由的爱情与封建势力之间尖锐的矛盾。可以说，这部剧的特征就是悲剧的，我也曾明确地称《罗密欧与朱丽叶》为命运悲剧。"莎士比亚老师没有直接回答蒋兰兰的问题。

　　"不过，这部作品与其他几部悲剧作品有着明显的不同。首先，从作品的语言风格来看，《罗密欧与朱丽叶》中出现的大量抒情形式和意象是其他悲剧中没有的，男女主人公完全沉浸在对爱情的追求与憧憬之中，比如第二幕第二场在凯普莱特家花园中的情景，'朱丽叶对月抒怀，与罗密欧热烈的情感交流'，这奔放的青春和充溢的情怀是我的喜剧作品中惯有的。"莎士比亚老师又继续说道。

"另外，尽管罗密欧与朱丽叶最终赴死的结局是悲剧性的，但爱情本身是美好的，他们对爱情的深沉与坚贞，冲破封建礼教的无畏精神以及面对巨大压迫时的乐观与不屑，都深刻体现了'乐观主义悲剧'的特征。戏剧的结尾，看似是真爱敌不过封建势力和家族仇恨，有情人成了可怜的牺牲品，但实际上蒙太古和凯普莱特两家因为这对情人的死而抛开旧仇，言归于好，用纯金为罗密欧与朱丽叶铸像，这表明真正胜利的仍旧是真爱，是两个年轻人为之献身的理想，更是他们所代表的人文主义价值观，从这个意义上说，《罗密欧与朱丽叶》是一部乐观主义悲剧。"莎士比亚老师继续补充，他的小胡子今天也打理得格外精致。

顾玄见老师讲完了，若有所思地提出了自己的问题："我看过一篇赏析您作品的文章，其中有一段话说的是，您喜剧的基调是乐观主义，悲剧的特征是关于'人'的命运、冲突和斗争。而《罗密欧与朱丽叶》就是综合了这两个方面，是这样吗？"

"小伙子，你总结得很到位。"莎士比亚老师挑眉称赞。

"其实，不单是《罗密欧与朱丽叶》，我的作品中没有绝对的喜剧或是悲剧。"莎士比亚老师语气轻松地讲述着，"下面我给大家介绍一个我们那个时代还没出现的戏剧理论，你们知道什么是'三一律'吗？"

"三一律是西方戏剧的结构理论之一，针对戏剧结构的一种规则，规定剧本创作只能有一个故事线索，发生时间不能超过一天（24小时），且必须在一个地点，这样规定的目的是迎合戏剧表演的特殊性，使得剧情集中紧凑。"好不容易适应了的邢凯在顾玄的鼓励下回答了第一个问题。

"这位同学很是眼生啊。"莎士比亚这才注意到邢凯，笑眯眯地端详着。

"老师，我叫邢凯。"感受到老师的注视，邢凯紧张得舌头都打结了，"天呀！这可是莎士比亚"。

莎士比亚老师示意他坐下，接着说道："没错，刚才邢凯同学说的是'三一律'的优点，但它也有一个很大的缺点，那就是太死板，不够灵活，无法塑造个性鲜明的人物形象，这恰恰是我最不能忍受的，所以17世纪的'三一律'在我看来是一种历史的倒退。我不止一次说过，戏剧要反映现实的本来面目，探索人物内心奥秘，是为舞台和观众而创作，而不是为了被专家、规则承认而写，所以我的戏剧从来不受规则束缚，也没有悲剧、喜剧的界限。悲剧中有喜，喜剧中也有悲，这才是人生百态。"

第四节　用文学探索内心世界

"悠悠，我来考考你，文艺复兴为什么被称作'文艺复兴'？"顾玄刚看完一页书，就迫不及待地向顾悠挑衅道，"你肯定答不上来。"

"我要是回答上来了怎么办？"顾悠一副成竹在胸的样子。

"你少唬人。"顾玄压根儿不信，

顾悠自信地回答道："14世纪到17世纪的欧洲，人们认为曾在古希腊和古罗马高度繁荣的文艺在教会统治的中世纪几乎没落，一些新兴的资产阶级思想家便打着'复兴古希腊古罗马文化的旗号'，进行了一场大规模的反封建、反教会的思想文化运动，希望衰败被湮没的古代文化能够重新焕发生机，'文艺复兴'由此得名。"

"不错，不错，挺厉害啊。"见顾悠回答得丝毫不差，顾玄输得心服口服。

就着顾玄挑起的头，大家开始热烈地讨论起来，丝毫没有注意到莎士比亚老师的到来。

"嗯？我听见同学们刚才在讨论哈姆雷特王子？"莎士比亚老师侧耳听了一会，没忍住问出了声。

听到声音，大家纷纷看向门口，忙着准备回到座位上去。

"别着急，来，你们几个把刚才讨论的片段情景再现一下。"莎士比亚老师喊住了顾玄几个人。

于是，顾玄、一个高个子男生、一个小眼镜，还有两个女孩，把哈姆雷特回国看见叔父篡位与母亲结婚的片段演绎了一番。

"这个片段是开场，讲述的是哈姆雷特在德国人文主义思想的中心——威登堡大学求学期间，得知父亲死亡的消息回国送葬，然而回国后他看到的却是，叔父篡夺了王位并与母亲匆匆结婚，大臣们纷纷向新主献媚，这令心怀美好的哈姆雷特感到无比压抑和痛苦。"莎士比亚老师认真地给同学们解释。

"然后呢？"没有看过《哈姆雷特》的顾悠经老师这么一解释才明白是怎么回事，不禁追问道。

莎士比亚老师沉吟了一下，才开口："看来，大家都只是知道《哈姆雷特》，完整读过这部作品的人并不多，那么我就来做一个剧情介绍，帮大家深入了解一下，也让我自己温故知新。

"正当哈姆雷特郁闷痛苦之际，父王的鬼魂出现了，告诉他自己是被兄弟害死的。哈姆雷特听到这样的消息，非常震惊，内心是不想相信的，但眼前的一切又令他不得不信，为了验证鬼魂的话，躲避新王的监视，他开始装疯扮傻。篡位的新王对哈姆雷特的举动产生了怀疑，便派哈姆雷特的两个老同学和情人去试探他。哈姆雷特识破了新王的诡计，还安排了一场戏中戏揭露谋杀者的罪行，谋杀者惊慌失措暴露了自己。"莎士比亚老师继续补充。

"哈姆雷特真了不起，有智谋有胆识，临危不乱。"顾悠感叹道。

"后来，王后前去找哈姆雷特谈话。其间，哈姆雷特发现帷幕后有人偷听，于是提剑刺去，偷听者当场死去，原来是御前大臣，也就是他情人的父亲。至此，新王决心除掉哈姆雷特，便派遣他出使英国，欲借刀杀人，但哈姆雷特看穿了新王的心思，半路就折回了丹麦。新王一计不成又生一计，他备好毒酒毒剑，安排哈姆雷特与大臣比剑。比赛中，哈姆雷特被毒剑刺伤，悲愤之下拼尽全力用毒剑刺中了新王和大臣之子，王后也喝下了毒酒，四人同归于尽，悲剧收场。"莎士比亚老师动情地讲完，脸上是一种令人捉摸不透的表情。

"谁能简单说一下哈姆雷特这个形象？"莎士比亚老师顿了顿，突然问道。

"哈姆雷特是丹麦的王子，同时也是人文主义的代表。在威登堡大学接受教育的哈姆雷特，受到了人文主义的熏陶，具有乐观的生活态度，心中充满美好理想，而当他经历了一系列残酷的现实事件后，又开始陷入矛盾之中。哈姆雷特富有情感和思想，喜欢探索，擅长分析，但也因为此，过于谨慎，顾虑重重，导致思虑多于行动，或者说行动不起来。"蒋兰兰思考了一下回答道。

"嗯，"莎士比亚老师点点头表示赞同，继而说道，"《哈姆雷特》是一部典型的悲剧，而哈姆雷特王子就是悲剧的中心，造成其悲剧的原因除了强大的恶势力之外，也与他本人的性格有关。他是典型的新兴资产阶级人文主义思想家，是那个时代的显著标志。所以说，哈姆莱特的悲剧既是时代的悲剧，也是人文主义者的悲剧。

　　"哈姆雷特的性格是极其复杂的，有着多面性和矛盾性，他既是'欢乐的王子'也是'忧郁的王子'，既是'延宕的王子'也是"行动的王子'。他对社会现实善于观察和思考，对人文主义充满信心，但这种信念又被叔父和母亲的伪善所粉碎，让他感到自己所生活的空间原来是'荒芜不治的花园，长满了恶毒的莠草'，他想要立刻为父报仇，又不单单只想报仇，而是希望扭转乾坤，改变现状，但被孤立的无助感与艰巨的任务又使得他无法采取行动。"莎士比亚老师继续解释道。（如图 2-4 所示）

图 2-4　哈姆雷特的内心世界

　　"仇人的陷害、压迫者的欺凌、傲慢者的蔑视、人世间的鞭挞和讥讽、大臣官吏的谄媚和横暴、卑微者拼尽全力只能换得鄙视，哈姆雷特对这些丑恶的现象深恶痛绝却又无可奈何，内心备受煎熬，于是发出了那声振聋发聩的呐喊'To be，or not to be'，这是一句极简单的话，却包含了太多。尽管这句话被翻译成了多种语言，但真正的意思很难被表达出来，它包含了'活着还是死去''忍受还是反抗''生存还是毁灭''行动还是等待'等多重含义，叩问无数人的灵魂。"莎士比亚老师一口气说完，嘴唇还在微微颤动着。

　　"其实，哈姆雷特说的也是您想说的吧？"蒋兰兰看着老师的表情不由自主地问出了这个问题。

　　"显而易见，"莎士比亚老师调整了一下情绪，微微一笑，"不论是严谨周密、忧郁深沉的哈姆雷特，浪漫多情、勇敢追爱的罗密欧和朱丽叶，还是含冤负屈、悲苦无告的李尔王，刚正不阿、轻信别人的奥赛罗，心胸坦荡、动机纯良的布鲁图斯，抑或是勇敢坚强、品质高尚的安东尼奥，他们的内心世界既是我，也是人文主义者的痛苦、无奈、迷惘、反抗……"

　　莎士比亚老师的身影已消失于讲台之上，但他的声音依然回荡在教室中。同学们认真回味着莎士比亚老师的话，没有一个人离开座位。

第三章
曹雪芹主讲
"浪漫主义与现实主义"

  本章通过四个小节，讲述曹雪芹创作《红楼梦》的经历和他的文学特点。作为中国古典小说的代表作，《红楼梦》所蕴含的文学意义与现实意义对于读者都是一座取之不竭的宝藏，了解曹雪芹与《红楼梦》可以帮助我们更深刻地认识中国古代文人的精神世界。

曹雪芹（约 1715 年 5 月 28 日—约 1763 年 2 月 12 日）

  本名曹霑，字梦阮，号雪芹，清代文学家、诗人。生于南京江宁织造的豪富之家，少年遭遇家道中落，随同家人迁往北京，家室衰微，本人也一生郁郁不得志。他在中国古典文学创作上有极大贡献，所著《红楼梦》堪称中国古代长篇小说的高峰，在世界文学史上亦占有非常重要的地位。

第一节　自传式的文学创作

来到寒暄书院小门前，顾悠满怀期待地推开，果然里面又变了很多，桌椅样式、装潢布置都变成了明清时期的样子，同学还是一样的同学，现场给人一种熟悉又陌生的感觉。

因为事先就知道今天上课的是曹雪芹老师，顾悠坐好之后就忍不住问身边的同学："曹雪芹老师还没到吗？"

这时，一个穿着青蓝色长衫，留着长辫的男子走到了讲台上。

"我居然看到真人了！"顾悠压低声音但还是难掩激动地说道。

"你怎么这么激动？我都习惯了。"顾玄神色很是淡然。

"曹雪芹老师非常神秘，至今没有发现任何关于他的画像和雕像，今天能见到真人，能不激动吗？"蒋兰兰也异常兴奋。

"同学们似乎对我很是好奇。"听到老师说话，讨论声才停下来。

"当然，老师，您可是太神秘了！"顾玄大大咧咧地说道。

"那你们对我了解多少呢？"曹雪芹老师抚了抚自己的小胡子，语气轻松。他穿着一身旧式长袍，身材清瘦，饱经风霜的脸上流露出几分清浅笑意。

"老师，我知道您名霑，字梦阮，号雪芹，又号芹溪、芹圃，清代内务府正白旗包衣出身。祖父是清朝时期的江南织造曹寅，父亲是曹頫，年少时是南京江宁织造府少爷，生活非常富足，后

来经历了很大的变故。"坐在后排的小眼镜很快回答了老师的问题。（如图 3-1 所示）

图 3-1　生于繁华、终于沦落的曹雪芹

"嗯，大致上是如此。"曹雪芹老师点点头，"可还有？"

"您的经历跟《红楼梦》中贾宝玉的经历非常接近，正是'生于繁华，终于沦落'的真实写照，也是因为这样的经历才能创作出如此伟大的作品。"蒋兰兰说出了自己的想法。

"确有相似之处。"曹雪芹老师神秘一笑，"其实，我还有不少小秘密，你们可能没有听过，其中一个就是'话唠'，我可是很喜欢说话、很会讲故事的，可要我讲给你们听一听？"

"求之不得！不妨就把您的经历作为故事讲给我们听吧。"顾悠提议。

"康熙年间是我们曹家的鼎盛时期，当时我的祖父曹寅当过康熙的侍读，非常受康熙的喜爱，再加上曾祖母是康熙的乳母，曹家和皇室的关系非常密切，更与众多有声望的亲朋好友来往密切，是名副其实的百年望族。我从小生活的环境不仅物质条件很好，更有丰富的文学艺术因素熏陶，诸如诗词、戏曲、美食、医药、茶道等百科文化知识都唾手可得，不过我最喜欢的还是诗赋、小说之类的文学书籍。小时候，我经常随祖母、母亲走亲访友，游遍了扬州、杭州、常州、苏州等地，并深深为江南美景所陶醉。"曹雪芹回忆道。

"我非常喜欢江南人在春天时的一项活动——放纸鸢，后来还自己设计制作了纸鸢。当时我制作的一个纸鸢还卖了不少钱呢，我的一个朋友干脆找我学习了这门手艺，作为营生。"曹雪芹老师有点小得意地炫耀道。

"没想到，您还是手工达人呢！"蒋兰兰很是惊喜地说。

"不单单是手工，曹老师会的东西可多了，说唱弹跳、诗词歌赋、医学茶道，样样精通，就像周汝昌先生说的那样，要不是老师对八股文不感兴趣，就没有老师不会的东西。"马屁精顾玄接话道。

"倒也没有如此夸张，不过老朽这老胳膊老腿可真跳不动了。"曹雪芹老师谦虚又不失幽默地表示。

"言归正传，实际上，我的父亲在我还未出生时就去世了，叔父就成了家里的顶梁柱。在这样的大家族中，虽然没有了父爱，但我该受到的宠爱一点没少，尤其是祖母和母亲，对我真的是有求必应，不舍得打不舍得骂。"曹雪芹老师似是想起自己的家人，眼神黯淡下来，"那样的日子真是无忧无虑，极其快乐，然而天有不测风云，在我'豪门纨绔少爷'生活的第十三个年头，也就是雍正五年，由于封建统治阶级内部政治斗争的牵连，我的叔父被革职查办。不仅家产抄没，还被贬为布衣，家族势力和财产全都消失殆尽，于是我们只好举家搬往北京的老宅子中。"曹雪芹老师的脸上流露出伤感的神色。

　　"从辉煌到没落，真是一瞬间的事情，世事无常啊，老师您当时肯定特别难受、特别不习惯吧？"顾悠问得小心翼翼，生怕触动了老师的伤心之处。

　　"这还不算最糟糕的呢，"曹雪芹老师苦笑道，"北京的老宅子虽比不上之前的府邸，但好赖有个归处，可是曹家还欠了不少外债，只能变卖田地房产。屋漏偏逢连夜雨，偏生家中又遭了强盗，有价值的东西被洗劫一空，连最疼爱我的祖母也在这场变故中去世了，母亲重病缠身，叔父一蹶不振，整个家族顷刻间支离破碎。"

　　说到这里，曹雪芹老师停了下来，眼睛里闪烁着点点泪光，和刚才那意气风发、明朗善谈的模样判若两人。在这样沉重的氛围中，大家也都变得沉默了。

　　"都过去这么久了，我怎么又伤感起来了，同学们不要见怪，我就是这么一个多愁善感、情绪多变的人。"曹雪芹老师调整好情绪，又变回了之前的状态。

　　"那老师，您是如何产生'文学创作'这个念头的呢？"蒋兰兰见气氛回温，才将心中的疑惑提了出来。

　　"我刚才说过，小的时候，我就对小说之类的文学书籍很感兴趣。有一次我因为叛逆不听话被关了小黑屋，就是在小黑屋中我下定决心要写一本小说，但由于种种原因一直没能付诸行动。成年后，我从叔父手中接过家族重担，为了生存开始奔走于京城的故交家中，从他们口中我才得知我的祖父和父亲都是文武双全之人，他们留下了足有千余本珍贵藏书以及很多艺术作品，这是远比金钱更耀眼的成就，我备受激励，在心中燃起了复兴家族的斗志。"曹雪芹老师说道。

　　从锦衣玉食到举家食粥，从众人攀附到横遭白眼，曹雪芹从生活的沧桑巨变中，深深感受到了世态炎凉，切身体会到了封建统治阶级的没落命运，对封建社会的黑暗有了清醒而深刻的认识。他也从中得到历练，纨绔子弟的性情有所收敛，迅速成长成熟，最终创作出了伟大的作品《红楼梦》。

第二节　中国古典文学的现实与浪漫

"从养尊处优到贫困潦倒，这么大的落差，要是我肯定受不了，可曹雪芹老师非但没有被打垮反而变得成熟有担当，充满斗志，真是太了不起了！"顾悠语气中满是敬佩。

"是啊，这么一比，我们平常遇到的那点困难根本不算什么。"蒋兰兰附和道。

两人你一句我一句正说着，曹雪芹老师背着手走了进来，他身后是唱着 rap（说唱音乐）的顾玄，顾玄闭着眼睛可能是太入迷了，丝毫没有注意到老师停下来，一下撞到了老师背上。

"顾玄，把老师撞坏了吧，小心老师带你重返大清！"顾悠着急地大喊。

"我又不是纸糊的，再说他好像很缺乏锻炼的样子，筋骨也许还没有我硬朗。"曹雪芹老师看着捂着胸口的人，笑呵呵地说道。

"不用管他这个纸糊的，老师我有问题要问。"顾悠说道，"《红楼梦》中贾府富贵奢华、礼数颇多的场景您能描写得如此细致生动，是因为您小时候生活的地方就是如此吧？"

"自然。"曹雪芹肯定道。

"真的有那么多丫鬟仆人，那么多院子房间，那么多规矩礼数吗？林黛玉初入贾府时，还要先观察别人怎么做，自己再照着样子做。"顾悠继续追问道。

"放到现在这样开放自由的环境中，的确很难想象，但在那时确实如此。《红楼梦》的故事，既不是什么历史故事，也不是什么民间传说，而是实打实地取材于当时的现实生活，结合了我个人的真实经历，用一句话来说就是'如实描写，并无讳饰'。"曹雪芹老师解释道。（如图 3-2 所示）

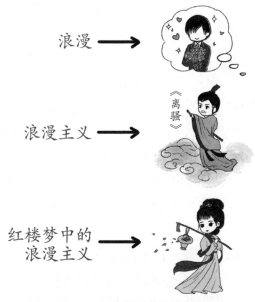

图 3-2　如实描写，并无讳饰

"那这么说来，《红楼梦》是一部现实主义作品？但为什么还会有人把您和这部作品归为浪漫主义的代表之一呢？"蒋兰兰提问。

"在探讨这个问题之前，先来说一说浪漫主义和现实主义。通过不断地学习，我现在也算是学贯中西了。"曹雪芹老师谦虚地说道。

"在我看来，简单一点说，浪漫主义就是虚幻空无，现实主义就是切合实际。"一个看起来就是急性子的男生快速说出了自己的理解。

"这么说不能说不对，但太过笼统。我再问一个问题，什么是浪漫，你所认为的浪漫是怎样的？"曹雪芹老师再次发问。

"如果这时候，我的白马王子穿着西装，捧着一束花，深情款款地向我走来，我想我会幸福地晕过去的，这就是我能想象到的浪漫。"顾悠一脸迷醉的样子。

"唉，我就一个妹妹还是个傻子。"顾玄调侃完顾悠，接着说道，"浪漫是相对'理性'而言的，是感性的一部分，其本质在于充满的种种不确定性，就像那句话所说的，'浪漫就是我们站在真实的对立面，做了一段短暂的、狂喜又躁动的梦'，就是悠悠刚才所谓的杨洋送花。浪漫主义是追求理想世界的一种文艺创作思潮，其特色是想象瑰丽、手法夸张、热情奔放，而浪漫主义作品则是那些满足人类对情感、情绪、原始本能需求的作品。"

"小伙子，说得不错。"曹雪芹老师肯定道，"浪漫主义一般被认为是法国大革命催生的社会思潮的产物，当时，执政府时期出现了自由主义思潮，主张保证个人自由和独立性，这也成为浪漫主义文学的核心思想。但实际上，浪漫主义的起源可以追溯到古希腊时期，其作为一种创作倾向古已有之，例如古希腊学者亚里士多德就曾对浪漫主义手法进行了概括——诗人的职责不在于描述已经发生的事情，而在于描述依据或然率和必然率可能发生的事情。在中国，《离骚》发展了上古口头文学——神话的浪漫主义传统，成为我国浪漫主义文学的直接源头，诗人屈原以自我为原型，表现出以理想改造现实的斗争精神和为理想而死的坚决意志，构成其浪漫主义人格和精神的实质。"

"那么现实主义呢？"顾悠继续问道。

"如果用一句话来概括浪漫主义，那就是'不食人间烟火'，而现实主义则是'生于柴米油盐之中'。现实主义关心现实和实际，对自然或当代生活做出准确的描绘和体现，主张仔细观察事物的外表，据实摹写描述。而《红楼梦》这部小说最突出的特点就是'它像自然和生活本身那样丰富、复杂，洋溢着生活的趣味，揭露了生活的秘密'，从这点来看，《红楼梦》是典型的现实主义作品。"曹雪芹老师继续解释道。

"但尽管如此，书中仍有大量文字洋溢着浪漫主义情怀，且都是非常重要的情节，也正是这些浪漫主义文字的描述，使得这部作品更加丰盈完善。有哪位同学可以举例说明下？"曹雪芹老师突然提问道。

"比如第五回，宝玉神游太虚幻境，宝玉与贾母等到宁国公府做客，困乏时在秦可卿房间小憩，睡梦中神游太虚幻境，与仙子可卿成亲，文笔玄幻，情节离奇，想象奇特，可以说是超脱现实的寄托。"蒋兰兰率先说道。

"我知道，还有一处最最经典的'黛玉葬花'。一日，黛玉寻宝玉，敲门时却被晴雯误以为是丫头，被拒进门。黛玉本就是心思敏感、爱胡思乱想之人，以为宝玉变了心，一边感叹自己身世，一边生宝玉的气。第二天恰逢饯花之期，心情不佳的黛玉看到落花满地，不禁联想到自己，就躲了众人来到昔日葬花的地方，感花伤己，悲吟《葬花词》，这一情节伤感唯美，也有些脱离现实，充满了浪漫主义情怀。"顾悠也不甘示弱。

曹雪芹老师点点头，接着说道："《红楼梦》中存在大量的非现实主义成分，这一点毋庸置疑，不仅仅是这两位同学所说的两点，开始与结局乃至全书都有它的身影，荒诞式的开场，神话式的爱情，理想化的环境和人物性格，以及映射意味深重的悲剧结局，都是浪漫主义的体现。"

"中国乃至世界文学史上，浪漫主义和现实主义都是并存发展、共同繁荣的，没有哪部作品是绝对的现实主义或者浪漫主义，那些杰出的现实主义作品中往往有着超脱现实的理想气息，优秀的浪漫主义作品中也常常包含着现实主义的因素。"曹雪芹老师说道。

"也就是说，《红楼梦》中现实主义和浪漫主义是互相渗透的。"蒋兰兰总结道。

"可以这么说，这也是不少学者的观点，当然也有一些学者分别支持现实主义和浪漫主义。"曹雪芹老师继续说道。

"您本人呢？更青睐于哪种观点？"不知是谁问出了这么一个犀利的问题。

"各有各的道理，不过我嘛，自然是更青睐浪漫主义了，至于原因很简单，因为我就是一个放浪形骸、多情浪漫之人啊，哈哈哈……"曹雪芹老师笑着回应。

第三节　文学角色的复杂性

第二节课后，顾悠就去翻阅了《红楼梦》的相关解读以及一些有关浪漫主义和现实主义的作品和文章，感觉收获颇丰。

刚进入寒暄书院，顾悠就听到了顾玄吹牛的声音。

"上节课老师讲的那些，完全是我心中所想，我记得高尔基也曾就现实主义和浪漫主义说过类似的话，什么契诃夫之类的。"顾玄挠着头，努力回想着。

"在谈到巴尔扎克、托尔斯泰、屠格涅夫、契诃夫等著名现实主义作家时，高尔基表示，我们很难绝对地说他们到底是现实主义者还是浪漫主义者，在伟大的艺术家身上，浪漫主义和现实主义似乎是结合在一起的。"顾悠得意洋洋地帮顾玄补充完了那句话，接着嘲笑道，"怎么样，吹牛吹翻车了吧？"

顾玄尴尬地冲周围的同学笑了笑："她就是嫉妒我学习好长得帅，才老跟我作对。"

"嫉妒你？本小姐天生丽质，足智多谋，才高八斗，学富五车，用得着嫉妒你？"顾悠心里这样想着，但并没有说出来，只是用眼神向顾玄传达着。而顾玄似乎也能读懂她眼神的含义，也用同样的方式回应，这大概是兄妹之间特有的心有灵犀吧。

在两人眼神大战进行得如火如荼时，曹雪芹老师走进了教室，看着吵闹的同学们，他提问道："上节课主要讲了《红楼梦》这部作品的浪漫主义色彩和现实主义体现，今天我们聊一聊《红楼梦》的第一男主角——贾宝玉，谁先来说一说你印象中的贾宝玉？"

"老师，我说了你可不要生气啊。"一个长相憨厚的男生站起来有些迟疑地说道。

"没关系，放开说，文学需要的就是争论，否则哪来的百家争鸣呢？"曹雪芹老师宽慰他道。

"我其实觉得贾宝玉有些'娘'，换句话说，有点不男不女。我的依据有两个，其一是他幼年抓周礼时，那么多好物件都不要，偏偏选了女子的饰品。其二是他曾说过的一句话：女儿是水做的骨肉，男人是泥做的骨肉，我见了女儿便觉清爽；见了男子，便觉浊臭逼人。"这位男生说道。

曹雪芹老师听了，笑而不语，沉思了一会儿说道："贾宝玉究竟是一个怎样的形象呢？我们从头来看，他的出场就已经定下了基调。宝玉还未露面，众人就已经进行了铺垫。王夫人说，我有一个孽根祸胎，是家里的混世魔王。贾敏说他衔玉而诞，顽劣异常，极恶读书，最喜在内帏厮混，外祖母又极溺爱，无人敢管。从这两句话即可推测出宝玉的所作所为是极其叛逆的，就是一个被宠坏了的富家少爷形象。"

"黛玉也正是因为这样的评价，心中对宝玉充满厌恶，不想与之过多接触，然而等真正见到宝玉后，黛玉的想法就逐渐发生了改变。在黛玉眼中，宝玉并无怠懒与懵懂，反而是个眉清目秀、英俊多情的年轻公子，且很眼熟很有亲切感，对他产生了好奇。"曹雪芹老师说道。

"唉，看来，从古至今，这社会都是看脸的啊，还好我长得帅。"顾玄听了老师的话，不由自恋道。

"相貌的确重要，但相由心生，最重要的还是内心的丰盈与至善。"曹雪芹继续说道，"实际上，宝玉的美颜虽然让黛玉有了改观，但并不彻底，而接下来的交谈才使得黛玉相信宝玉与传言中的顽劣之徒是相距甚远的。"（如图 3-3 所示）

图 3-3　对同一人物的不同印象

宝玉又问表字。黛玉道："无字。"宝玉笑道："我送妹妹一妙字，莫若'颦颦'二字极好。"探春便问："何出？"宝玉道："《古今人物通考》上说：'西方有石名黛，可代画眉之墨。'况这林妹妹眉尖若蹙，用取这两个字，岂不两妙！"

"从书中这段描述便可看出，宝玉并不是不喜欢读书，而是像老师一样，不一味死读四书五经，只是对八股文不感兴趣，对各种杂学却都有所涉猎。"做足了功课的顾悠说出了曹雪芹老师心中所想。

"生长在女儿堆里的他喜欢和女孩打交道，多情泛爱，因而被认为是风流浪荡。然而在众人眼中不肖无能的他却极受家中姐妹、丫鬟们的喜欢，为什么呢？仅仅是因为长得好看吗？"曹雪芹老师继续提问。

"不是，宝玉虽多情但不滥情，他喜欢与女性玩乐，但也尊重爱护她们。"顾悠再次抢答。

蒋兰兰也说道："封建社会不像现在讲究男女平等，推崇的是男尊女卑，而宝玉却能和丫鬟们玩在一起，对女性体贴理解，敢为她们说话，这种平等自由的思想在当时的封建社会是多么难能可贵啊。"

曹雪芹老师满意地点了点头："宝玉之所以被认为是叛逆，是因为他的所作所为与封建正统观念相悖，与彼时世俗之情格格不入，他不愿接受封建传统的束缚，也无意追求功名利禄，因而被看作'潦倒不通世务，愚顽怕读文章'；他不顺从封建统治者的要求，也不安于封建礼教规定的本分，因而被看作'富贵不知乐业的不肖子孙'。他心中追求的是个性解放、自由平等，在个人社会价值的实现和理想发生冲突时，宝玉选择了后者。"

"那为什么全篇看来,对贾宝玉的描述和评判都是贬义居多呢?"那位长相憨厚的男生又接着问道。

"很简单,老师使用的是寓褒于贬的写作手法。文学作品讲究寓意深远,切忌大白话,而这种方法能够增加思考品味的空间。"顾悠解释道。

"还有更重要的一点,书中宝玉的很多思想价值观与当时社会的主流价值观是不一致的,再加上老师本人与贾宝玉这一形象之间千丝万缕的联系,所以只能用这种含蓄的方式表达。"蒋兰兰也跟着说道。

"同学们说得都对,"曹雪芹老师说,"但相较于这些,我更想知道,你们从宝玉的形象中体会到了什么?"

"多情痴情又悲情!"

"反抗精神!"

……

同学们纷纷说出了自己的想法。

"不错,反抗精神!宝玉的反抗精神贯穿始终,从初次摔玉到最终出家,都是这一精神体现,"曹雪芹老师深深吸了一口气,"但他身上更多的是一种矛盾感,自我价值和社会价值的矛盾、出世和入世的矛盾、叛逆和顺从的矛盾,他虽叛逆不羁,追寻自由,也不得不在父亲和老管家们面前唯唯诺诺,不得不为了家人参加科举考试,不得不违心地顺从祖母娶了宝钗,直到最终一切的不如意积累到了极点,他才选择了离开这令人心烦意躁的俗世。"

"真是我待生活如初恋,生活却虐我千百遍啊。"顾玄一句话让正在感慨的曹雪芹老师哭笑不得。

第四节　作者对于文学角色的偏好

"《红楼梦》中，你最喜欢谁？"邢凯问蒋兰兰。

蒋兰兰毫不犹豫地答道："王熙凤和林黛玉。"

"为什么啊？在我看来，王熙凤可是坏人，别忘了她害死了好几个人呢？"邢凯摇摇头，有些不太赞同。

"好坏哪有这么容易划分，只能说是人物的多面性，你怎么不说她对刘姥姥和板儿还善心大发，给了很多银两呢？"蒋兰兰反问。

"反正害人就是不对，"邢凯坚持道，"曹雪芹老师肯定也这么认为。"

"肯定不是，不然等老师来了咱们问问。"蒋兰兰小嘴一撇。

不一会儿，顾玄兄妹两人来了，也加入了他们的争论之中。

争论不休的四人，发现曹雪芹老师来了之后，争先恐后地要提问，却都被制止了。

"我知道你们想问什么，"曹雪芹老师一笑，"我都听见了。"

"对于你们的问题，我只能说'我不是裁决者'，不仅是《红楼梦》中的人物，现实中也是如此，没有绝对的善，也没有绝对的恶，他们所展现出来的只是一种不同于你的人生，无需评判，只需品味。"曹雪芹老师摆出一副高深莫测的表情。

"老师，您就别卖关子了，快点给我们定个胜负吧。"急性子的顾悠催道。

"我可没有卖关子啊，"曹雪芹老师笑笑，"句句肺腑之言，不过呢，我可以告诉你们我的一点看法。像顾悠说的那样，害人的确不对，但是在那样的时代和处境之下，王熙凤有着自己的不得已，换句话说，她害人只是为了保护自己，为了自己活下去，想活下去又有什么错呢？所以，单纯用一个'坏'字去评价，是否有些不公呢？"

"老师这么一说，让我想起来一部电影。"顾玄若有所思地说道。

"哦？讲来听听。"顾玄这么一说，曹雪芹老师也来了兴趣。

"电影讲的是一个富商之子侵犯了一个女孩，还用拍下的视频胁迫女孩听他的话。女孩妈妈得知真相后便和女儿一同去赴约，在打斗的过程中，她们失手将富商之子'误杀'并埋在自家后院。女孩的爸爸回到家中，得知这一切后，为了保护妻女，利用时间交错的手法，策划了一场完美犯罪，逃脱了法律的制裁。虽然影片的最后，父亲还是自首了，但我想问的是，这一家人的所作所为算是'坏'吗？"顾玄说道。

大家听完顾玄的讲述，都陷入了沉思。

"可怜之人必有可恨之处，可恨之人也未尝没有难言之隐。人性是复杂多样且矛盾的，很多时候，我们没有亲身经历发生在别人身上的事情，就不能妄加评判。电影也好，文学作品也好，都应当如此。对于人物塑造，不能一味地叙好人完全是好，坏人完全是坏，这样塑造出来的人物是类型化的，没有自我个性，也是失真的，脱离现实生活的；对于人和事的讲述，也无须给出明确的是非判断，只需完整真实地再现，写出人物心灵的颤动和世间炎凉冷暖，剩下的留给观者去品味。"曹雪芹老师说道。

"老师的《红楼梦》就是这种写法的开山之作，打破了过去

'叙好人完全是好，坏人完全是坏'的写法，书中的人物都是按照生活本真状态，如实客观地展现，保持了现实生活的多样性、现象的丰富性，使古代小说人物塑造完成了从类型化到个性化的转变。"顾悠接过老师的话说道。（如图3-4所示）

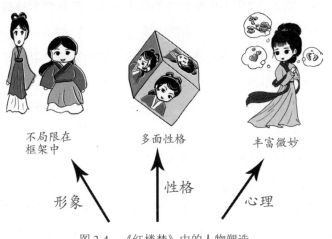

不局限在框架中　　　多面性格　　　丰富微妙

形象　　　性格　　　心理

图3-4　《红楼梦》中的人物塑造

"对于《红楼梦》中的人物塑造，我这两天还专门研究了呢。"顾悠有些小骄傲。

"是吗？那给我们分享一下你的研究成果吧。"曹雪芹老师好奇地说道。

"我是从三个方面来看的，第一个是形象，很多作品中才子美女的相貌描述都是套话，近乎完美无瑕且相差无几，什么貌似潘安、闭月羞花、腰若柳枝等，坏人有特定的坏人脸，好人也是专门的好人相，这一点老师在开卷第一回也激烈抨击过，所以《红楼梦》中的人物形象是完全打破那些限定的，比如大观园中的众多女子，她们虽美，但也各有陋处，黛玉太瘦弱且爱生病，鸳鸯脸上有很多雀斑，宝钗微肥，香菱呆憨，史湘云大舌头……但也正是这些缺点，才让她们更真实。再如带有反派意味的人物也并非是坏人像，贾雨村为官不仁，趋炎附势，生得却是面阔口方、剑眉星眼、直鼻权腮、腰圆背厚，不是我们印象中的坏人模样。"顾悠解释道。

"确实啊，现实中道貌岸然的坏人更多！"蒋兰兰赞同道。

"其次是性格方面，"顾悠继续说，"最典型的就是王熙凤，复杂多面。主持荣国府协理宁国府体现出精明干练，对付丫鬟婆子体现出杀伐果断，设局骗贾瑞体现了机警阴险，弄权逼婚体现的是以权谋私，逼死尤二姐体现的是心狠手辣，此外还有处事圆滑、善于逢迎、口蜜腹剑等。"

"王熙凤，应该是《红楼梦》中最为复杂的一个人物，她虽生于大家族，也嫁于豪门，但其实无父无母，孤立无援。与王熙凤身世相似的还有一个人就是史湘云，史湘云处处都要看人脸色，事事做不了主，而王熙凤要强的个性又怎么会允许自己像史湘云这般，所以她竭尽全力展现自己的能力，为了更好地掌管大权，必须圆滑逢迎、阴险心狠。王熙凤并不是一个普通的管家婆，而是实际当权派，具有很强的政治性，其显著特点就是贪财弄权，表现出来的是剥削阶级的贪欲，她代表的并不是一个人，而是一个阶级，她的命运也暗含这个阶级的命运。也因此不能单纯地说她是好还是坏。"曹雪芹老师补充道，然后示意顾悠接着说下去。

"每个人物性格都有多面，但同时也都具备某一种或几种尤其鲜明的个性。比如黛玉孤高自傲，感性十足，有时不免尖酸刻薄；宝钗稳重平和，较为理性，偶尔也会使小性子；迎春善良软弱，探春活泼好强，惜春古板不合群；袭人奴性十足，晴雯却野性未驯……再如黛玉和妙玉、晴雯都孤高自傲，但又大有不同，黛玉是脆弱、傲世，晴雯是桀骜、疾恶如仇，妙玉则是淡然、出世。这些个性不仅从她们的行为处事中可以看出，她们居住的环境以及所作诗词中也有体现。"顾悠接着说道。

"最后一方面就是丰富的心理活动，很多片段写尽人物微妙的心理震颤，尤其是对宝黛热恋时的心理刻画，极为细致生动，难怪国外的大百科全书对《红楼梦》的介绍竟是伟大的心理小说。"顾悠继续说道。

"哈哈，是吗？我竟不知道有这样的事情。"曹雪芹老师很是惊讶，"文学创作只是需要用敏感的心去感知生活，然后将自己的经历体验真实地描述出来，尊重人性的复杂和现实的多样性。"

第四章

歌德主讲
"启蒙主义"

本章通过四个小节讲解歌德与启蒙主义文学。作为欧洲启蒙运动重要的组成部分,文学在启迪社会、唤醒民众的过程中扮演了重要的角色,歌德的文学作品很好地体现了这一点,而他强调理性、解放人性的精神内核直到今天仍然影响着文学的创作。

约翰·沃尔夫冈·歌德(Johann Wolfgang Goethe,1749年8月28日—1832年3月22日)

德国著名思想家、作家、科学家,古典主义与启蒙主义最著名的代表,德国最伟大的诗歌、戏剧和散文作品创作者之一,也是世界文坛出类拔萃的光辉人物。他的作品体裁广泛、形式多样,有诗歌、戏剧、小说、散文等,代表作有《少年维特之烦恼》《浮士德》等。

第一节　古典主义与启蒙主义

接连上了这么多节课后，顾玄已经习惯了这样的生活模式，当然，每见到一个新老师时，心情还是会异常激动、兴奋无比，今天的老师会是谁呢？顾玄暗自猜想着。

顾玄推门一看，讲台上的人正是很多人都推崇敬仰的德国大文豪约翰·歌德。

待同学们都坐好后，歌德老师开口说："今天，我们来聊一聊古典主义。"

"古典主义之所以为'古典'，是因为其中心思想就是学习和崇尚古代，歌颂和效仿古代，以古希腊罗马文学为典范，从中吸取艺术形式和题材。它有三个显著的特征，即为王权服务、崇尚理性、信奉古希腊罗马文学。"之前已经了解很多文学史知识的顾悠颇有些得意地回答道。

"嗯，你说得不错，但和我理解的有些偏差。"歌德老师摸着下巴，"你所说的古典文学的三个特性中，我最为推崇和认可的是第二个'理性'。"

"为什么呢？"台下的一个同学问道。

"想必大家都知道《少年维特之烦恼》这部作品吧？"歌德老师问。

"知道！"大家异口同声地回答道。

"众所周知，它是我的成名作，对我来说有着非凡的意义，但同时也令我十分抵触、难堪。"歌德老师神情无奈又惆怅。

"怎么说？难道您对自己的作品不满意？"顾悠问道。

"不，《少年维特之烦恼》是我用自己的心血哺育出来的作品，反映了一代青年反封建的心声，受到了很多人的热烈欢迎，维特对那个令人窒息的社会所进行的孤独而消极的反抗，也是当时的我对实现个性解放、爱情自由的呐喊，但这些在现在的我看来不免有些矫情、做作和消极。"歌德老师皱着眉头，十分诚恳地点出了自己的不足。

"您的意思是说，浪漫主义太过矫情和消极？"蒋兰兰大胆提出了自己的疑惑。

"与其说是浪漫主义倒不如说是感伤主义。感伤主义也被称为主情主义，是浪漫主义的前身，其推崇感情，忽略理智，主张以情感来约束和代替理性，重于抒发个人情感，表现对现实的失望和不满，希望以此来引起读者的同情和共鸣。"歌德老师解释道。

看到同学们一个个皱着眉头，歌德老师随后又继续解释道："男主人公维特身上就带有很多感伤主义的习气，一直被感情所左右，思想上消极避世，总是悲伤感慨，与世界格格不入，以至于有了那样可悲的结局。当时，我深受德国浪漫主义先驱赫尔德与其挚友哈曼的影响，在创作中毫不掩饰地将个人心中的情绪宣泄出来，不加节制，缺乏理性的尺度。对个性、精神面貌进行刻画，对内心情感、心理活动进行描写，对社会现实、经历等不满进行宣泄，这都无可厚非，但若脱离现实，放任个人感情，沉迷于多愁善感之中，甚至赞美过去，歌颂黑暗、死亡，以至于带有浓厚的悲观绝望情绪，这就是病态的体现了。而维特时期的我正处于这样危险的边缘，后来经过一系列事件，我逐渐意识到了感伤主义的病态，希望尽快克服这样的情感，从这种啮噬人的情绪中抽离出来。"歌德老师强调道。

"我们进行文学创作的最终目的，并不是单纯地批判现实、宣泄不满，以至于用悲观绝望将自己困住，而应该是在宣泄后，着眼于为现实困境寻找新的出路，为改变不满而努力，这就需要理性的约束，有了理性才会有尺度，有分寸。当然我这里所说的是启蒙主义的理性，而非古典主义的理性。"歌德老师顿了顿，继而说出了自己的看法。

"那您所推崇的启蒙主义是怎样的呢？"顾悠想起来之前老师说过的话，随即问道。

"我刚才是说过，启蒙主义的'理性'是我最为推崇的，那么这个理性具体何解呢？我从很多文学创作中发现，每一位作家在进行创作活动时，都会有特定的取材范围，要想创作成功，就必须做好选材这一关。很多优秀的作家，其作品成功之处就在于以自己生活实践为基础，从自己熟悉的生活现象入手。艺术家就应该在其作品中表现自己熟悉的生活，因为生活处处都有诗。"歌德老师解释道。（如图 4-1 所示）

作家从中所得

文学作品

观察体验生活

加工

图 4-1　生活处处都有诗

"我所认为的理性就是用理想的视角去看待自己的生活，用客观的目光去看待生活中的现象，而文学创作就要从这样的观察体验现实生活入手，将自己从中获得的感性的、生动的、喜爱的、丰富多彩的印象，用艺术方式进行加工，通过生动的描绘提供给人们，不执着于体现那些抽象的事物、虚无的情感。所谓印象，不是别的，就是客观外界的现实生活在作家主观意识中的反映，以及作家在社会实践中对客观生活的一种观照。不过，理性的作品中也可以有感情的抒发、对现实的批判、浪漫主义手法的运用，关键是要把握好尺度，不要脱离实际。"歌德老师总结道。

"老师，我有一个问题。古典主义的理性与启蒙主义的理性有什么区别呢？"蒋兰兰若有所思地问道。

"简单地说，古典主义的理性是唯王权马首是瞻的，个人的感情要服从君主的利益，而启蒙主义的理性是个人的情感节制，防止感伤主义的情感泛滥，相当于中国文化中的'发乎情，止乎礼义'。"歌德老师笑眯眯地回答。

"哇！歌德老师真是世界文学的推动者，对我们中国文化也如此熟悉。"顾悠满脸崇拜。全班同学一致鼓掌，沉浸在掌握了知识难点的喜悦之中。

第二节　世界是启蒙主义的创作来源

"其实，您所倡导的启蒙主义就是理性主义吧？"蒋兰兰问道。

"不错，看来同学们已经听明白了。"歌德老师给出了肯定回答。

"那么写作的题材就只能从自己熟悉的生活入手吗？是不是太狭隘了？"蒋兰兰继续追问道。

"不、不、不！"歌德老师竖起食指晃了晃，"那只是一方面，强调的是作家应该在体验生活的基础上进入到创作中。那么进入之后，最为重要的或者说以什么为依据展开创作呢？"

"生活中个别的、特殊的现象？"蒋兰兰略显犹疑地回答道。

"我更习惯称之为个别事物，对于个别事物的把握和描述造就了文学艺术的生命力。而这个'个别事物'不单指现实生活中的个别人物、事件、情境，也包括历史上流传下来的某种传说、故事等，甚至包括其他国家的文化、历史。"歌德老师解释道。

"如果单纯地只着眼于自己生活的那一方小天地，就会不可避免地进入囚笼，思想也变得狭隘、局限，而我也经过这样一个时期。维特之死虽然赢得了无数青年男女的眼泪，但也表明了他的软弱无力和懦弱卑微，这里折射出的是当时我虽然反对封建、渴望自由、幸福，却没有胆量去改变的心态。这是我在追求崇高理想时产生过的犹豫和动摇，后来到魏玛工作和生活后，这种犹豫和动摇极大程度地加重了。"歌德老师继续说道。

"是因为生活和工作的原因吗？"蒋兰兰问道。

"不错。1776 年，我作为枢密公使馆参赞开始在魏玛公国服务，并获得了更多的政治任务。几年的时间里，政治场上的经历使得我发生了巨大的改变，曾经那个热血沸腾、充满反叛精神的青年的影子在我身上完全消失了，取而代之的是一个不断迁就、自我克制、委曲求全、谨小慎微的宫廷大臣，因为只有这样我才能生存发展下去。"歌德老师颇为无奈地说道。

"很多人都有过这样的无奈，因为现实中的种种原因不得不妥协，魏玛的从政经历使得我在叛逆和反抗的立场上倒退了很多。后来，我离开沉闷的魏玛，逃到了意大利。意大利的自然风光和美不胜收的古代艺术重新激发了我的创作激情，这一时期我的作品也实现了风格转变，比如《埃格蒙特》《托夸多·塔索》《伊菲革涅亚在陶里斯》，其中最具代表性的当属《托夸多·塔索》。"歌德老师说道。

"有知道这部小说的吗？"见没有人站起来，歌德老师摆出一副"委屈"的样子，"那好吧，这部小说较少年维特来说，的确'弱'一点，大家没看过很正常。"

"老……老师，其实我知道一些。"又是蒋兰兰回应了老师的提问。

"那你来简单介绍一下故事梗概吧，我歇一会儿。"歌德老师伸手示意她开始。

蒋兰兰得到了老师的肯定兴奋地搓了搓手，立马站了起来，简单组织了一下语言，开口道："《托夸多·塔索》讲述了一个名为塔索的诗人，最开始他也像维特一样是一个敢于揭露官场腐败、追求自由幸福的热血反抗者，但随着情节的推进，他逐渐变成了一个自我克制、屈服于环境、安于现状的庸人。塔索生活的地方，封建朝廷横行霸道，欺压平民，塔索对其充满了蔑视和厌恶，并对此进行了无情的鞭挞。但是后来，塔索意识到自己根本没有办法与宫廷割断联系，没有能力与之抗衡到底，所以最终还是选择了与自己曾经最鄙视的敌人握手言和，向封建礼教抛出了橄榄枝，向世俗屈服。"

蒋兰兰说完后，同学们都鼓起了掌，顾悠也朝她竖了一个大拇指，顾玄哼了一声，一脸不服气，但掌声倒是诚实。

　　歌德老师肯定地点点头，接着蒋兰兰的话头，继续补充道："塔索与封建朝廷之间的冲突，代表的就是资产阶级'突进者'与封建专制制度之间的冲突，而塔索最后的选择，也是我那一时期思想、生活状况的真实写照。在魏玛任职之前，我已经对感伤主义精神产生了抵触心理。我之所以在魏玛宫廷担任许多政治职务，是希望通过实践行动锻炼出审慎的品行，以克服身上的感伤主义习气。但事实远比我想象的要复杂得多，事情的发展远远超出了我能控制的范围，不管是在工作还是感情上，我都处于极大的矛盾之中。在这一时期，与其说我从感伤主义转变到了古典主义，倒不如说两者处于微妙的共存状态。产生这种状态的原因是我始终受限于自己周遭发生的一切以及所处的环境中，没有突破局限，把眼光放长远。虽然思想上我较前期有了很大的转变，但依然有很大的狭隘性。"歌德老师补充道。

　　"这种狭隘性，您最终是通过怎样的方式突破的呢？"蒋兰兰问道。

　　"后来，我实在无法忍受那种委曲求全的生活，甚至面临着创作窒息的危险。于是我在1786年悄悄地逃往了意大利，在与意大利古代艺术接触后，我在艺术上获得了新生。1790年后，欧洲发生了很多重大事件和变化，比如席卷全欧洲的革命狂潮的兴起、第一次工业革命的突飞猛进、空想社会主义思想广泛流传以及浪漫主义文学运动大范围开展等。不论是德国还是俄国，乃至整个西欧都流淌着一股消极浪漫主义的逆流，这让我更加清楚地认识到浪漫主义的病态，也是在这时候，我开始更多地注意到全欧洲甚至是全世界的变化，不再只局限在德国国内。在与全世界变化、文化接触碰撞的过程中，我更加坚定了自己信奉启蒙主义的决心。"歌德老师解释道。

　　"当时，不少人都在鼓吹艺术必须从诗人的内心世界出发，拒绝接近生活和反映生活。在我看来，这就是一种错误的有害的观点，如果所有作家全被这样的思潮感染，那么我们的时代就会笼罩在主观倾向之下，但事实上我们更应该通过启蒙理性努力接近客观世界。"歌德老师说道。

　　"如果一个作家完全与世隔绝，只能表达自己的那么一点儿主观情绪，又有什么意义呢？他的内心也就只能装得下那么一点东西，或许作几首诗、写几篇文章就已经江郎才尽了。而一个与世界并肩，掌握生活的人，他的创作资源是取之不尽的，这样才能做到与时俱进、不断创新。因此，我始终认为作家要面对现实，从客观世界出发，到浩瀚无际的生活海洋中去汲取创作的素材。可以说，生活处处都有诗，只要你善于发现和挖掘，整个世界都是可以创作的题材。"说到这里，歌德老师有些激动。（如图4-2所示）

图4-2　整个世界都是我的题材

"您这样说，是否就意味着，作家在自己的作品中没有必要表达特别主观的看法和情感呢？"蒋兰兰继续说出自己的见解。

"当然不是，这么理解太偏激了。不管是诗、小说还是画作，都是一种艺术，而艺术就是要通过一个完整体系向世界说话，其中的完整体系指的就是创作者的心灵果实或者说精神世界，即艺术家主观的心灵世界。客观世界和现实生活只是创作的出发点，艺术家在对人世间提供的材料进行艺术加工的过程中，'灌注'进自己的主观意识是必然的也是必要的。如果不是这样，那么诸多伟大的作品都将失去它独有的魅力。古希腊悲剧作家索福克勒斯所描写的人物都不会凸显出作家的高尚心灵，伟大的小说家曹雪芹笔下的红楼人物也将千篇一律，戏剧大家莎士比亚的作品中也再不会有丰富纠葛的思想情感，也就没有那句'to be or not to be'的呐喊……"歌德老师回应道。

歌德通过对世界文学的了解，宏观地审视了人类的文学创作，得出"整个世界都是他的题材""真实的题材没有不可以入诗或非诗性的"的结论。他指出艺术家应该表现自己熟悉的生活，在感受体验生活的基础上进入创作过程，在艺术加工的过程中，灌输"合智"（指艺术家的感情、思想、智慧、秉性、意志、愿望等）。真正的艺术，是一种精神创作，是自然的东西的道德表现。艺术家们都应具有伟大的人格，凭着伟大人格去看待自然，艺术家既是自然的奴隶，也是自然的主宰。由此可见，他并不完全否定浪漫主义的创作方法，而是力求它与古典主义结合起来，这也是歌德坚持的古典主义。

第三节　象征观的文学内核

上一节课结束后，歌德老师讲的内容顾悠消化了很久，直到这次上课前还在思考中。

"想什么呢？"顾玄过来用手肘捅了捅顾悠道。

顾悠扭头看了他一眼又无力地趴到桌子上。

看着她无精打采的样子，顾玄凑过来说："我给你讲个笑话吧，关于歌德老师的。"

"说吧，我听着呢。"顾悠还是没起来。

"据说歌德老师有着卓越的语言驾驭能力，有一次，他从魏玛公园经过，在一条很窄的小路上遇到了一位批评家，那批评家极为傲慢且无礼地说道：'我从来不给蠢货让路'。"顾玄突然停住，问顾悠，"你猜歌德老师怎么说？"

"歌德老师笑着退到了路边，回应道'我恰好相反'。这都多少年前的笑话了。"顾悠忍不住吐槽道。

"那你觉得这个笑话是真的还是假的？"顾玄问道。

"对，我们可以抓住这个机会问一问，听听本尊的回复。"顾悠这才来了兴致，猛地坐直了身体。

顾悠话音刚落，歌德老师正好进来，听到两人的对话，说道："要问我什么啊？"

"那个，歌德老师，网上盛传的您和批评家的笑话，到底是真的还是假的？"顾悠不好意思地问道。

"啊，那个啊，与真实情况有一点出入，不过你们权当是真的就好，反正对我是没有害处的，哈哈。"歌德老师满脸笑意，幽默地回答道。

"不过呢，我今天要讲的内容还真跟语言表达有关，你们来猜猜是关于哪方面的？"歌德老师提问道。

"人物塑造""情感抒发""心理描写"……同学们你一言我一语地说着。

"我掐指一算，应该是表达手法——象征的运用。"蒋兰兰调皮地回答道。

歌德老师竖起了大拇指："知我者，蒋兰兰也。"

"象征对于我来说，不仅是一种重要的艺术表现手段，也是我观察生活、认识世界与生命的一种基本的有力的方式。关于象征，咱们从头来说。"歌德老师道。

"'象征'一词，来源于古希腊。本义是一物分成两半，双方各持一半，作为凭证式信物。有事时，两者相合以验真假，用法类似于中国的兵符，后来引申为凡能表现某种抽象概念或思想感情的具体形象或符号。象征手法，来源于中国最早的一部诗歌总集《诗经》中的'比''兴'，指的是根据事物之间的某种联系，借助某人某物的具体形象（象征体），以表现某种抽象的概念、思想和情感的一种方式。"歌德老师继续说道。（如图4-3所示）

"象征手法受到了很多作家诗人的青睐，每个艺术家对于它的理解也不尽相同。我也有自己对象征的看法。在《格言与反思》中，我就明确阐述了何为象征。"歌德老师强调道。

"我知道那句话。"顾悠喊道，"'如果特殊表现了一般，不是把它表现为梦或影子，而是把它表现为奥秘不可测的一瞬间的生动的显现，那里就有了真正的象征'，但这句话是什么意思呢？我不是很明白。"

一物分成两半　双方各持一半　作为凭证信物

图 4-3　象征的本义

"我和席勒过去曾谈到过一种细微的分歧，现在这个话题正好提醒我想起了这个分歧：诗人或创作者究竟是为一般而找特殊，还是在特殊中显示一般？两者是有很大区别的，'为一般找特殊'就是从一般概念出发，比如诗人，他的心里首先要有一种待表现的一般性概念，然后找个别的具体形象进行说明例证；而在'特殊中找一般'则是先抓住现实世界中个别的生动的具体形象，再揭示其中蕴含的一般或普遍性的真理。"歌德老师说道。

"我在前面说过，艺术真正的生命力就在于对个别事物的把握和描述，也就是'在特殊中找一般'，即我所认为的象征。至于'为一般找特殊'，我称之为'寓意'。"歌德老师继续说道。

"老师，可以举个例子吗？我还是有点不懂。"一个学生说道。

"我来举例说明吧，以中国文学作品中的意象为例。"蒋兰

071

兰似乎听明白了，站起来做解说，"'为一般找特殊'通俗点说，就是我们想要表达一类事物时，往往会用一个普适的意象来传达。比如'貌若潘安，才比子建'，潘安和子建就是长相英俊、有才识有学问的青年男子的类型，再比如《陌上桑》中'秦氏有好女，自名为罗敷'的秦罗敷往往被看作古代文学中美女的类型等。'在特殊中找一般'即从特殊实例出发，用现实中存在的个别具体形象表现完整而真实的内容，从而显露真理，用这个形象代表与它有相同特征的人、事、物。比如'墙角数枝梅，凌寒独自开'中的梅，'采菊东篱下，悠然见南山'的菊，'岁寒，然后知松柏之后凋也'中的松柏，'兰秋香风远，松寒不改容'中的兰和松等，这些事物都被当作一种典型意象被提出，并塑造了相关文化和观念，如'菊文化''梅文化''岁寒三友'等。"

歌德老师满意地点点头，示意蒋兰兰坐下，自己则继续说道："蒋兰兰用大家熟悉的诗词进行解释，的确更通俗易懂，容易理解。为一般找特殊，缺乏内涵，无言外之意，被局限在一种特定框架里。而象征，则可言有尽意无穷，从有限到无限，没有束缚。'奥秘不可测的东西'指的是普遍真理，'一瞬间生动的显现'代表的就是现实中个别特殊鲜明的具体形象，借助象征，人们可以透过现象洞察事物的本质，领悟更高的存在。这样说，明白了吧？"

"嗯，明白了……我还听过一句这样的话——'歌德的作品一直富于画面与象征'，这是不是说明您的作品都有象征的使用？"这位同学继续问道。

"这样说过于笼统了，实际上，我的早期作品对象征的使用并不成熟，所表现的主题通常是物化具象的，很少有超越主题本身的内在价值。那时，我对'象征'认识尚浅，也没有形成明确的概念和观念。我曾给席勒写过一封信，其实也就是闲来无事，向他发发牢骚。我跟他说，我在写《少年维特之烦恼》这部作品时，每当看到一些熟悉的情景、对象，就会陷入一种亲身经历体验的不寻常情感中，也正是如此才能写出维特的感伤。随后我的脑子里会突然闪过一个词来命名那些对象，即象征性的事物，从那以后，象征、象征性这类术语，才开始出现在我的作品中。"歌德老师谦虚地说道。

第四节　浮士德的真实意义

"如果要说哪部作品是将'象征'运用得最为彻底的，那当然是《浮士德》。主人公浮士德在不同阶段的人生追求，都映射着现实社会群体以及人性中积极肯定的向善精神，也是文艺复兴之后三百年来欧洲新兴资产阶级的精神发展历程。"歌德老师一脸得意地说道。

"既然说到了《浮士德》，那我们就深入探讨一下。顾玄，你来介绍一下故事梗概。"歌德老师看顾玄有些走神，突然提问他道。

顾玄站起来，根本不知道要回答什么，还是旁边的邢凯偷偷提醒了他。

"啊，《浮士德》是吧？"顾玄思索片刻说道，"上帝在天庭召见群臣，魔鬼梅菲斯特也如约而至。魔鬼认为世界是一片苦海，人们终生都会深受其害，堕落其中，不会有所作为。上帝则认为像浮士德这样聪慧博学、意志坚定的人在理性和智慧的指引下一定能够有所成就。于是，魔鬼要和上帝打赌，如果他能将浮士德引入邪路，使其堕落，就能赢得赌约。魔鬼找到浮士德，告诉他自己将成为他的仆人，为他解除烦闷，满足他的一切需要，但一旦浮士德获得满足感，就要成为魔鬼的奴隶。浮士德认为人的欲望是无穷尽的，不会知足，便答应了魔鬼的要求。"

"魔鬼使用魔法带浮士德云游四方，第一站他们来到了一家酒店，魔鬼见浮士德对饮酒作乐毫无兴趣，便利用魔女的丹药让浮士德变年轻并与少女玛格丽特相爱。浮士德沉迷于爱情的美好中，却在无意间害死了少女的母亲、哥哥以及自己的孩子，少女也因此身陷囹圄。"顾玄说道。

"之后，心灰意冷的浮士德在阿尔卑斯山山麓休息了一段时间后又燃起了重生的念头。魔鬼便把他带到了皇宫之中，浮士德发挥自己的才能帮助昏庸无能的君主度过了财政危机。后来，皇帝得知浮士德会魔法，便让他将古希腊美人海伦和特洛伊美男子帕里斯召来。浮士德对海伦一见钟情，看到她与帕里斯谈情说爱，醋意大发，触动了机关引发爆炸，海伦消失，他自己也被炸昏。"顾玄接着说道。

"浮士德和魔鬼借助自己学生造的小人来到了古希腊的神话世界，与海伦相爱并结婚，还生了一个孩子，起名欧福良。不幸的是欧福良练习飞翔时坠地而亡，海伦也随之而去。浮士德乘坐着海伦留下来的长袍来到北方，在魔鬼的怂恿下为国王平息了战乱，由此获得了一块海边封地。浮士德站在高山之巅，俯视浩瀚大海，心中突然萌发了'移山填海，改造自然'的想法。他带领平民们开始这项大工程，魔鬼趁机做了很多恶事，还命已死的魂灵为浮士德掘墓。被妖女吹瞎眼睛的浮士德听到铁锹之声，以为是群众在为他移山填海，想到自己正在进行的伟大事业，遂感满足，倒地死去。在魔鬼要夺取浮士德灵魂之时，天使降临，将浮士德接到天宫，众天神为战胜魔鬼获得浮士德的灵魂而高奏凯歌。"顾玄继续说道。

"说得很详细，不知道同学们听完有什么感想？"歌德提问道。

"浮士德好复杂好矛盾啊，而且故事情节有点'狗血'。"顾悠小心翼翼地说道，害怕歌德老师生气。

"哈哈，狗血。"歌德老师大笑道，"可能是中西方文化差异和时代的原因，浮士德本身就是一个象征性的形象，他不是某一个人或者个体。最初，浮士德一心想要通过知识有所作为，他皓首穷经，到头来却空有满腹经纶却无用武之地，埋没于书本当中远离了真正的人生，对于这荒芜的一世，浮士德已深感厌倦，有了寻死之心，恰在这时，魔鬼出现，渴望获得实际人生享受的浮士德便以灵魂为抵押，与魔鬼订约，由此浮士德得以游览大千世界，体验人生的痛苦和幸福，并在这之中获得成长，最终从带领人民开疆拓土、造福家园中找到了人生的真谛。浮士德对知识、爱情、政治、艺术以及事业五个阶段的追求，反映了文艺复兴三百年来时代更迭过程中，在资产阶级身上发生的各种冲突，诸如宗教与科学、理性与情欲、现实与理想、上升与沉沦等。

"浮士德与玛格丽特的爱情悲剧的确很狗血，但其实反映的是对享乐主义和追求狭隘的个人幸福的批判和反思。浮士德为国王出谋划策，却不被委以重任，反而被命令做满足国王个人私欲的事情，这是其从政失败的根源，表明了启蒙主义者希望君主开明的政治理想的虚幻性；浮士德与古希腊美女相爱，最终却亡子失妻的悲惨结局，象征的是用古典的审美标准对当时的人们进行教化的理想幻灭；浮士德移山填海，改造自然，试图造福人类的工程，隐含的正是 18 世纪启蒙主义者描绘的'理性王国'以及

19世纪空想主义者对未来的呐喊。"歌德老师解释道。（如图4-4所示）

图4-4　浮士德的悲剧

　　"浮士德果然相当复杂，那么他性格中具有的矛盾性也就不足为奇了。这部作品真是构思宏伟、结构庞大、内容复杂、风格多变，难怪郭沫若先生称它是'一部灵魂的发展史抑或一部时代精神的发展史'。"顾玄说道。

　　"浮士德既是整个人类的代表，也是当时欧洲先进分子的艺术象征，既是'肯定'精神的象征，又是人性中'善'的代表。浮士德有这样一段呐喊：'在我的心中啊，盘踞着两种精神，这一个想和那一个离分，一个沉溺在强烈的爱欲中，以固执的官能贴近凡尘……'他的性格具有鲜明的二重性和矛盾性，一方面他因为人的本能驱使，而不可避免地陷入对地位、名利、女人等的个人欲望中，并做出'恶'事，另一方面又可以凭借强大的意志力从这些诱惑中抽离，不断超越自我，积极进取，向善而行。辩证式的人物发展涵盖了'善与恶''肯定与否定'的复杂关系，也揭示了人人都需要面临的难题——每个人在追寻人生的价值与意义时，都无法逃避'灵'与'肉'、自然欲求和道德灵魂、个人幸福与社会责任之间的两难选择。"歌德老师总结道。

荣格曾说："不是歌德创造了《浮士德》，而是《浮士德》创造了歌德。"总之，《浮士德》是一部宏伟的史诗，它高度概括了文艺复兴到 19 世纪初期几百年间资产阶级上升时期的精神发展史，与《荷马史诗》《神曲》以及《哈姆雷特》并称为欧洲四大名著，在西方文学史上有着非常重要的影响和极高的地位。

第五章
雨果主讲
"批判式浪漫"

本章通过四个小节讲述雨果的文学世界。作为大革命时期的文学家，雨果拉开了浪漫主义文学创作的序幕，他的浪漫主义文学主张，去除公式化的写作倡议，以及将浪漫主义与现实社会结合的文学创作方式，都值得我们深入了解。

维克多·雨果（Victor Hugo，1802 年 2 月 26 日—1885 年 5 月 22 日）

法国著名作家，积极浪漫主义文学和人道主义的代表人物，在法国及世界有着广泛的影响力，被称为"法兰西的莎士比亚"。他的作品包括诗歌、小说、戏剧、哲理论著、散文、文艺评论及政论文章等，代表作有《巴黎圣母院》《悲惨世界》和《九三年》。

第一节 伪古典主义与"第二文社"

"啊——"顾玄不知道为什么大喊了一声，从座位上猛地站了起来，眼睛正好对上一个头发花白、目光炯炯、神态老练严肃的老者的脸庞。

"妈呀！"顾玄一魂未定，又被吓了一跳。

"怎么样，睡得好吗？是不是做噩梦了啊？"老者笑着问道。

"好像是做噩梦了，不过，这是哪里啊？"顾玄这才回过神来。

"这是我的课堂！你居然敢睡觉，给我伸出手来！"老者突然又严肃起来。

"你是哪里来的老头儿，居然敢命令我？"顾玄瞪大眼睛。

一旁的顾悠戳了戳自己的傻哥哥，用一种自求多福的眼神看着他，说道："这可是雨果老师，睡蒙了吧。"

顾玄这才彻底清醒过来，心里不由得想："我是不是傻啊，看那身打扮就应该知道是某位老师啊，怎么能说那样的混蛋话呢？"

他随即换了一副表情，讨好地说道："雨果老师，我有眼不识泰山，您就饶我这一次吧。"

雨果老师皱着眉头，用不容置疑的语气说道："伸手。"

就这样，顾玄在众目睽睽之下挨了一顿戒尺。

"雨果老师作为一名外国老师，怎么还会这些中国老师的招数？"顾玄小声吐槽道。

雨果老师回到讲台上，依然是一副严肃的表情："同学们，要好好听课。"

雨果老师看着大家一副噤若寒蝉的样子，反应过来可能自己太"凶神恶煞"了，于是马上露出一个和蔼的笑容："其实，我也是很和蔼可亲的。不如，今天我就先来给你们讲一讲我自己的故事。"

"好啊好啊。"大家一看到雨果老师的态度变得温和了，气氛一下子就活跃起来。

"故事开始前，先问一个问题，你们对古典主义有多少了解呢？"雨果老师问道。

"上节课，歌德老师也讲到过古典主义。不过，歌德老师是启蒙主义文学大师，他讲的古典主义我没太听明白。"蒋兰兰抢答。

"歌德先生是德国魏玛古典主义的代表作家，不过他所倡导的古典主义，在德国还没有统一的背景之下，称为民族主义的古典主义更为贴切。"雨果老师说道。

"对，据我所知，古典主义是在法国也就是您的祖国兴起并发展的吧？"蒋兰兰继续说道。

"没错，古典主义在法国产生并走向繁荣，随后扩散到其他国家。古典主义思潮产生于十七世纪三四十年代，在六七十年代时发展到顶峰，虽然古典主义文学先后共流行了两百年，但其实到十八世纪初期就已经出现了衰落的迹象，逐渐由文艺思潮转变为单纯的文学形式，这之后便是文学史上的'拟古主义'或者'假古典主义'时期。"雨果老师解释道。

"你们应该都知道，古典主义有三大特征，一是服务于王权，二是理性克制情欲，三是以古希腊罗马文学为典范。法国在十七世纪时，由路易十三和路易十四掌权，正是君主专制的全盛时期，为发展国内外经济贸易，国王从教皇和旧贵族手中夺取了政权，实现了中央集权。而当时的资产阶级正处于发展上升时期，需要依附王权，尚不具备力量与封建统治抗衡，不过这些资产阶级先进分子，在思想上绝对不会屈服于王权的，便提出了限制王权的要求。这种情况下，古典主义文学就出现了，它是统治者为了维护自己的权力，反对思想分立的工具。"雨果老师接着说道。（如图 5-1 所示）

服务于王权　　理性克制情欲　　以古希腊罗马文学为典范

图 5-1　古典主义的三大特征

"下面开始说我的故事。我的故乡在法国东部的贝桑松，那是一座有着悠久历史的美丽城市，也是当时的工业中心。我的父亲勃鲁都斯·雨果是拿破仑麾下的一名军官，曾被拿破仑的哥哥西班牙国王约瑟夫·波拿巴授予将军衔，对国王忠心耿耿，我也深受这一忠君思想的影响，是保皇主义的信仰者。此外，那一时期，司各特的历史小说在全欧风行，他借历史题材表现个人情感，将历史上生动的史实加以美化的写法对我影响很大，这在我的一些作品中也深有体现，比如《新颂歌集》《颂诗与长歌》和小说《冰岛魔王》与《布格·雅尔加》等，最初我的一些作品都在使用这种手法歌颂保皇主义。"雨果老师绘声绘色地讲述着自己的故事。

"那您之后是怎么发生改变的呢？这样的思想转变可是相当困难的。"蒋兰兰一脸好奇地问道。

"的确不简单，不过当时发生了太多的事情。一方面是法国政权方面的变动。19 世纪初期，欧洲上空到处弥漫着战争的硝烟，法国也不例外。1814 年 3 月 31 日，俄普反法联军进占巴黎，拿破仑退位，路易十八则在联军的支持下登上了王位，波旁王朝复辟。路易十八一上台就开始恢复、维护旧政治制度，对人民实行疯狂的反攻倒算，制造了 1815 年到 1816 年的白色恐怖事件。这令作为保皇主义信仰者的我，不得不对自己的立场产生怀疑：我所拥护的就是这样的君主？我所希望的就是这样的世界？

"另一方面，通过与一些思想文人大师的接触，我的思想在慢慢发生变化。我的第一本小说《汉·伊斯兰特》机缘巧合下被小说家诺蒂埃看到，他对我极为赞赏，我也因此与诺蒂埃相识，并在之后接受了许多先进思想。"说到这里，雨果老师面露笑容。

"在这两方面的影响之下，您转向了浪漫主义？"蒋兰兰疑惑地问道。

"古典主义到后期就成了资产阶级政治革命和文学发展的一种极大障碍，最终被启蒙主义和浪漫主义思潮所击败。由于法国大革命的影响，19 世纪 20 年代的法国成为自由主义理论发展的中心。1823 年，随着自由主义日趋高涨，我的政治态度发生了根本的改变，我和浪漫主义的倡导者缪塞以及大仲马，组成了第二文社，开始明确地反对伪古典主义。"雨果老师说道。

"实际上，最开始我所坚持的浪漫主义是消极的，后来才逐渐摆脱它，举起了积极浪漫主义的大旗。"雨果老师又补充了一句。

第二节　文学作品中美与丑的冲突

"消极浪漫主义和积极浪漫主义有怎样的区别呢？"蒋兰兰又问道。

"这个问题，我想找个同学来回答，就今天睡觉的那位吧。"雨果老师说道。

顾玄红着脸站了起来，他这厚脸皮还真没这么害羞过，引得顾悠和蒋兰兰差点都偷偷拿出手机拍照留念了。

"所谓消极和积极，是按照理想性质的不同进行划分的。消极浪漫主义的理想是反映没落阶级对现实变革与社会进步的敌视。消极浪漫主义作家总是美化和怀恋已经消逝了的社会生活与制度，妄想历史能够按照他们的愿望倒退，因而思想悲观，情绪悲哀，作品内容表现为怀旧、逃避现实，或者陷入神秘主义，艺术上体现为作品格调低沉，色彩灰暗，往往为作品蒙上一层迷离恍惚、虚无缥缈的纱幕。而积极浪漫主义恰恰相反，其理想是与社会发展的趋向、与人民群众的愿望和要求相一致的，因而能够激励人们改造现实，增强人们的斗争意志，正如高尔基所说，应用浪漫主义的方法，可以美化人性，克服兽性，提高人的自尊心。这里的浪漫主义指的就是积极浪漫主义。中国也有很多积极浪漫主义的诗人作家，比如屈原、李白等，当然我们在此借用浪漫主义概念显然与资产阶级无关，更多是指二者文学艺术手法之间的相通。"顾玄丝毫没有停顿，一口气就说清了这个问题。

"说得不错，"雨果老师接着说道，"我的政治信仰彻底被改变后，也意识到了消极浪漫主义的危害，于是在 1827 年，我为自己的剧本《克伦威尔》写了一篇序言，它成为积极浪漫主义的文艺宣言，从此我正式和消极浪漫主义划清了界限。"

"那这之后，也就是 1831 年您写成并出版的《巴黎圣母院》是不是积极浪漫主义体现得最为浓厚的作品？"蒋兰兰继续追问道。

"Ouais（是的）！我说过，浪漫主义在创作时，是要具体而生动地去表现某个情节，而不是公式化、机械化地写作，要用夸张、强烈的对比构成情节，最不可缺少的就是滑稽丑怪与崇高优美的对照原则。丑就在美的旁边，畸形靠近优美，粗俗藏在崇高的背后，黑暗和光明与共。一个作品中构建的人物要像生活中的人一样，既要有灵性，也要有兽性，充满着矛盾，混杂着善与恶，兼具着伟大与渺小，有灵魂也有肉体，这样的艺术形象才更加真实，更能走进读者的心里。"雨果老师笑着说道。

"的确，老师所说的这些在《巴黎圣母院》中都有很明显的体现。"蒋兰兰若有所思地说道。

"比如？谁能举例说明？"雨果老师想了一下，又说道，"在这之前，我先简单说一说故事情节。"

"雨果老师也太严肃了点儿吧，我大气都不敢多出。"看着雨果老师不苟言笑的样子，顾悠忍不住吐槽。

"每个老师风格不一样，我倒觉得挺好的。你别发牢骚了，小心雨果老师敲你手心。"蒋兰兰小声警告顾悠。

"好吧。"顾悠吐了吐舌头。

"就刚才吐舌头那个女娃娃，你来回答刚才的问题。"雨果老师敏锐地抓住了小声说话的顾悠。

面对突如其来的提问，顾悠吓了一跳，因为她根本不了解这本小说，只好扯了下蒋兰兰，示意她告诉自己答案。

顾玄和邢凯在一旁幸灾乐祸，尤其顾玄还模仿起了老师打手心的动作。

顾悠瞪了他一眼，然后在蒋兰兰的小声提醒下，开始回答："我想分两个方面来说，一是环境，二是人物。"

"小说中构建了两个王朝，一是黑暗的封建王朝，一是光怪陆离的奇迹王朝。封建王朝内部钩心斗角，腐败血腥，处处镇压人民，制造冤案；而奇迹王朝虽都是乞丐穷人，但都心地善良，团结互助。作品的第三卷，对巴黎的及圣母院的建筑以及宏伟的外观进行了详细描述：和谐而壮丽，庄严而伟大……永恒又多变。然而，就在这样美好的艺术之宫中，却到处都是牢房、刑场、绞架以及停尸房、存尸墓场，每天都上演着像爱斯梅拉达一样被诬陷致死的冤案。"顾悠小声答道。（如图 5-2 所示）

封建王朝

奇迹王朝

图 5-2　封建王朝与奇迹王朝

"再说人物，主角爱斯梅拉达貌美心善，洋溢着青春朝气，是纯洁光辉的善的化身，但也不免过于天真单纯，容易被坏人欺骗。围绕着美少女的几个男子展现出各自的品性。爱斯梅拉达对弗比斯由感激而心生爱慕，为了他甘愿放弃一切甚至生命，对爱情忠贞不渝，然而弗比斯却只是贪恋少女的美色，骨子里根本瞧不起她。他逢场作戏，放荡轻浮，玩弄少女的情感。当爱斯梅拉达因他身陷囹圄，即将被绞死时，他却正在和贵族小姐举行盛大的婚礼。一个贫苦女子的美好品格，一个纨绔子弟的兽性，形成了高尚与卑劣的对比，另一方面，弗比斯英俊的外表和丑陋的内心亦形成了强烈的美丑对照。"顾悠的声音越来越小。

"爱斯梅拉达名义上的丈夫格兰古瓦虽然真心喜欢这个少女，但他更爱自己，不仅愚蠢地被利用，还在危急关头弃少女于不顾，卷了所有的东西自己逃命。一个舍己为人，一个自私自利，也形成了鲜明对照。"说到这里，顾悠略微停顿了一下。

"副教主克洛德对少女的爱并不是真情的流露，而是色欲的燃烧，当爱而不得时，竟说出'得不到就要毁灭'的话。他与检察官串通一气，诬陷少女，凭借宗教的权威身份，与国会串通，制造宗教迫害事件，是一个十足的衣冠禽兽，与爱斯梅拉达形成善恶、美丑的极致对比。实际上，小说中还提到克洛德年轻时曾是一个有理想有追求的有为少年，但当他遇到爱斯梅拉达后，自己所信奉的宗教禁欲主义和个人欲望产生了强烈的冲突，他在冲突之中变得疯狂，成了'恶'的化身，人物前后的不同也形成了美丑对照，表现了宗教和教会对人性的异化和泯灭。"顾悠又小声地补充道。

"撞钟怪人有着悲惨低贱的身世和奇丑无比的外貌，但却有一颗温暖通透的心灵，他虽然受到克洛德的蛊惑做了错事，但也因此受到惩罚，并及时改正，时刻照顾和保护着少女，默默付出不求回报，外表的丑陋和心灵的美丽，身世的低贱和品格的高贵形成鲜明对照，同时也与弗比斯、养父克洛德一般的恶人形成了对比。"讲完最后一句话，顾悠悬着的心才彻底放了下来。

"说得很详细，"雨果老师满意地点点头，脸上终于有了一丝笑容，"作为优美崇高的对照，滑稽与丑怪算是大自然所给予艺术的最丰富的源泉。美只有一种典型，丑却千变万化。"

第三节　现实中的"悲惨世界"

"老师，《巴黎圣母院》是一部典型的浪漫主义作品，但其中是不是也有很多现实主义元素？"蒋兰兰问道。

"问得好！相信之前的几位老师也提到过，浪漫主义和现实主义虽然是两个对立的风格流派，但实际上是你中有我、我中有你的状态，《巴黎圣母院》浪漫的外壳之下也具有现实批判意义。不过，其中的现实批判性还是不够强烈，这仍旧是与我本人的认知相关。当时我虽然推崇的是民主主义和人道主义思想，但尚不彻底。1848 年，六月革命爆发，在总统选举中，我投票支持拿破仑三世——路易·波拿巴，但没想到的是，他上台之后不久便发动政变，宣布帝制，对反对者大肆镇压，我也因此被迫在外流亡多年。在流亡的这段时间里，我彻底想明白了，写了不少作品嘲笑和批判拿破仑三世，也是从那之后，我所写的作品，现实性和批判性越来越强。"雨果老师解释道。

"我知道，《悲惨世界》就是一部具有强烈现实批判意义的小说。"一位同学很是激动地喊起来。

"哦？看来这位同学与这部小说之间有故事啊？"雨果老师好奇地问道。

"是的。我第一次主动去了解这本书，还是在高中的时候。我记得，那是高二会考前，大家都很放松，有一天晚自习时，语文老师在多媒体屏幕上给我们放了《悲惨世界》的话剧，当时我看完之后，只觉得故事有点离奇，而且很悲惨、很压抑。后来，我又去看了这本书，随着年龄的增长、阅历的丰富，我才越来越理解故事的真实性。"这位同学回应道。

"小说主人公冉·阿让自幼失去双亲，由姐姐抚养长大，后来他为救济七个外甥偷了一片面包而坐牢。由于不相信法律，他屡次越狱，刑期由五年增加到了十九年。出狱后的冉·阿让，却因为通行证上'服过苦刑，千万警惕'的字样处处遭人白眼，没人愿意收留他，给他工作。只是因为偷了一片面包就落得这般下场，这让冉·阿让觉得非常讽刺和愤恨，他下定决心报复社会，却在这时遇到了善良的神父，面对冉·阿让多次以怨报德之举，神父非但没有责怪，还从警察手中救下了他。最终，冉·阿让被神父感化，心中深埋的善良与爱的种子快速萌发。"这位同学说道。

"觉醒后的冉·阿让改名换姓，兴办工厂，在事业上取得了成功，他乐善好施，帮助穷人，因此收获了极高的人气，当上了市长。后来，为救一个酷似他的无辜者，冉·阿让承认了真实身份，尽忠职守的警察沙威得知后，对他展开了锲而不舍的追踪。最后，这位警察抓住了冉·阿让，然而在几十年的追踪中他已逐渐理解了冉·阿让的博爱心，并被冉·阿让的伟大人格所打动，但法与情不可兼顾，他放走了冉·阿让，自己投河自尽。冉·阿让则在自己的养女有了好的归宿后，也带着赎罪的爱离开了人间。冉·阿让永远地走了，却留下了他光辉圣洁的灵魂。回想他一生走过的坎坷艰苦，不得不赞叹，那真是一部传奇！"这位同学继续说道。

"你所说的'真实性'体现在哪些方面呢？"雨果老师说道。

"冉·阿让这个形象就很真实，本性纯良的人被逼无奈之下也会做错事、做恶事，这也引发了一个值得深思的问题——被逼无奈的恶叫恶吗？在封建社会和旧时代，生活在社会底层的穷人，根本无法掌控自己的命运，他们只能祈求安稳度日，一旦发生点意外，犯一点错就可能毁了一生，大病只能等死，得罪了人也只能任由摆布。"这位同学略带情绪地说道。（如图5-3所示）

图5-3 现实中的"悲惨世界"

"说到这里，我想起一部电影《误杀》，反映的就是这样一种社会现象，督察长的儿子玷污了平民的女儿，在实施暴力时被反杀，这本是恶人受到惩罚的欢喜结局，但奈何对方身后有强权，无权无势的平民只能任由宰割，好在影片中的平民父亲智慧过人，巧用瞒天过海的手法，与权力进行对抗，结局让人拍手叫绝。小说和电影中这种艺术化、理想化的情节安排，既反映了现实，也给予了人们生活的希望。"这位同学越说越激动，"警察沙威也是一个非常真实的形象，最开始看的时候，我只觉得沙威是一个对工作认真负责、很有责任心的人，到后来才发现他的忠于职守不过是愚忠。他把法律当作一生的信仰，只要有人做了违反法律的事情，他就一定要抓住，不管事情真相原委。但这样的他无形间却害了冉·阿让，他的固执刻板和不近人情成了摧毁良善的凶手，好在冉·阿让在神父的感化下获得重生，否则他的一生就要被毁掉了。最后，沙威看到了冉·阿让的博爱和善良，才明白自己终其一生的追求竟是如此荒谬，他在重大打击之下选择了自杀。联系当时的社会背景，雨果老师以沙威这一形象，批判了当时腐朽病态的法律制度。"这位同学继续说道。

"这部小说以社会底层受苦受难的穷人为对象，从人道主义出发，深刻揭露和批判了资本主义不合理的制度、法律和道德以及贫富悬殊，作品中每一个人物形象都很鲜明，经历都很真实，包括女工芳汀、养女珂赛特、德纳第夫妇以及革命青年马吕斯等。"他继续总结道。

"同学们，你们认可他说的吗？"雨果老师听完后提问道。

看到大家都点了点头，雨果老师微笑着说道："这位同学真正进入到了《悲惨世界》描写的时代，对于小说中的人物都有深刻的理解，这点很好，说明他的确是认真思考了，而不是流于故事的表面。"

第四节 浪漫主义与现实主义的结合

"实际上，我创作这部小说的动机来自一起真实事件，1801年，一个名为皮埃尔·莫的穷人，因饥饿偷了一片面包而被判五年苦役，这就是冉·阿让的原型。此外，我在小说中对芳汀这名女工也用了大量篇幅来描写。芳汀是一个单纯的乡下姑娘，她满怀希望来到城市却被男友欺骗，未婚怀孕又被抛弃。她为了女儿不惜卖掉长发、牙齿甚至最后出卖自己的肉体，受尽了磨难和排斥，而她的女儿珂赛特也备受虐待。芳汀这一形象其实是当时工业革命后人们从乡村涌向城市却得不到期望结果的真实写照，同时也反映了'饥饿使妇女堕落，黑暗使儿童羸弱'的问题。小说中这一系列人物形象和遭遇的真实性，正是依托于现实主义的写作手法。"雨果老师解释道。

"之前，我说过，《巴黎圣母院》虽然有现实主义的元素，但是相对较少，而《悲惨世界》中现实主义的元素更丰富——除了人物更真实接近生活外，还有一点就是细描了历史画面，按照史实展开了一系列场景，如硝烟弥漫的战场、阴暗潮湿的监狱、凄凉破败的贫民窟以及新兴的工业城市等。"雨果老师补充道。

"伟大的诗人但丁用诗歌造出了一个地狱，而我则想用现实来造一个地狱。"雨果老师自信地说道。

"老师，你说这句话的时候，真是帅爆了！"顾悠说道。

"没正形！"雨果老师略有些嫌弃地说，嘴角却带着笑意。

"看吧，老师这样严肃又老派的人都喜欢被人夸。"顾悠得意地对蒋兰兰说。

"《悲惨世界》是一部现实主义和浪漫主义成功结合的典范，那浪漫主义又是怎么体现的呢？"蒋兰兰问道。

"在此之前，先找个同学总结一下浪漫主义的典型特征，谁来？"雨果老师问。

"我所知道的，浪漫主义的突出特征之一是，它具有强烈的主观性，注重内心情感的抒发。"一个同学抢先回答。

"好，"雨果老师手指点了一点，"人物经历和历史事件场景大体上都是写实的，但在一些具体的描述中，我多使用浪漫主义的手法。比如主人公冉·阿让，他的曲折命运符合当时的社会大背景，但也不免有离奇的色彩，与此同时，我还赋予了他很多惊人的能力，他在救人时，可以扛起巨大的石块，可以只身搬起马车，甚至能在下水道来去自如。再比如沙威，他幡然醒悟后，选择放走冉·阿让，自己投河……这些夸张的人物描写，都充满了浪漫主义的色彩。"（如图5-4所示）

人物更真实接近生活

对人物夸张的描写

加入历史画面的描写

强烈的主观性
注重内心情感的抒发

图5-4　现实主义与浪漫主义的结合

"除此之外，和《巴黎圣母院》一样，《悲惨世界》中也有大量的对照。就拿米里哀和沙威这两个人物来说——米里哀主教是慈善博爱的化身，对犯错甚至即将犯罪的冉·阿让，他是通过宽容博爱去感化，最终使得冉·阿让成为一名慈善家、博爱者；而沙威则完全不同，他作为残酷法律制度的代表，对待冉·阿让的犯错，他选择的是强硬手段，不断要挟逼迫甚至不惜残害冉·阿让。再如德纳第夫妇和冉·阿让，德纳第夫妇是小人物中'恶'的代表，他们不仅惨无人道地虐待芳汀的女儿，对冉·阿让也是不择手段地去迫害，而冉·阿让却用宽容大度原谅了他们，表现出无限的仁爱之心。仁义与邪恶，博爱与私欲，仇恨与宽容，这样的对照明显增强了小说的浪漫主义艺术效果和感染力，对塑造人物和深化主题起到了极大的作用。"雨果老师解释道。

"当然，这其中迸发的正是我的个人情感，投射了我的很多个人主观想法，我从内心深处希望将博爱无私者刻画得更完美，将邪恶自私者表现得更丑陋。"雨果老师喘了一口气，"老师有点累了，谁能接着说下去？"

邢凯慢悠悠站了起来，顾悠看到后惊讶地小声说道："你能行吗？别说不出来丢人。"邢凯瞪了一眼顾悠，边回答问题，边用手将顾悠伸出来的脑袋摁了回去。

"雨果老师刚才说的是人物的性格和形象特点，实际在人物刻画上，雨果老师和曹雪芹老师一样，都很关注人物的内心世界，即心理活动。在塑造主角冉·阿让这一人物时，就较多地采用了心理描写，最为经典的一幕就是冉·阿让受到主教仁义宽待后内心的挣扎。"邢凯说道。

"冉·阿让从出生起，接触到的就都是社会冷酷的一面，他受够了也恨透了，决心报复社会以发泄内心的悲愤，却在这时遇到了天使般的主教，他让冉·阿让住进自己的家里，睡温暖的大床，吃丰盛的饭菜，然而从未被善待过的冉·阿让不相信世界上会有这样的人，于是他偷了主教的财物连夜逃走。当被警察扭着胳膊推到主教面前时，冉·阿让觉得自己完了，又要蹲回大牢，然而主教非但没有责怪他，还帮他脱罪。冉·阿让彻底被感动，同时内心也充满了矛盾——世界上还有善良？我是该继续报复社会，还是洗心革面？困惑不已的冉·阿让又偷了一个小孩的钱，心中却响起了这样的声音——'贼，他是贼，他抢了一个人的钱，这个人比他更穷，又没有防卫能力'，冉·阿让平生第一次感觉到心中有愧，也是在这时他选择了另一种生活。"邢凯继续说道。

"还有一方面是环境和情节的浪漫化。《悲惨世界》里的很多环境描写比如修道院、贫民窟、下水道等场景，大多是朦胧、阴暗、恐怖的氛围，这也是一种独特的浪漫体现；再比如戏剧化的情节，冉·阿让费尽气力将义女的未婚夫从下水道救出，一到出口却恰好碰见正在追捕自己的沙威等，这种偶然事件也充满着浪漫主义色彩。"邢凯补充道。

"世界上有一种比海洋更辽阔深邃的景象，那便是内心活动。人心是梦想的舞台、丑恶意念的渊薮、诡诈的都会、欲望的战场，对人物内心世界的描写是必不可少的，"雨果老师深有感触地说道，"简单来说，《悲惨世界》就是立足于现实生活，将真实的人和事所构成的社会场景展现出来，再通过浪漫主义的手法将不同人物表现出来的善、恶、愚昧、无私、良善等特点极端化，从而构建了将浪漫传奇与批判现实融为一体的时空，这也就是我独创的批判式浪漫。"

通过现实主义和浪漫主义的有机结合，雨果将自己的思想、对人心善恶的见解、对社会的感受，都熔铸到《悲惨世界》这部作品中，既如实地反映了社会的方方面面，又深刻地指出了当时社会的问题，亦即"贫穷使男子潦倒，饥饿使妇女堕落，黑暗使儿童羸弱"，无情地批判了资本主义不公平的法律和虚伪的道德。

第六章
福楼拜主讲
"现实主义"

本章用三个小节讲述福楼拜和他的文学作品。作为西方现代小说的奠基人，福楼拜的批判现实主义创作真实再现了社会生活，他以完全客观的视角，将自己眼中的现实生活展现给读者。

居斯塔夫·福楼拜（Gustave Flaubert, 1821 年 12 月 12 日—1880 年 5 月 8 日）

法国著名作家，西方现代小说的奠基者。出生于一个传统医生家庭的福楼拜，对医学兴趣不高，却非常喜欢阅读文学名著。从小便受到浪漫主义文学熏陶的他，创作之初也曾尝试过走浪漫主义的路线，在发现自己与浪漫主义格格不入后，福楼拜才转到批判现实主义写作上。他的代表作品主要有《包法利夫人》《萨朗波》《情感教育》《圣安东尼的诱惑》等。

第一节　用现实主义终结浪漫主义

顾玄、顾悠、蒋兰兰、邢凯再次来到寒暄书院，四人推开门，进入教室，见老师还没有到，于是便闲聊起来。

"听说今天来给我们上课的是福楼拜老师，你们了解他吗？"顾玄率先说道。

"我只听过这位老师的名字，但是没有拜读过他的作品。"蒋兰兰答道。

"我也是。"邢凯和顾悠也附和道。

顾玄听了他们的话有一点惊讶，说道："天啊！你们居然没有读过伟大的批判现实主义作家福楼拜老师的作品，那真是太遗憾了！我可太喜欢福楼拜老师作品中那种'冷眼旁观'的犀利风格了。"

蒋兰兰看着顾玄一脸崇拜的样子，说道："你这样一说，我倒是对福楼拜老师产生了好奇，真想快点见到他。"

"别着急，马上我们就能一睹福楼拜老师的真容了！"邢凯接着说。

顾玄接着一本正经地说道："我还带了他的书来上课，一会见到福楼拜老师，一定去要个签名！"

就在四人聊得正热火朝天的时候，一个西装革履、留着大胡子的男人，大步走到讲台上说道："大家好，先做个自我介绍，我是居斯塔夫·福楼拜，大家可以叫我福楼拜老师。"

他接着说道："接下来，我们开始上课。上课之前，先问大家一个问题，你们对我了解多少呢？"

因为课前听过顾玄对福楼拜老师的介绍，顾悠便抢答道："您是一位批判现实主义的作家。"

福楼拜老师说："这位同学说的没错，我的文学作品确实强烈批判现实。还有别的吗？"

作为粉丝的顾玄这时候站起来发言了："福楼拜老师，我可以问您一个问题吗？"

福楼拜老师答道："当然可以。"

"据我了解，您和刚刚给我们上过课的雨果老师是同一个时代的人，雨果老师的作品中充斥着浪漫主义，可您为什么没有顺应时代潮流也用浪漫主义的写法呢？"

福楼拜老师会心一笑，说道："因为在我看来，浪漫主义并不真实。当然，浪漫主义对社会也是有所批判的，但这种批判在我看来不过是小修小补，对于改变整个社会的精神状态无济于事。就从雨果的《悲惨世界》来看，虽然在故事中我们也能看到对当时社会结构的抨击和对于人性的拷问，可是，故事最终还是将一切的节点都放在了宗教对灵魂的救赎这个主题上，这无疑是站不住脚的。"

福楼拜老师接着说："其实我曾经也浪漫过，但是后来经历了法国社会的接连动荡，二十多年中政权不断更迭，处于这种时代的人民不仅生活困苦，精神也很匮乏，我觉得浪漫主义是无法拯救他们的，只有批判现实，强烈地批判现实，才可以唤醒他们。所以，我写了很多批判现实的文学作品。"（如图6-1所示）

图 6-1　只有现实主义才能唤醒人们

"我曾经拜读过您的作品《包法利夫人》，真的是太犀利了，您居然能从始至终都不曾对其中的人物感到一丝丝同情。"顾玄说道。

福楼拜老师点点头，笑着说道："《包法利夫人》确实是我最引以为傲的批判现实的作品，既然这位同学读过，不妨就由你来为大家介绍一下这部作品吧！"

"没问题，老师。"顾玄激动地回答道。

"《包法利夫人》中的女主人公名叫爱玛，一位憧憬着浪漫爱情的女子。后来爱玛怀揣着憧憬与包法利医生结了婚，成为包法利夫人。可是爱玛并没有如愿获得自己想要的爱情，因为她的丈夫包法利医生是一个呆板、庸俗老实的笨人，他很爱爱玛，但着实没有什么浪漫细胞。爱玛很讨厌这种平淡如水的生活，于是她抛弃了丈夫，转而去追求自己的爱情。她曾有过两个情人，分别是赖昂与罗道耳弗。在永镇，她与赖昂邂逅，有了一段爱情，但赖昂很快就去了巴黎，这段恋情不了了之。后来，爱玛又遇到了乡绅罗道耳弗，他们很快便在一起了，在一段时间的相处后，爱玛甚至决定抛弃自己的丈夫，与罗道耳弗远走高飞。谁知罗道耳弗转眼就抛弃了她，遭遇打击的爱玛，大病了一场。病好了之后，她就飞到卢昂去看戏，在这里她与赖昂再次相遇，二人又开始约会。爱玛所追求的浪漫爱情都是大量的金钱堆砌出来的，而她的钱大多都是借来的，最终爱玛被债务紧逼，丈夫无能，情人回避，她最终只能服砒霜自尽，死在了丈夫的面前。"顾玄将《包法利夫人》的内容娓娓道来。

同学们在听完顾玄的叙述后，不禁为他鼓起了掌，连福楼拜老师都为他竖起了大拇指，说道："看来这位同学对《包法利夫人》理解得很透彻。"

"在我看来，包法利夫人就是浪漫主义的化身，而包法利夫人的结局，也暗示着您的浪漫主义之魂已经不复存在了。"顾玄接着说道。

福楼拜老师频频点头，说道："你说的确实不错，我一生的创作生涯可以分为两个时期，前期的浪漫主义和后期的批判现实主义，我前期的作品富有浪漫化和个人化的色彩，但是随着年龄的增长和阅历的增加，我更加趋于现实，作品风格也变得日益去个人化和社会化，《包法利夫人》是我的转型之作，也是批判现实的代表作品。"

不知不觉，下课时间到了，大家对于这节课都意犹未尽。最开心的莫过于顾玄了，他不仅和福楼拜老师有了一次深刻的对话，还拿到了福楼拜老师的亲笔签名。

第二节　从全知视角到故事的旁观者

"福楼拜老师是简单直接的，就像他的小说一样，只知道客观叙述，不顾主角死活。"在第二节课上课前，顾悠拉着蒋兰兰说道。

"这样不好吗？"蒋兰兰小声问道。

"我觉得挺好啊，现在的小说不都是这样吗？总比那些站在上帝视角，依凭着自己的喜怒哀乐去塑造主人公要好吧！"邢凯的突然发声，着实吓了两人一跳。更让她们惊讶的是，在邢凯的身后，正站着表情严肃的福楼拜老师。

"既然大家对我在小说中的叙事视角和写作手法感兴趣，我们这一节课不如就好好讨论一下这个问题。"福楼拜老师显然是听到了顾悠和蒋兰兰的对话，而且似乎还很想跟大家聊一聊两人探讨的话题。

"如果大家读过与我同时期的文学家的作品，应该能很清楚地看出我们的小说在叙述视角上的不同。关于这一点，有没有同学愿意先谈一谈呢？"福楼拜老师一边向讲台走去，一边抛出了自己的问题。

"叙述视角是什么？"蒋兰兰的问题让福楼拜老师有些猝不及防。

既然学生提出了问题，老师就有必要给学生讲解清楚，福楼拜老师只得先将自己的问题放在一边，给蒋兰兰介绍起文学的基础知识。

"在文学创作中，视角是对叙述故事进行讲述的角度。传统的叙述视角多用叙述人称来划分，比如第一人称叙述、第二人称叙述及第三人称叙述。有学者将不同的叙事视角称为'聚焦'，并提出了'零聚焦''内聚焦'和'外聚焦'三种叙事视角类型。"福楼拜老师解释道。

"零聚焦就是没有固定视角的全知全能叙述，叙述者比其他人知道的都多，用你们能理解的话来说，就是上帝视角；内聚焦就是以某个人的视角进行叙述，叙述者也是故事中的一个角色，他只知道某个人的情况；外聚焦就是从故事之外进行叙述，叙事者知道得比较少，所以他只能客观叙述故事、介绍人物，没法对各个故事人物的思想进行分析。"福楼拜老师继续说道。（如图 6-2 所示）

图 6-2　三种不同的叙事视角

"那您的小说都是采用了'外聚焦'的叙事视角吗？"蒋兰兰继续问道。

"这正是我刚刚提出的问题，有哪位同学能为这位女同学介绍一下吗？"福楼拜老师又将问题抛给了同学们。

"我来说！"不知什么时候，顾玄突然从顾悠后面的座位上蹿了起来。

"是喜欢读《包法利夫人》的这位同学啊，好，那你就来说说吧！"站在讲台上的福楼拜老师笑着说道。

"在《包法利夫人》中，您没有采用同时代作家们常用的'全知全能'式的叙述方式，而是使用了一种客观式的叙述方式，而且叙事的视角还会经常发生变化。"顾玄回答道。

"比如呢？"福楼拜老师问道。

"比较明显的就是在小说的开篇，写'我们正在上自习，校长进来了……'，这里使用的是第一人称叙事，但之后就很少有这种视角的叙事了。后面在查理去卢欧先生家里时，您先是从查理的视角去写爱玛，而后又从卢欧先生的视角去写爱玛和查理。这些都是叙事视角的变化。"顾玄继续回答道。

"说得很好，看来这位同学对《包法利夫人》这部小说的研究很是深入啊。"福楼拜老师一边说，一边示意顾玄坐下。

"我并不喜欢那种'全知全能'的传统叙事方式，我总是在想，如果我把故事中的主人公的一切都说完，这个人物是不是就'死掉了'，或者说这么做会不会剥夺你们对故事人物的想象？"福楼拜老师像是在解释，又像是在提问。

"多少会有一些吧！我读一些小说的时候，就觉得作者是不是太喜欢或是太讨厌这个人物了。感觉不光是叙事视角的问题，就好像作者在引导我，让我觉得这个人物就是这样的，不容我质疑，也不让我思考。"顾悠接过福楼拜老师的话，说出了自己的想法。

"这位同学说的我也感同身受，在创作浪漫主义小说时，我就曾有过这种经历。转到批判现实主义文学创作后，我才慢慢做到'客观而无动于衷'的叙述。在我看来，叙述者只要忠实记录人物故事就好了，没必要把自己的喜怒哀乐强加在故事人物身上。"福楼拜老师继续说道。

"您同时期的作者似乎都还比较喜欢全知全能的叙事视角，现在倒是没多少人会这样写小说了。"顾悠接话道。

"这属于优胜劣汰了，福楼拜老师开创的叙述方式被证明是优于全知全能的叙事视角的。"邢凯随声附和道。

"叙事的视角哪有什么高下之分。"一个戴着眼镜的男同学站起来说道。

"在我看来，作为创作者，还是要有全知全能的视角的，只有这样创作者才能全面了解自己笔下的人物。至于是否在作品中以这种视角进行叙述，那就要看创作者自己个人的想法了。"福楼拜老师总结道。

第三节　作家对于遣词造句的推敲

顾悠等四人今天早早到了教室，距离上课还有很长时间，四人便闲聊起来。

"上了福楼拜老师的两节课后，我回去对他进行了全面了解，我发现他写的作品数量并不多。"蒋兰兰说道。

顾玄又来插嘴："虽然福楼拜老师作品不多，但每一部作品都是精品呀！"

"那顾玄，你知道什么原因不？"邢凯问道。

"据说是因为福楼拜老师对于遣词造句的要求极高，他每完成一部作品，都要推敲上好几遍，才会出版。"顾玄解答着他们的疑问。

"什么？在他们文学界，不都是一开始的初稿是最优的吗，一般不都是越改越烂吗？"顾悠有一些诧异。

"我可不同意你的观点，所谓慢工才可以出细活，这个道理你不懂吗？"蒋兰兰加入了争论。

"当然，慢工出细活我不反对，但是也分什么活呀，写文章靠灵感，灵感就是一瞬间的事情,这写文章就是不能太过于斟酌。"顾悠回答道。

"我跟你说，中国历史上还就真有在遣词造句上使劲推敲的文学家，最后他那篇文章特别受欢迎。"蒋兰兰见顾悠坚持己见，便开始上论据了。

"愿闻其详。"顾悠说道。

"西晋有位文学家叫左思，他曾经写过一篇《三都赋》，这《三都赋》全篇就一万余字，你们知道左思用了多长时间来写吗？十年，他用了整整十年，反复推敲斟酌里面的字句，才使得这篇作品大受欢迎。"蒋兰兰解释道。

顾悠还是不认可，反驳道："可是你这说的只是个例，大多数作家根本就不会这样啊！"

"算啦，我们不要在这热火朝天地讨论了，一会还是听听福楼拜老师怎么说吧！"顾玄见两人的争论愈演愈烈便出言制止道。

在二人激烈争论时，福楼拜老师走进了教室，笑着对同学们说道："大家这是在讨论什么呢？"

"老师，我们在讨论为什么您从事写作这么多年，但作品却屈指可数。"邢凯答道。

"既然你们提出了这个问题，那我们今天就这个问题讨论一番吧！"福楼拜老师说道，"你们知道我写《包法利夫人》用了几年吗？"

同学们纷纷摇头。

福楼拜继续笑着说："五年，我用了将近五年的时间完成了这部作品，所以大家现在能理解为什么我的作品并不多了吗？"

"老师，为什么您一本书的创作周期这么长呢？"蒋兰兰问道。

"因为大多数作家写作依靠灵感，说实话，我并不相信灵感，灵感不一定能造就一部好的作品，但是时间可以。有很多作家每写完一本书，便会选择立刻发表，但是我不一样，我写完一本书，会暂时搁置下来，一个月之后再通读一遍，反复推敲里面的字句。过几个月，再看一遍，对其中的遣词造句再仔细推敲。一本书我会反复推敲好几遍，不知不觉，战线就被拉长了。"（如图 6-3所示）

图 6-3　对词句的推敲

顾悠还是不理解，于是向福楼拜老师提问："福楼拜老师，写书最重要的是灵感，要是一个作家在创作时没有灵感，那给他再多时间也没用呀！"

"确实灵感很重要，但是我始终认为，只有花时间仔细打磨的作品，才会是精品。我觉得这个道理在我的作品中，能很好地体现出来。"福楼拜老师解释道。

顾悠摇摇头，说道："福楼拜老师目前出版的每一部作品确实都非常好，但我觉得这其中也有天赋在里面，像您这种文坛上的佼佼者，一定都有非同寻常的写作天赋，您是一个写作天才！"

"首先我要谢谢这位同学的认可，虽然我在文学上确实有所成就，却也担不起'写作天才'这个称号，毕竟在文学界有太多比我优秀的人了。我之所以在你们的眼中被视为天才一般的存在，不是因为我本身就具有写作天赋，而是我用耐心将自己打磨成了一个写作天才，这才有了你们眼中的所谓的'天才'。归根结底，还是我愿意花费时间和耐心在作品的遣词造句上，才有了我今日的文学成就。"

"那我大概明白了，这就好比一个人想做一个首饰盒子，为了找到那块最适合的木头，就伐了一片森林，是同样的道理。您对于作品中的字词句反复推敲，也是为了找到最适合这部作品的表达，看来时间和耐心确实可以造就伟大的作品。"顾悠说道。

"没错，这位同学完全领悟到了精髓，如果是灵感造就了作品，那愿意花时间反复去打磨和推敲就是成就作品。"福楼拜老师总结道。

随着福楼拜老师的话音落下，这节课也就结束了。经过这节课，同学们对文学创作有了更加深入的了解，可谓收获满满、受益匪浅。

第七章
托尔斯泰主讲
"以文学求真理"

本章用三个小节讲述托尔斯泰和他的文学作品。作为俄罗斯历史上最伟大的作家之一，托尔斯泰作品的深度和广度都是让人叹为观止的，他将历史完全带入到文学创作中的写作技巧，影响了后世大量的文学家和作品。

列夫·尼古拉耶维奇·托尔斯泰（Лев Николаеич Толстой，1828 年 9 月 9 日—1910 年 11 月 20 日）

俄国著名思想家、哲学家、批判现实主义作家。他出身贵族家庭，但对俄罗斯底层人民充满热忱，代表作有《战争与和平》《安娜·卡列尼娜》《复活》，以及自传体小说三部曲《童年》《少年》《青年》。高尔基曾发出"不认识托尔斯泰者，不可能认识俄罗斯"的感叹。

第一节　将历史带入文学艺术中

这天，顾玄、顾悠、蒋兰兰、邢凯四个人正在校园里散步聊天，只见远远的校门方向突然涌出一大群人，走在中间的是一位留着大胡子的老者，同学们看到他后都激动异常，不停地招手欢呼，瞬间就将校门围堵得水泄不通。

"那是谁啊？这么受欢迎，羡慕羡慕。"邢凯指着人流集中的地方问道。

其余三个人互相看看都摇了摇头，目送着老者和人群一路向另一个方向走去。

第二天，寒暄书院的新课开始了，顾悠他们四个人约好了提前去书院，一起讨论昨天的奇遇。

"我现在还好奇呢，昨天那老者到底是谁呀？"顾玄说道。

"我也很好奇！"邢凯说道。

"嘿，我见过你们几个小鬼头。"一个苍劲有力的声音传来，紧接着一位留着花白胡子的老人走了进来。他穿着白色的长衫，腰身用粗布条束着，脚上蹬着长靴，手里还拄着一个简易的拐杖。

"您就……就是昨天我们看到的那个特别受欢迎的老者！"蒋兰兰大叫。

"哈哈，你们昨天在校园里似乎没有认出我，我都看见了。"老者双手扶着拐杖站住，"现在知道我是谁了吗？"

"嗯嗯。"四个人小鸡啄米似的疯狂点头。

等同学们都到齐了后，托尔斯泰老师走到讲台上，依然是刚才的姿势。

"今天，我们从哪里讲起呢？听你们的。"托尔斯泰老师笑着问道。

"老师，我超喜欢看您的《战争与和平》。"一个男生起身说道。

托尔斯泰老师撇了一下嘴："好吧，我对讲课也没什么思路，那就从这部作品说起吧！"

"刚才那个小伙子，既然你超喜欢这部小说，那就先说说喜欢的理由或者说喜欢哪个方面？"托尔斯泰老师问道。

"战争，我最喜欢的是对战争场面的描写，老师您写得真的是太棒了，生动形象，引人入胜。"那男生有些夸张地说道。

"这么说可不对，我写的战争可一点也不生动，更不会引人入胜，因为真实的战争无趣得很，并不像电视剧和电影演的那样，我所经历过的战争就是如此，所写即所见。"托尔斯泰老师纠正道。

"正是因为真实，所以才会生动。"那男生反驳道。

"哈哈，也对。"托尔斯泰老师没有想到会被反驳，愣了一下突然笑了，接着语气温和了很多，"如果你喜欢这种类型的，可以去看看《塞瓦斯托波尔故事》，那是一本纯军事小说，是我在参加克里米亚战争之后根据那段经历所写的。"

"跑远了，说回《战争与和平》，我看大家一脸茫然的样子，是不是都没看过啊？"托尔斯泰老师重新将话题拉到《战争与和平》上。

"我一直都在看，但是人物太多了，而且名字复杂又相似，脑袋好乱，根本看不动。"顾玄抱怨似的说道。

托尔斯泰老师无奈地一摊手："那我就大概说一下故事线吧，当然重要的情节不给你们剧透，自己去看。"

"故事主线是两个年轻热情、充满活力的贵族青年皮埃尔和安德烈。1805年，拿破仑正向俄国进军，俄法大战一触即发，但此时俄国的上流社会依然灯红酒绿。在宫廷女官舍莱尔举行的晚会上，彼得堡上流社会达官贵人都出席了，其中也包括青年公爵安德烈和刚从国外留学回来的别祖霍夫老伯爵的私生子皮埃尔。当时，几位公爵说到了战争的话题，大家一致认为拿破仑是个大坏蛋，但皮埃尔则认为他是个伟大的人，因为这个观点他遭到了围攻，是安德烈替他解了围。两个青年一见如故，成了好友。"托尔斯泰老师说道。

"皮埃尔回到彼得堡后一度沉迷奢侈的生活，后来在远亲库拉金公爵设计下，与其貌美却放荡的女儿爱伦结婚。婚后不久，爱伦就给皮埃尔戴了绿帽子，为了维护自己的颜面，皮埃尔和情夫进行了决斗并与爱伦分居。皮埃尔一心向往理想的道德生活，但意志薄弱经不起诱惑，遂在贵族生活中绝望地挣扎着。"托尔斯泰老师接着说道。

"再说安德烈，自那次谈话后，他便不顾怀孕的妻子毅然去了前线，在战斗中表现勇猛，屡立战功，最终却不幸负了重伤，被当地居民救起。康复后的他意识到功名利禄远不如生命重要，便历尽千辛万苦回到了故乡，当晚，他的妻子因难产去世，这对安德烈打击非常大。后来，安德烈邂逅了娜塔莎，才又燃起了生活的希望，他积极参加政治活动，在农庄里实行改革。然而，好景不长，娜塔莎在与安德烈约定结婚期间受到爱伦哥哥的蛊惑，与之私奔，安德烈再次被爱情打击，就到国外休养去了。1812年，俄法之间又爆发了战争，安德烈在战斗中身负重伤，意外被娜塔莎所救，娜塔莎对自己的私奔向安德烈真心地忏悔，但安德烈因伤势太重去世了，临死前，他说，原来死亡才是人最清醒的时刻。"

托尔斯泰老师继续说道。

"看到俄国节节败退的皮埃尔有了新的打算，他要去刺杀拿破仑，却没料想被抓了俘虏，后来他奋力逃出，中途救了一个小女孩。最后，俄国艰难取得胜利，皮埃尔和娜塔莎邂逅，两人结婚幸福地生活在了一起。"稍做休息后，托尔斯泰老师又说道。

"老师这么一说的确清晰了很多，让人能知道大概的故事框架，但是具体到里面的内容和意义，那可就太多了，可不是几句话就能说清的。"蒋兰兰若有所思。

"哦？看来你对这部作品很有研究啊。"托尔斯泰老师饶有兴致地打量着蒋兰兰。

"《战争与和平》虽是一本小说，但描述的都是真实的历史事件和场景，即从 1805 年到 1820 年，拿破仑两次攻打沙俄的历史。托尔斯泰老师通过两位贵族子弟截然不同的命运，以库拉金、保尔康斯基、别祖霍夫、罗斯托夫四大家族的生活为情节线索，从不同的方面展现了那个时期的沙俄社会。安德烈虽是贵族，但他有抱负有胸襟，希望为国家贡献自己的力量，他真正代表的是军人形象，小说通过安德烈这条线索描写了战争场面以及战争之后沙俄军人的品行和处境。皮埃尔也是一位贵族子弟，他对战争有着不同于其他贵族的见解，但他却不像安德烈一样能够果断行动，性格上有着很大的矛盾性。他既清醒又糊涂，既倔强又软弱，所以前期一直在奢靡的贵族世界中痛苦沉浮，小说通过皮埃尔的前半生展现的正是战争背景下沙俄贵族们寡廉鲜耻的生活以及其中蕴含的情感和人性。"蒋兰兰说道。

"虽然两位主人公的理想追求和生活轨迹不同，但他们的联系却从没有断过，他们亲密无间的朋友关系使得战争前线与战争后方之间紧密联系起来，战争前线的线索是为了体现拿破仑，战争后方的线索是为了体现亚历山大一世。在虚构的故事慢慢展开的同时，库图佐夫元帅以及沙皇亚历山大一世等历史真实人物和情节也不断插入，才最终呈现出史诗的感觉。"蒋兰兰继续说道。（如图7-1所示）

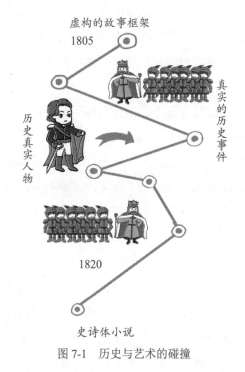

图7-1　历史与艺术的碰撞

"《战争与和平》运用小说的形式极大限度地还原了历史。当时，法兰西帝国已经征服了几乎整个欧洲，而沙皇则拥有远大于欧洲大陆的领土。但小说并没有偏袒沙皇，虚构出势均力敌的战争场面，而是尊重历史，真实还原了拿破仑如何连连获胜，势如破竹地一路抵达莫斯科，而沙皇又是怎样从当初的不可一世，到最后节节败退的。《战争与和平》是一部历史与文学艺术碰撞下的史诗巨作，让读者能够通过趣味性的故事了解这样一段相对沉闷的历史。"蒋兰兰一口气讲完一大段内容。

"嗯。"托尔斯泰老师摸着胡子，眯着眼，"今天的课先到这里，大家回去思考一下蒋兰兰同学所说的内容，下节课我们再继续研究这一问题。"

第二节　作家在作品中的自我投射

课堂刚一开始，托尔斯泰老师就问道："上节课蒋兰兰所说的历史与艺术的碰撞也就是你们所说的'史诗体小说'吧？"

"是的。"同学们异口同声地说道。

"老师，您为什么要通过这样的方式去表达历史呢？"蒋兰兰问道。

"实际上，我要展现的既不是历史，也不是事件，而是人。换句话说，当人生活在那样的特定环境下，应该以怎样的方式去生活？生命的意义是什么？我经常去想这些问题，也常常感到迷茫，而这本《战争与和平》可以看作某一段时间里探索的过程和结果的记录。"托尔斯泰老师解释道。

"那是否意味着书中的主人公就是您本人呢？只是通过虚构的人物形象来展现自己的处境和思想。"蒋兰兰追问道。

"的确，我通过安德烈和皮埃尔两个人表达了很多我在现实中所进行的思考，他们两个人的经历和我在现实中的经历几近相同。"托尔斯泰肯定了蒋兰兰的观点。

"那他们两个人中，谁更像您呢？"蒋兰兰又提出了新的疑问。

　　"与其说他们是两个人，倒不如说是一体两面，其中一个接近理想化的我，另一个接近现实中的我。他们在思想上有很多一致的地方，却在行为上呈现出不一致。安德烈和皮埃尔有两个共同点，一是对现有制度抱批判否定态度，随着他们思想和性格的发展，这些批判性越来越尖锐、深刻；二是不看重贵族地位，不安于奢华富有的生活，更倾向于认真探索人生的目的和意义，把解决农民的痛苦和祖国的前途当作自己的最终目标。"托尔斯泰老师解释道。

　　"不同的是安德烈更理性，果敢且坚毅；皮埃尔则偏向于感性，复杂且矛盾。安德烈很清楚自己要去做什么，应该怎么做，并且能够付诸实践，甚至可以为此变得冷酷不近人情，比如他不顾妻子反对执意走上了战场。当然他的选择不一定都是正确的，在经历过很多事情后，他也会对自己曾经的所作所为进行反思。他是一直在前进的，在痛苦和磨难中不断成长。我心中理想的俄罗斯贵族青年就是安德烈这样，拥有进步意识，百折不挠地探索着民族的命运，坚定不移地去做自己想做的事情，为理想而奋斗，并在过程中不断蜕变和升华。"托尔斯泰老师继续说道。

　　"然而，现实中的我同皮埃尔一样具有复杂又矛盾的性格，总是在思考，对问题有着自己的见解，却又总被自己的想法困住，不知道用怎样的方式解决问题，或者不敢突破现状。皮埃尔的性格张扬激烈、懦弱懒惰、脆弱迷离。他沉迷于醉生梦死的生活，肆意地挥霍着一切，但与此同时他又无比清醒和充满热情，有孩子般的纯真，不安于贵族生活，希望通过自己的力量去改变世事。然而，他自制力又极差，常常被诱惑牵着鼻子走。比如，有一次他下定决心听从朋友安德烈的建议，不再过那种堕落的生活，可是当天还是禁不住诱惑加入娱乐活动中。"说到这里，托尔斯泰老师稍微停顿了一下。

"皮埃尔就是一个复杂的矛盾体，他生活在富贵之中，却对此充满鄙夷，又没有勇气从中完全脱离，于是就这样痛苦迷茫地度过了前半生。好在，经历了一系列事情后，皮埃尔开始觉醒，踏上了刺杀拿破仑的征程，然而他骨子里的犹豫、懦弱并没有完全消失，最终被拿破仑俘获。就在当俘虏的这段时间里，他走进了战争，看到了无数的死亡，接触到了俄国底层人民的悲惨生活，也体会到了世间最简单也最美好的幸福，思想获得了升华。他的思想得以彻底觉醒，放下了缠绕自己的枷锁，最终找到了人生的真正意义，获得了重生。"托尔斯泰老师总结道。

"那么，他寻找的所谓的人生意义究竟是什么呢？我在书中没有很明确地看出来。"半天没说话的顾悠突然问道。

"你看过吗？别在老师面前装勤奋好学了。"顾玄鄙夷地小声说道。

"你知道？还好意思说我。"顾悠回怼道。

"我当然知道了，不看看我是谁？"顾玄的音量因为嗫嚅不由得变大了些。

托尔斯泰老师闻声看了一眼，说道："既然你知道，那就你说吧。"

顾玄愣了一下，但牛皮已经吹出去了，只好厚着脸皮站了起来，他稍作思考，说道："其实很简单，曾经的皮埃尔迷茫痛苦，是因为他追寻的是一种自己都不知道是什么的东西。他也想获得一种恰当的生活方式，来获得幸福和宁静。但是他心中希冀的东西，向往的生活方式，与他经历的一切都毫无关系，它们远在千里之外。于是他戴上了思想的望远镜去眺望，在茫茫的远方有无数他无法看清的东西——因为看不清，因为不属于他的生活，所以他觉得那是伟大的、无限的，也因为看不清，不能得到，所以更加痛苦和绝望。

"直到后来，他走进了一个完全没有经历过的世界，那里到处都是死亡，是悲剧，是黑暗，但是生活在那里的人却善良、正直、乐观。皮埃尔才开始明白，每一种生活都存在幸福与不幸，关键在于你怎么对待它。于是他抛弃了手中的望远镜，开始重新审视自己的人生，他发现自己一直苦苦追寻的东西其实就在身边，幸福和宁静的种子早已种下，只等待着发芽和开花。他回到家乡，开始兴办农场，和农民们一起进行改革，他热爱自己的生活，热爱身边的人，热爱周围的一切，他重新激活了体内善良和正义的天性，成了人人爱戴的人，也收获了幸福。"顾玄说道。

托尔斯泰一边点头，一边说道："嗯，说得虽然有点感性，但大致意思是对的。我曾谈到过'何为战争'，我把它比作了一个结构复杂的机械表。机械表是怎么运作的？当主轮慢慢地转动一下，其他的小齿轮就会一个接着一个跟着转，最后的结果就是指针均匀地移动。在战争中，皇帝就是中心主轮，他推动着战争中各种活动的进行，而那些军队中的士兵，就是一个个的小齿轮，当主轮不动时，小齿轮就只能静静地待着，仿佛能够沉寂百年之久。一旦到了开动的时刻，它们就会被杠杆抓住，只能听从运转规律的支配，轧轧地转动着，重复着自己也不知道目的和结果是什么的行动。

"我想说的是，这个世界上的大多数人也服从着这样的规律，他们的每一个决定或者行动看似是自由的，实际上却在被无形地控制着。那么，什么样的人才会感觉到非常痛苦？那就是意识到自己被控制，想要摆脱却又无能为力的时候。皮埃尔就是这样一个状态，而脱离这种痛苦的方法其实很简单，那就是不再关注被控制这件事情本身，着眼于自己的生活，做自己喜欢的事情，做自己认为有意义的事情，皮埃尔也是这样通过实际行动找到了希望的乌托邦，获得了重生。"托尔斯泰老师解释道。（如图7-2所示）

图 7-2 希望的"乌托邦"

"《战争与和平》是一部什么样的作品？它不是传奇，更不是长诗，尤其不是什么历史纪实。我希望读者不要在我的书里看出和寻找我不想也不会表达的东西，而把注意力集中到我要表达的东西上：历史的命运并不由人类主观的思想决定，事件的结果是成千上万微小活动汇聚而成的。在历史事件中，所谓的伟大人物也只有微小的作用。"托尔斯泰老师强调道。

听完托尔斯泰老师的纠正，同学们都若有所思地点了点头。下课时间也刚好到了。

第三节　矛盾而复杂的角色内心世界

一进教室，蒋兰兰就冲着顾悠说道："其实上节课一听完老师的话，我就想起来一部电影里的台词——'我们一路奋战，不是为了改变世界，而是为了不让世界改变我们'。"

"啊啊啊，我知道，这是那部特别火的电视剧里的台词。"顾悠花痴地叫道。

"我发现同学们都很感性啊，不愧是学文学的。不过，人还是要有一点梦想，万一这个世界能够因为你们而有一点点的不同呢，哈哈。"托尔斯泰老师说着缓缓走进来。

"老师，您好像比我们更感性呢。所以，您和皮埃尔并不完全一样，您的思考和探索要比他深入得多，也曲折得多。"蒋兰兰说道。

"也不能说深入，主要是我这个人'很善变'，有时候觉得心里有了一个答案，但很快又否定了，有时候读过一些书后有了新的想法，但过一段时间或阅读了新的书后，想法又会发生变化。所以很长一段时间里，我的内心是充满矛盾和疑问的，思想上也一直在转变，心态也一直在变化，我就通过文字将上述心理活动表现在我构建的故事中。"托尔斯泰老师笑着回应道。（如图7-3所示）

图 7-3　人物随作者思想转变不断完善

　　"《战争与和平》之后，我开始构思《安娜·卡列尼娜》，这是一部描述上流社会的家庭与婚姻生活的小说。我写作时习惯两条线并进，并通过某种方式将它们连接起来。《战争与和平》是这样，《安娜·卡列尼娜》也是这种结构。安娜、卡列宁、沃伦斯基是一条主线，列文、凯蒂是另一条主线，多丽、奥布朗斯基则是连接两条主线的次要线索。几大家族、几个重要人物因此汇集在一起，又因为他们彼此身份的特殊性，政治、经济、道德、心理等方面的矛盾都通过故事的开展得以体现出来。"托尔斯泰老师说道。

　　"上流社会的贵妇安娜，有着姣好的容颜和温和的性格。她的丈夫卡列宁是一位政府高级官员，两人育有一子，她本人在圣彼得堡也拥有无与伦比的社交地位，可以说，刚过二十岁的安娜·卡列尼娜已经拥有了一切同龄人渴求的东西。然而这一切，都被安娜的哥哥奥布朗斯基的一封来信给打破了。安娜的哥哥因为自己不检点的行为和妻子多丽之间出现了婚姻危机。他希望安娜能来调节和挽救自己和妻子的关系，维护表面的和谐。

安娜在去往莫斯科的途中邂逅了帅气的骑兵军官沃伦斯基，虽然只是匆匆一面，但两人已经被对方吸引住。"托尔斯泰老师接着说道。

"奥布朗斯基的住宅除了安娜，还有另一位访客——列文。他是一位性格敏感、细心谨慎、善良温暖的农场主。在这里，列文爱上了多丽的妹妹凯蒂，但凯蒂也倾心于沃伦斯基。列文向凯蒂求婚被拒后心灰意冷，回到家后一心投入农场工作，实施改革。而此时的安娜虽然对沃伦斯基抱有爱情的幻想，但无法摆脱道德的枷锁，挣扎着重归平静。于是，她急忙赶回圣彼得堡的家，但沃伦斯基却一路尾随。她试图重新回到过去的生活，却又对沃伦斯基充满迷恋，最终两人还是逾越了道德的界限，这一切也在圣彼得堡的社交圈闹得沸沸扬扬。"说到这里，托尔斯泰老师似乎想到了什么，却欲言又止。

"这让身为政治官员的卡列宁陷入一个进退不能的境地，他与安娜之间一直和谐友好，虽然缺少爱情的滋润，但至少给外人展现出来的是美满且体面的样子。而安娜的放纵，让他颜面尽失，但为了最后的尊严，他并不想与安娜离婚，而是给自己的妻子下达了最后通牒，让她与沃伦斯基彻底了断。最终，安娜在爱情与道德的纠葛中选择结束自己的生命。"托尔斯泰老师继续介绍着《安娜·卡列尼娜》的故事内容。

"你们中间也一定有人看过这部小说，不知道对安娜是什么样的感受？"托尔斯泰老师仿佛回忆了一个冗长的过往后，轻声问道。

"安娜美丽端庄、高贵典雅、聪慧善良、自然真诚、富有激情，有着令人无法抗拒的美貌和深刻丰富的精神世界，在思想、感情、才智、品德等方面都远远高于当时一般的贵族妇女，是一位呈现出多样性格的新型女性。"一位同学说道。

"这个人物是极其复杂的，并不能单以出轨的荡妇形象来看待。"另一位同学给出了不同的回答。

"安娜追求个性解放和不被虚伪道德所束缚的精神是可贵的。"一个甚少发言的女生回答道。

……

"看来大家都很喜欢安娜这个人物，也对她的所作所为给予了宽容而正面的理解。"托尔斯泰老师说道。

"老师，您不喜欢吗？您对安娜这个人物是怎样的感情呢？或者说，您刻画这个人物的目的是什么？"蒋兰兰问道。

"坦白说，我自己也不知道，与其说安娜是一个人物，倒不如说她是我精神世界的一部分，关于探索道德和人性的那部分。在写《安娜·卡列尼娜》这本书时，我的内心是逐渐转变的，也可以说是矛盾的，这也体现在对安娜的描写上。在故事的前半部分我本想把安娜塑造成一个肤浅的拥有低级趣味的女性，但随着故事的深入，我又给这个人物增加了很多正面的品德，以至于大家都对她充满了赞美和认可，有人说真爱是伟大的，有人说安娜思想前卫，也有说她敢于打破虚伪道德，追求个性解放……"托尔斯泰老师回答得有些模糊。

"每个人理解不同，也没有对错之分，但这与我要表达的意思是有偏差的。首先，我并不是为了歌颂所谓的真爱，更没有绝对赞扬安娜的做法。我是在想，人的命运、人的个性和伦理道德准则之间究竟该是怎样的关系，或者说如何达到一个平衡的状态。我们可以赞美安娜，赞美她的勇敢，赞美她的真诚，赞美她没有被法则条框压榨干净的朝气，但不能忽略她的悲剧结局及其所作所为给周围的人带来的伤害。我歌颂人的生命力，赞扬人性的合

123

理要求，但我不认同某些极端思想对改善人们命运的作用。换言之，我希望每个人都是自由的、有个性的、有活力的，能够追求自己想要的一切，但同时我也认为每个人都应当承担起自己的责任，规规矩矩地完成自己应该做的事情。但究竟为什么，我自己也说不清。"托尔斯泰老师继续说道。

"除了安娜外，另一条主线列文的故事又有什么样的意义呢？"蒋兰兰追问道。

"列文这条线索一方面描绘的是资本主义势力侵入农村后地主经济面临危机，列文苦苦探索出路的情景，另一方面也展现了列文的思想和精神境界的高度。他和安娜有相似之处，那就是对现实和人生锲而不舍的探究，但不同的思想与精神境界最终造就了不同人生。安娜是隐藏在被压抑的情感之下的暗流涌动，最终以死亡换取永恒；而列文一直在为幸福和人生的意义而思考，故事的结尾他获得了始终追寻不止的信仰。"托尔斯泰老师说道。

"列文对农业生产的探究以及头几年的婚姻生活，是我的真实写照，也是我世界观激变前夕的思想和生活感受，结尾列文获得了真理则是我后半生趋向精神革命的反映。"托尔斯泰老师又补充道。

第八章
马克·吐温主讲
"幽默与讽刺"

本章用四个小节讲述马克·吐温的创作经历和文学技巧。幽默与讽刺是文学作品永恒的主题之一，而将它们上升到艺术高度的马克·吐温则是公认的大文豪。如何学习马克·吐温用幽默的语言，对丑恶现象进行最鞭辟入里的讽刺，这是我们阅读本章所要思考的问题。

马克·吐温（Mark Twain，1835 年 11 月 30 日—1910 年 4 月 21 日）

原名萨缪尔·兰亭·克莱门（Samuel Langhorne Clemens），美国著名作家、演说家，马克·吐温是他的笔名。他擅长用幽默和讽刺的文学手法批判和揭露美国社会中存在的不合理现象，是美国批判现实主义文学奠基人。代表作有《竞选州长》《镀金时代》《汤姆·索亚历险记》《哈克贝利·费恩历险记》《百万英镑》等。

第一节　旅行生活对作家的影响

几天后，寒暄书院又开课了。顾玄虽然不知道老师是谁，但因为和顾悠闹别扭所以很有斗志，早早就到了教室等着上课。

他刚到没一会儿，马克·吐温老师就到了。马克·吐温老师和别的老师大有不同，他以年轻时的模样出现，穿着领航员的服装，意气风发、神采飞扬，但又自带威严，很有领导风范。

"老师，我们今天第一节课讲什么啊？"顾玄打算先提前刺探下"情报"。

"保密。"马克·吐温老师则决定先卖个关子。

就在这时，同学们也陆续到了。看到如此年轻帅气的老师，同学们纷纷侧头盯着看。

"我很奇怪吗？"马克·吐温老师看到大家扭着头看着自己的样子，好奇地问道。

"老师，您的确有点奇怪，怪帅的。"顾悠说完，又不好意思地低下了头。

马克·吐温老师清了清嗓子说道："第一节课，我们不讲其他，只谈谈心好不好？"

"好啊！"大家兴奋地说道。

"不知道你们平常都喜欢做什么啊？"马克·吐温老师问道。

"读书""看电影""逛街""发呆"，大家你一言我一语地回答着。

"哈哈，同学们的爱好真是各式各样，难道没有喜欢旅行的吗？"马克·吐温老师问道。

"当然有了，我们都很喜欢旅行，但是奈何没有钱。"一个女生委屈巴巴地说道。

"身体和心灵，总要有一个在路上，而我们的这两个都宅在家。"蒋兰兰也无奈地说道。

"其实，你们能够在中国的学校学习，心灵已经是在路上了，我像你们这么大的时候可没这条件，所以我就一直让身体在路上。"马克·吐温老师说道。

"我小的时候家里很穷，孩子又多，唯一的收入来源就是父亲给人打官司挣来的一点钱，就这样我的 7 个兄弟姐妹中也只有 3 个活过了童年。更糟糕的是，父亲在我 11 岁时就去世了，从那时起我就必须出去打工赚钱补贴家用，12 岁的时候在家乡汉尼拔做了印刷工；15 岁的时候，我又做了排字工人，偶尔还给我哥哥奥利安创办的《汉尼拔杂志》写稿；18 岁时，我觉得自己长大了，就想去别的地方闯荡，我去过纽约、费城，也到过圣路易和辛辛那提市。虽然颠沛流离，但我并不觉得这样的生活有什么不好。后来，我在外面也没闯出个名堂，就又回到了家乡，在密西西比河的轮船上我遇到了一个熟人，他是轮船上的领航员，在他的推荐下，我上船做了水手，这就是我最初的旅行生活了。"马克·吐温老师讲起了自己的成长经历。

"那您一定见识过很多有趣的人和事吧！"蒋兰兰好奇地问道。

"那是当然了，不管是像我这种'工作式'的旅行，还是一场特意的旅行，最重要的都不是旅途的风景，而是在这个过程中遇见的平常生活中不能见到的人和物，以及由此产生的心境和感

悟，而这些后来成了我一生的财富。"马克·吐温老师骄傲地说道。（如图8-1所示）

图8-1　旅行生活和文学

"那您给我们说说，您都去过什么地方啊，都有什么难忘的经历？"顾玄似乎也对马克·吐温老师的旅行充满了兴趣。

"最开始的时候，我就是在密西西比河的轮船上工作，工作内容也很枯燥，我记得当时最大的挑战就是获取专业的领航员执照。领航员需要对不断改变的河流有丰富的认识，以避开河岸成百的码头港口，我花了两年多的时间研究密西西比河，才终于符合要求。"马克·吐温老师说道。

"后来在担任领航员期间，最让我难以忘怀的一件事就是我弟弟亨利的去世，当时我看领航员的工资很可观，就说服弟弟也加入了领航员的队伍。一开始还很顺利，但因为一次事故，我的弟弟丧生了，这对我打击很大。那时候的轮船都是用易燃的木材制造，我的弟弟就死于一场船舱爆炸事故。"说到这里，马克·吐温老师有些感伤。

　　"老师，您也不要太自责了，我们相信您的弟弟也一定不会怪您的。"同学们小声安慰道。

　　马克·吐温老师轻轻用手带过眼角，继续说道："1861 年南北战争爆发，密西西比河上的交通受阻，航线被削减了，我于是就没了工作，心想着应该为战争出点力，便加入了联邦的民兵队伍。我参加了一次战斗，但那次战斗并不激烈，死伤很少，然而就是在战斗中，我发现自己对死亡有着莫名的恐惧，不是我自己怕死，而是我根本下不去手去杀任何一个人，但战争就是杀戮的机器，我无法改变这个事实，只好做了'逃兵'。"

　　"我无处可去，只能投奔哥哥，恰好碰上他工作调动，我便跟着他到内华达走马上任，在路上走了半个月的时间，这算是我离开轮船后的第一次旅行。我和哥哥穿过了中部大平原，沿着落基山脉到了美国西部，在这里我又见识到了一种不一样的生活。"马克·吐温老师继续说道。

　　"老师您真的好像一直在路上，没有安定下来过。"蒋兰兰感慨道。

　　"我也有过安定。到达内华达后，我就在弗吉尼亚城的银矿那里谋了份差事，成了一名矿工，这就是你所说的安定的工作吧。不过我这个人可能天生爱折腾，没有办法一直待在一个地方，所以我很快就辞职了，又想着倒腾木材生意，但最终还是在报社找了份记者的工作。这份工作让我接触到了更多人，有了更多见闻，积累了采访报道的经验，也锻炼了自己的文笔。后来我开始以记者的身份四处旅行，在加州旧金山，我见到了很多知名作家包括幽默作家阿特默斯·沃德和小说家布勒特·哈特，他们在写作方面给了我很多指导和建议。在夏威夷州，我做了生平第一次演讲。随着时间的流逝，我在采访报道方面积累了一些经验，开始有报社邀请我。在我 30 岁那年，一家报纸为我提供了一次免费的轮船旅游，目的地是地中海地区。旅程中，我整理了以往的资料并写成书籍，还见了到查尔斯·兰登，这一度改变了我的生活。"马克·吐温老师继续说着。

"老师，那在这么多的旅行经历中，您有什么样的收获呢？"顾玄追问道。

"收获可多了，不光是精神层面的。你们知道吗？我的家庭就是从旅行中诞生的，我的妻子是查尔斯·兰登的姐姐。当年，我见到查尔斯·兰登时也看到了他姐姐的照片，对她一见钟情，后来我们便结了婚有了宝宝。"说到这里，马克·吐温老师的脸上充满了笑容。

"哇，真幸福，真浪漫！"顾悠感叹道。

"旅行让我有了幸福的家庭，也让我增长了见识，为我提供了取之不尽的创作素材，旅行中与人的交往锻炼了我的文字表达能力，为我铺平了文学创作的道路，给我的精神世界打开了大门。"马克·吐温老师总结道。

"旅行是消除无知和仇恨的最好方法。"顾玄突然蹦出了一句话。

听了顾玄的感悟，马克·吐温老师边笑边点头。

第二节　社会观察对创作的影响

"当然了，我通过旅行获得的经验素材之所以非常丰富，也正是那个特殊的时代赋予的。"马克·吐温老师将话题从旅行转到了时代背景上。

"我知道，当时美国正处于自由资本主义向垄断资本主义过渡的时期，在这样的背景下，美国社会的变化是非常快速的，简直可以用日新月异来形容。"邢凯在历史方面还是有一点内存的。

"不错，在我小的时候，美国中西部的密苏里州还是联邦的奴隶州，我也是从那时起就开始了解奴隶制的，后来奴隶制也成了我一些作品的关键内容，比如《哈克贝利·费恩历险记》……"马克·吐温老师说道。

"这本书我看过，讲的是在密西西比河沿岸，一个荒无人烟的茂林处，顽皮的孩童哈克贝利遇到了正在逃跑的小黑奴吉姆，于是好奇的哈克贝利就和吉姆一起坐着小木筏沿着密西西比河顺流而下，开启了冒险之旅。这一过程中，他们遇到了各式各样的人，经历了很多事，在这个过程中哈克贝利得到了成长，虽然有时候他也为吉姆的身份感到矛盾，不过最终他还是改变了对黑人的偏见，和吉姆成为好朋友，并尽心尽力地帮助他。表面来看，故事惊险奇特，轻松有趣，但实际上反映了很多严肃的社会问题，例如奴隶制、种族歧视等。"顾悠一听在自己的知识范围内就着急忙慌地打断了老师。

马克·吐温老师说道："顾悠，你的嘴可真是太快了。"

顾悠不好意思地笑了笑。

马克·吐温老师继续说："顾悠说得对，不过那并不是我早期的作品。我们都知道，人类的行为和思想总是受文化的约束，那时，虽然我极大限度地接近了奴隶制，但是和其他人一样，我并不认为奴隶制是不合理的。大家都说黑人为奴是上帝的安排，我甚至也觉得黑人的命运本该如此，同时在心里暗自庆幸自己是白人。"

"看来再伟大的人也不是生来就高尚的啊！"顾玄似乎跟老师混熟了，肆无忌惮地调侃道。

"你居然这么说老师……"顾悠指着顾玄说道。

"哈哈，没关系，我就喜欢这样心直口快的。"马克·吐温老师并不计较，接着说："那时，我并不认为自己周围的一切有什么不好的地方，相反因为西部新开发地区的繁荣发展，我对美国的未来，也对自己的生活充满了希望。然而，在深入社会后，我才逐渐发现美国并不像我想象的那么完美，很多人们轻易看不到的地方都藏着丑陋和黑暗。不过我的内心还是乐观的，相信一切都会越来越好。于是在成为记者之后，我写了很多以轻快幽默为主基调但也或多或少揭露现实丑恶的作品，比如《卡拉维拉斯县驰名的跳蛙》《傻子出国记》《竞选州长》《哥尔斯密的朋友再度出洋》等。我用这些作品来表达自己对美好生活的憧憬，希望人们能够通过这些有所思考，进而使得社会有所改变。"

"然而，事情并没有按照您预期的那样发展。"邢凯说道。

"是的，很快美国进入了一个新的时期，我称它为'镀金时代'。投机和拜金主义狂热开启。人们唯金钱至上，不顾良知，种族歧视亦愈演愈烈，整个社会惨不忍睹。看到这一切，我陷入了深深的失望和不满中，一时间不知道如何表达自己的情绪，便写了《汤姆·索亚历险记》，从孩子的视角去看待生活中的种种现象，这是一种释放也是一种逃避。情感得到宣泄之后，我心里又开始幻想——或许是我之前的方式太温和了，把问题更直接一些地摆出来才会引起人们的注意，不能一味地逗乐，要有更深的意义。于是我将幽默委婉削减了很多，更严肃直接地去揭露社会中的问题，《哈克贝利·费恩历险记》就是这一时期的作品，此外还有《百万英镑》《傻瓜威尔逊》等。"马克·吐温老师继续说道。

"紧接着，我的幻想又被现实打破了。我的生活也陷入了一连串的不幸，先是事业不顺，投资失败，负债累累，紧接着两个女儿一病一死，妻子的健康也在恶化。我不明白自己生活的世界为什么会变成这样，而一直以来支持我鼓励我的妻女却不得善终，终于忍不住将自己的不满、愤怒通过作品发泄了出来。我心如死灰，再也看不到希望。不过，另外，我长久以来探索的问题似乎有了答案。"马克·吐温老师面露悲伤地说。

"什么问题呢？"顾悠问道。

"老师的作品尽管风格发生了变化，但从始至终探索的主题都是不变的，那就是对'人与人类社会'的思考，我想老师说的问题应该就是这个。"邢凯替马克·吐温老师回答了顾悠的提问。

"不错，但是要更具体一些。你们想听吗？可能会有些枯燥以及'不友好'。"马克·吐温老师小心翼翼地问道。

"想听！"同学们热情的呼声打消了马克·吐温老师的顾虑。

"第一个问题，人的良心从何而来？中国的《三字经》中曾说过，人之初，性本善。"马克·吐温老师提出了自己的第一个问题。

"但是，也有主张'人之初，性本恶'的啊。"顾悠说道。

"从先天的角度看，人的行为被动物本能主宰，不管做什么最终目的都是为了生存和繁衍；从后天的角度看，人可以被至上的权力驯化，本性也是可以发生变化的。人之所以履行责任，要么是为了满足个人所需，要么是畏于最高指令。换言之，最开始人并不知道良心是什么，只是在做对自己有利的事情。随着社会的发展，人们逐渐有了健全的心灵，但又会被训练，有的人健全的心灵占上风，有的人心性摇摆不定。比如，我小的时候并不觉得奴隶制有什么不合理，因为人们接受的教育就是维护奴隶制，谁也不觉得这有什么不正常。再比如哈克贝利会因为帮助了小黑奴而时常在内心交战，最终才打破种族歧视的锁链。"马克·吐温老师解释道。（如图8-2所示）

图8-2 动物本能与健全心灵

"第二个问题，人有没有进步？"马克·吐温老师提出了自己的第二个问题。

"当然有了！"顾玄说道。

"比如？"马克·吐温老师问道。

"人的思维越来越开阔，能力也越来越强，科学技术得到了极大的发展，飞机、火箭、航母、潜艇等都是进步的标志。"顾玄回答道。

"事实确实如此，我所处的时代与中世纪相比，你们所处的时代与我那时相比，人们掌握了越来越多的前人难以想象的科学技术，发明制造了一系列上天入地、办公劳作的设备，但这能代表人类自身的进步吗？换言之，这些只能表明人们所处的环境变了，而人却还在原地，保持着愚昧的状态，尽管比前人要懂得多，拥有更多的物质财富，但人类的本性并没有改善。比方说，你们这个时代有关人类的罪恶事件消失或者减少了吗？我想并没有，甚至变得更多了，毕竟古代还有'夜不闭户，路不拾遗'的场景呢。"马克·吐温老师解释道。

"所以，你所谓的进步不过是先进的武器战胜了落后的装备，人类的本性和生存规则是没有变化的，而这又怎么能说是人的进步呢？"马克·吐温老师用自己的亲身经历反驳了顾玄的回答。

"我觉得老师说得很有道理啊，完了，我的世界观崩塌了！"顾玄捂着头夸张地叫道。

"能不能别这么夸张？"顾悠很是嫌弃。

"我乐意！"顾玄挤出了一个更夸张的笑脸。

"瞧你脸上的褶子。"顾悠鄙夷地说道。

"有皱纹的地方只表示微笑在那儿待过。"顾玄笑着回应道。

"哈哈！"吐温老师一直看着兄妹俩斗嘴，最终还是没忍住笑出了声，"没事，你们接着吵吧，一会儿就该下课了。"

第三节　幽默是个人的机智与文学妙语

"你这两天怎么总能说出那么有哲理的话呢？"顾悠一进教室想起顾玄上节课的发言，便忍不住问道，"你真的是我哥吗？不会是谁假装的吧？"

"小妹妹，你对哥的魅力一无所知。"顾玄回答。

"别理你哥，他那是借用的马克·吐温老师的名句。"蒋兰兰毫不留情地揭穿了顾玄，"其实，除了这一句，马克·吐温老师的经典语句还有很多，而且特别有意思，要知道他可是著名的幽默大师，擅长的就是幽默讽刺。"

"是吗？我现在就去网上找找。"顾悠兴奋地说道。

"我这有一句，绝不要和愚蠢的人争论，他们会把你拖到他们那样的水平，然后回击你。"邢凯已经在一旁默默地搜索了。

"很有趣，也很有道理，怪不得我每次觉得顾悠很蠢，但又说不过她。"顾玄真是不放过任何一个与顾悠斗嘴的机会。

"即使闭起嘴看起来像个傻瓜，也比开口让人家确认你是傻瓜来得强。"顾悠用吐温老师的话回击道。

正在四个人说得热火朝天时，马克·吐温老师进了教室。

"老师您可真是'灵魂段子手'！比现在那些网络段子手厉害多了，又有意思又有内涵，能不能告诉我们您是怎么做到的？"眼尖的顾悠看到马克·吐温老师后，屁颠屁颠地跑过去问道。

"我曾说过喜剧是悲剧加上时间，而幽默正是源自内心的悲伤。"马克·吐温老师没有直接告诉顾悠，而是说了这么一句含糊不清的话。

"这句话是什么意思呢？"顾悠疑惑地问道。

"我想，老师大概是想说喜剧或者幽默的背后都是悲伤的，需要经历痛苦，经过生活的磨砺才能将很多悲伤或者不好的事情以'玩笑'的语气说出来。换句话说，幽默是一种无法学习的个人品质，是岁月沉淀下裹着华服的伤疤。"蒋兰兰说出了自己的想法。

"意思是我们怎么学都学不会了。"顾悠叹气。

"也不是，现在我能告诉你们的只能是一些浮于表面的技巧或是套路，真正的内涵需要你们亲身经历过一些事情后才能领悟，也就是说我能告诉你的只是一个框架，灵魂在于你自己。"马克·吐温老师解释道。

"框架也行啊，我们不挑，老师您快讲吧。"顾悠一听又兴奋了。

"首先，我先说一说我所认为的幽默在文学中应该是一种什么样的状态。它是一种装饰，一种特殊的芳香，起到的是画龙点睛的作用，但绝对不是主体。那些专门以幽默为生的幽默家们，其实是在随波逐流地玩弄词语和拼字游戏，这种幽默是毫无意义的，在博人一笑后，很快就会被遗忘。我不希望你们学会的是这种幽默。"马克·吐温老师继续解释道。

"那您希望的是什么样的呢？"蒋兰兰问道。

"这么说吧，你们刚才也看了我曾写的一些幽默句子，看过之后感觉如何？"马克·吐温老师问道。

"在笑过后，有的让我反思了自己，而有的则让我学习到了一些东西。"邢凯刚才看得最多，也最有感触。

"不错，这便是我想说的，幽默的目的并不是让人发笑，而是能够让人在轻松的氛围中学习到什么，也就是寓教于乐。不管是现在还是我生活的时期，人们都不喜欢听难听的话，不喜欢被说教，这一点我深有感触，所以如果你想去批评某些人的行为或社会状况，表达自己对他们的规劝，还要使人不反感，那就只能用这样的方法。也就是所谓的通过个人的机智和妙语，表达个性的观点。"马克·吐温老师肯定了邢凯的回答。

"当然了，我在早期运用的也是单纯的'逗乐'式幽默，后来才逐渐发展成了与讽刺相结合、悲喜相交、带有强烈个人情感的马克·吐温式幽默。"马克·吐温老师继续说道。

"晓得啦，像老师这样的人物，一般都是在不断的自我探索中成长起来的。"顾玄嬉皮笑脸地说。

马克·吐温老师稍微停顿了一下，继续说道："任何语言本身其实都不具备幽默性，只有当语言与具体的语境和作者要表达的意图结合在一起，再加上一些技巧的使用，让读者通过语境线索和自身的知识储备感觉到有趣并有所思考，才算是真正的幽默。当然，读者的知识储备我们无法掌控，我们需要做到是用语言营造一种具体的语境，通过人、物、事将自己的意图表达出来，然后使用修辞等表现手法将语言生动化、深刻化。"

"这样说可能有点空洞，举个具体的例子，你们都知道《汤姆·索亚历险记》吧？"马克·吐温老师问道。

"当然了，那是初中时必买的名著之一。"顾玄回应道。

马克·吐温熟练地背诵了小说中的段落，大家都很佩服他超强的记忆力：

在祈祷做到半中间的时候，有一只苍蝇落在汤姆前面的座椅靠背上，它不慌不忙地搓着腿，伸出胳膊抱住头，用劲地擦着脑袋，它的头几乎好像要和身子分家似的，脖子细的像根线……

当汤姆两手发痒，慢慢地移过去想抓它时，又停住了，他不敢——他相信在做祷告时干这种事情，他的灵魂立刻就会遭到毁灭。可是，当祷告讲到最后一句时，他弓着手背悄悄地向苍蝇靠过去，"阿门"刚一说出口，苍蝇就做了阶下囚；狮子狗把那只甲虫彻底地给忘记了，一屁股坐在甲虫上面。于是，就听到这狗痛苦地尖叫起来，只见它在过道上飞快地跑着……

"这一段话里，对苍蝇、狮子狗都运用了夸张、比喻和拟人的手法来表现它们悠闲的、搞笑的神态和状态，而这也与教堂里严肃庄严的气氛形成了对比，不仅让在座的人感到滑稽可笑，也让读者忍俊不禁。如果我们把苍蝇和狮子狗放入另一种场景中，比如苍蝇在饭桌上，狮子狗在被别的恶狗追赶，即使是同样的动作描写，我们也不会觉得有趣，这就是语境的作用，而上述修辞手法则加强了幽默的效果。"马克·吐温老师分析道。

"此外，利用语言逻辑的悖反来营造搞笑也是幽默语言常用的方式，如双关、反语、暗讽等，这些手法悖反了语言逻辑，能够使语言产生一种幽默的效果并赋予其更深刻的含义，当然也要结合具体的语境。"马克·吐温老师继续说道。

"比如，小兰你今天真漂亮，单这一句话并没有什么意思，如果我们给小兰这个人物加一下设定，她为人不善、长相丑陋、身材肥胖，这一天她精心打扮了一番，一扭一扭地从家出来，路上踢飞了一只柔弱的小猫，对不小心碰到她的人破口大骂，这些恰巧被小江看到，于是小江对她称赞道：小兰你今天可真漂亮啊。这样一来，反语的作用和幽默的感觉就出来了。"为了说明上面的内容，马克·吐温老师举了一个形象的例子（如图8-3所示）。

图8-3　幽默是个人的机智与文学妙语

"老师，我觉得第二个例子有很大的讽刺意味，幽默和讽刺到底是什么关系？"邢凯问道。

马克·吐温老师看了看时间，说道："时间差不多了，这个具体的咱们下节课再讲。"

第四节　讽刺是对社会的洞察与文学剖析

"在我看来，幽默是比较温和的表达情感的方式，它在笑声中表达观点，缓和气氛，以避免冲突；而讽刺则是用尖刻的方式戳破虚伪的表象，真实而夸张地将事实血淋淋地摆在人们眼前。幽默和讽刺的关系到底是什么呢？可以这么说，幽默可以没有讽刺（纯逗乐），但讽刺中或多或少有幽默的意味，而幽默要想变得有深度，就必须与讽刺结合在一起，换言之，有了讽刺，幽默才能'教人'。"一上来，马克·吐温老师就回答了上节课邢凯提出的问题。

"其实上节课中的第一个例子也融入了讽刺，一个发展得不怎么样的小镇举行了一次普通的祷告仪式，却引来了整个镇的人倾巢出动，并且穿着和言行无比夸张，气氛也异常庄严肃穆，牧师的祷告更是煞有其事，对求福的人、机构罗列了一大堆，还极力劝导人们行善。实际上呢，这些只不过空有其表，是教会拉拢人心的手段。'阿门'是感恩、悲悯的象征，而苍蝇却在这时被小主人公玩弄于股掌之间，狮子狗在教堂里与黑甲虫搏斗，肆意狂奔，以上行为都是对教会的不屑和无视。上节课的选段乃至《汤姆·索亚历险记》整本书都是通过讽刺揭露了当时社会的弊端以及小市民的伪善庸俗以及教会的虚伪。"马克·吐温老师继续说道。

"当然，要想体会到这种讽刺，需要对当时的社会状况有所了解，要想灵活运用讽刺就必须深入感知所处的社会，因为讽刺源于对社会的洞察与剖析。某种程度上，幽默是一种退让，作者通过它揶揄地表达自己；讽刺则是决不妥协，并且对现实进行毫不留情的批判。当幽默和讽刺恰到好处地结合在一起时，就能够用相对轻快的方式深刻地揭露问题，即笑着将一把利剑插入丑恶黑暗的现实，且必是带着血拔出来的。"马克·吐温老师突然做了一个用力击剑的动作，仿佛在他面前真的站着一个坏人似的。

"那《汤姆·索亚历险记》中这两种手法是怎样结合的？"蒋兰兰若有所思地问道。

"从我的角度来说，《汤姆·索亚历险记》中讽刺的意味要少一些，幽默的成分更多，我的作品里面要说分寸掌握得比较好的应该是《百万英镑》。不管是在人物描写方面，还是在揭露社会黑暗上，都用到了幽默讽刺的手法，比如主人公亨利去裁缝店时，店员的行为举止就颇具喜感——'他心里想看，一个劲地打量那张大票；好像怎么看也饱不了眼福，可就是战战兢兢地不敢碰它，就好像凡夫俗子一接那票子上的仙气就会折了寿。'我用相对夸张的手法描写店员的神态动作，意在刻画他贪婪、胆小的形象，也想借此讽刺当时底层人民金钱至上的扭曲观念。"马克·吐温老师解释道。

"那幽默和讽刺的结合有没有什么技巧呢？"顾悠又问道。

"上一节课说过的语境、修辞手法以及表现手法等都需要灵活运用，在特定的语境中，讽刺和修辞的联合使用能够使文章在幽默中获得锋利的批判效果。除此之外，还有一些具体做法需要补充。第一种，喜剧与悲剧的结合。幽默本身是'讨喜'的，但有时候在某个情境中单用喜剧反倒会显得单薄，另一方面，讽刺的背后往往是'悲剧'，所以悲与喜的结合不仅能在一定程度上增加喜的效果，还能更好地将讽刺融合进来。在《竞选州长》中，我就把一出喜剧安排成了悲剧的结局，更加凸显出荒诞和讽刺之感。"马克·吐温老师说道。

"第二种，将故事的主人公安排成自己，比如我将《竞选州长》中'我'也起名叫作'马克·吐温'，然后用第一人称的方式一本正经地诉说发生在自己身上的一系列荒唐可笑的故事，读者在读的过程中会不自觉地联想到现实中的我，这样一来就会使得书中的描写和叙述更加不协调，从而大大增加幽默效果。这种方式，也可以称为'明讽'。相声这门艺术，你们都不陌生吧？"在举例说明之后，马克·吐温老师将话题引到了相声上。（如图8-4所示）

喜剧与悲剧的结合　　　将故事的主人公安排成自己

图 8-4　讽刺是对社会的洞察与剖析

"当然，我老喜欢相声了，雅俗共赏，既能逗乐也能说理。"顾玄一下子来了兴致。

"可不咋地。"马克·吐温老师突然蹦出来一句东北话，引得大家哄堂大笑。

"好了，严肃。"马克·吐温老师继续说，"说相声的两人，一个常常扮演各种喜剧角色，尽讽刺之能，另一个则随声附和，这就相当于小说中'我'和书中被教诲的人物之间的关系。说教者和被训诲者都是明确的，这便是'明讽'。"

"我还有一个问题，单用幽默是没有意义的，那么单用讽刺呢？也就是在讽刺中减少幽默效果，会发生什么？"邢凯突然问了这么一个问题。

"我用亲身经历告诉你，会被'骂'得很惨，即使你说的话很有道理。我后期的作品大都是这种风格，一直以来我都是将自己对生活的理解、对人性的认识和对社会的观察，通过相对温和的方式表达出来，因为我还是抱有希望的。但是随着时间的推移，我对所处的世界愈加失望起来，逐渐意识到用这样温和的方式无法唤醒被无知愚昧束缚的人类，所以干脆抛弃了幽默的装饰，直接进行讽刺批判，以至于很多人都说我是因为自己的不幸遭遇而向世人泄愤。"马克·吐温老师说完自嘲地笑了笑。

"老师，我总结了一下您说的，您听我说的对不对。"顾悠思索良久，开口说道。

"想要创作出有趣又有言之有物的语句，首先要构想一个语境，接着将自己的想法通过一些与语境协调的人、物、事表达出来，在这个过程中要融入讽刺，可以使用大量的修辞表现手法，尤其是夸张、反语等，必要时可以用悲衬喜，或者用第一人称或者其他方式增加幽默效果。"顾悠说道。

"总结得不错，但是顾悠，学习讲究的是理解并融会贯通，而不是死记硬背和生搬硬套。手法、技巧都是次要的，最重要的是你本身的经历和认知水平。换言之，你读了多少书，有多少人生经验，对社会又了解多少，当你自身的这些方面都达到一定高度时，很多东西自然而然就会了，否则，即使你知道了这些技巧却根本写不出来，不会用，又有什么意义呢？当然，我说这些的目的并不是说，我今天讲的内容对你们没有用处，而是希望你们多学习、多观察、多发现、多思考、多经历。"马克·吐温老师语重心长地说道。

"嗯，我知道了，老师。我理解您的意思，就像您一样之所以能够写出这么多脍炙人口的篇章，将幽默讽刺的手法运用得炉火纯青，不也有赖于近乎一生的旅行和孜孜不倦的学习吗？"顾悠笑着说道。

听了顾悠的总结，马克·吐温老师也满意地笑了。

"老师，您笑起来真好看。"刚正经了没两秒的顾悠又调皮起来。

这时，下课时间也到了。在同学们依依不舍的目光中，马克·吐温老师暂别了寒暄书院。

第九章
泰戈尔主讲
"爱与美的文学"

　　本章用三个小节讲述泰戈尔的创作经历和文学思想。作为一位思想胜于文学技巧的作家，泰戈尔是印度文化走向世界的推手，也是梳理印度哲学的集大成者，了解他的创作经历，我们能更好地体会印度哲学的深邃，了解受印度哲学强烈影响的印度文学是怎样一种风格。

拉宾德拉纳特·泰戈尔（Rabindranath Tagore，1861 年 5 月 7 日—1941 年 8 月 7 日）

　　印度诗人、文学家、社会活动家，亚洲第一位诺贝尔文学奖获得者。他的作品涉及小说、诗歌、戏剧、散文等多种体裁，文笔清新自然，语言朴实纯真，内容大多描写底层印度人民生活，字里行间常常含有发人深省的哲学见解，他的文学风格对中国现代文学也产生过重大影响。

第一节 "梵"的哲学思考

马克·吐温老师的课结束后，顾悠总是魂不守舍的，天天跟蒋兰兰念叨："幽默的吐温老师什么时候才能再回来啊？"

蒋兰兰几乎快被她折磨疯了，软声软气地求饶道："姐姐，我真的服了，放过我好吗？我请你吃好吃的，只求您别再叨叨了！"

正在这时，邢凯捂着耳朵走了过来。

"你怎么了，怎么感觉像刚打完仗似的？"蒋兰兰看着他的惨样一脸不解。

"别提了，我跟你说，咱俩上辈子肯定是欠他们兄妹的，所以这辈子来还债。顾玄也疯了，嚷嚷着要找'酷酷的吐温哥们儿'，顺带把我贬得一无是处，说我品位差，穿衣服不好看，我也是真服了。"邢凯抱怨道。

"算了，别跟他们计较了，下一个老师来了就好了。"蒋兰兰无奈又同情地拍了拍邢凯的肩膀。

"下一个老师我知道是谁，虽然也很厉害，但应该不是帅哥，所以对我吸引力不太大。"顾悠说话终于正常了点。

"别乱说，小心后悔都来不及！"蒋兰兰笑着说道。

"才不会呢！"顾悠傲娇地说道，"谁也不能超越吐温老师在我心中的地位。"

这天，情绪有些低落的顾悠慢吞吞地来到寒暄书院，但其实她心里还是有些期待的。

与顾悠不同，蒋兰兰倒是兴致盎然，嘴里还哼着小曲："世界以痛吻我，要我报之以歌，天空没有翅膀的痕迹，但我已飞过，我不住地凝望渺远的阴空，我的心和不宁的风一同彷徨悲叹……"

"你唱的什么啊？我怎么没听过？"顾悠听到后忍不住问道。

"我自创的，厉害不？"蒋兰兰鲜少地露出了得意的表情。

"调调一般，不过歌词真的很好，还有点熟悉，是哪个名人写的来着？"顾悠皱着眉头想了想，"哦，我知道了，就是今天要来上课的泰戈尔老师的。"

"算你聪明。"蒋兰兰笑着说道。

两人正说着，门口走进一位有着花白卷发和茂密的大胡子的老者，他穿着类似僧衣一样的灰白色长衫，走起路来脚下生风，一脸云淡风轻，看起来精神矍铄并无老态。

"泰戈尔老师蛮佛系的样子。"顾玄说道。

"嗯，看着像位得道高人，看来我要拜师学艺了。"邢凯嬉皮笑脸地附和。

"你想得美！"另外三个人异口同声地说道。

"同学们好，我是接下来给你们讲课的泰戈尔老师，希望大家能够喜欢我。"泰戈尔老师站在讲台上很是客气地说道，"不过，不喜欢也没有关系，只要你们高兴就好。"

"老师，我们不喜欢你，但是爱死你了。"不知道是谁大喊了一句，瞬间把课堂的气氛调动了起来。

"这哥们比我还能出风头！"顾玄有些嫉妒地说道。

"哈哈，那就好。"泰戈尔老师摆了摆手示意大家先安静下来，"那不知道大家喜欢我什么呢？"

"最喜欢的当然是您的诗了，唯美且有意境，读来还那么有哲理。"蒋兰兰一脸崇拜地说道，"不过有很多诗句的内涵，我不太能理解，比如这一句，'罗网是坚韧的，但是要撕破它的时候我又心痛；我只要自由，为希望自由我却觉得羞愧；我确知那无价之宝是在你那里，而且你是我最好的朋友，但我却舍不得清除我满屋的俗物；我身上披的是灰尘与死亡之衣，我恨它，却又热爱地把它抱紧'。我只觉得这几句诗很矛盾的样子，但又不知从何理解？"

"实际上，要理解这些东西并不难，这只是我所思所想的一种表达。"泰戈尔老师说道。

"我记得文学史家郑振铎曾说过，在对着熠熠的星辰、潺潺的流水、浩瀚的天空，或偃卧于绿荫上，荡舟于群山间，郁闷地坐于车中，在惊骇的午夜静听奔腾呼啸的狂风暴雨时，才能真正领会到泰戈尔老师诗中的含义。"一位同学激动地站起来说道。

"嗯，环境的确会促进思想的迸发，不过，只要知道了作品的思想旨归，也就更容易理解了。"泰戈尔老师肯定了这位同学的回答。

"我知道您的诗歌中最显著的思想精神就是泛神论，老师您能给我们具体解释一下吗？"蒋兰兰问道。

泰戈尔微微颔首，微笑着说："当然，这也正是我想说的。"

"在印度，民族和传统文化的核心内容就是'梵'。印度古籍《梨俱吠陀》以及《奥义书》中都有阐述，梵是宇宙的最高主宰和最高实在。书中写道，最初，此处唯有梵。梵能成为一切，谁领悟到了梵，谁就是梵，谁就是一切，不管是神、仙还是人。换言之，梵就是宇宙万物的统一体，世界万物都由梵而来，梵也能化为世间任何事物，与'我'相统一，当个体灵魂摆脱了无明，在解脱中参悟了梵时，'我'便具备了梵的属性，从而达到'梵我合一'的境界。"泰戈尔老师说道。

"梵就是'神'吗？那这样是不是可以理解为'神是无处不在的'？"泰戈尔老师的话引起了顾玄的兴趣。

"可以说是神，但它是一种更高级更广义的神，是超越客观世界和人的思维、不依人的意志而转移的，我更愿意称之为'无限'。它和'神无处不在'是不一样的，后者的意思是，神可以存在于任何地方，比如树木、山川、河流等之中，但这并不意味着，神就是它所依附的物体，而前者的意思是神可以是一切，比如树木、山川、河流都可以是神。"泰戈尔老师解释道。

"神和整个宇宙或自然是统一的，世界并非由某一个神比如上帝创造，它本身是完备的，每一种事物都能够自我产生，它们在实体出现之前，是'无限'的，也就是说有限之物，乃出自无限，而并非由于创造。举个简单的例子，当人出现之前，有一个人的'无限'存在，随后这个无限便衍生出了第一个人，由此人的实体就出现了，而'无限'则是人的本体。"泰戈尔老师继续说道。（如图9-1所示）

无限产生有限

神和整个宇宙或自然统一

参透梵之后
无限与有限融为一体

图9-1　泛神论的哲学思想

"我似乎有些理解了，梵可以理解为所有事物的'无限'，无限产生有限，而当有限的事物顿悟参透'梵'之后，无限与有限便融为一体了。但这与理解您的诗歌有什么关系呢？"顾悠还是有些不解。

"梵、神或者说无限，本身是没有意义的，它只有被表现出来才能产生意义，而无限只能通过有限表现出来，就像歌要通过歌唱表现出来一样。为此，我们要在一切'有限'中去发现'无限'，才能理解'无限'的意义。所以我在创作时，就会把'梵'付诸山川河流、日月星辰等自然生命的现实之中，在我看来世间万物都是可以表现出'神性'或是'梵性'的，神的存在不是为了统治世界，凌驾于一切之上，而是为了呼唤人与人、人与自然、人与世界的和谐。自然景物都有'梵'的意志，而他们又与'自我'相关，'梵我合一'也是'物我如一'，我们和大地上的一切都是一体的。"泰戈尔老师解释道。

"明确了这一点，就容易理解诗中要表达的意思了。就拿蒋兰兰举的那一个例子来说，因为物我合一，即使它是罗网，是囚笼，是俗物，是死亡之衣，它们和我也是一体的，要撕碎抛弃它们，我就会感到痛苦和自责。"泰戈尔老师总结道。

"黄仲苏先生研读泰戈尔老师的作品后，曾这样评论，'泰戈尔看自然界的花草虫鸟、风雨山水、日月星辰等是无法描写的，它们的美是无穷的，世界唯有这样的美才能唤起人类对宇宙诚挚而雄厚的爱。而他能理解这种情感，能观察了解宇宙并通过音韵描写万象，所以他常常化身为宇宙的情人'。我想，这和老师要表达的意思是一致的。"蒋兰兰说道。

"原来，泰戈尔老师很多表达爱情的诗句是以宇宙为对象的啊。"顾悠似乎刚刚明白了泰戈尔老师所讲述的内容。

"既然'梵我合一''物我如一'，那么人就应秉着博爱的胸怀去对待世界的一切，人要对大自然以及人间事物普遍关爱，达到一种和谐且美好的状态。"泰戈尔老师刚说完，下课时间也到了。

第二节　印度文学的恬淡意境

　　泰戈尔老师今天迟到了，邢凯忍不住调侃："学生迟到了罚站，老师迟到了可也要罚站呀。"

　　泰戈尔老师笑了笑，拍了拍邢凯的头："让我罚站也行，你先背一首我的诗来听听。"

　　"这个简单，那老师我开始背了。"邢凯笑嘻嘻道，"人生的意义不在于留下什么，只要你经历过，就是最大的美好，这不是无能，而是一种超然。"

　　泰戈尔老师满意地点了点头，让他坐下，然后又提问道："同学们，我知道大家都对我的好多作品耳熟能详，那你们知道我的诗是从什么时候开始走进大众视野的吗？"

　　蒋兰兰率先答道："老师，因为旅居欧洲的美国诗人庞德发表了您的作品，在当时的文坛引起了极大反响。"

　　"是的，我十几岁到英国留学，同时擅长英语和孟加拉语。所以当我将《吉檀迦利》翻译成英文之后，我熟练的英文很快就吸引了英国一些艺术家的眼光。1912年时，大诗人叶芝读到了我的诗，并称赞我的诗歌'是高度文明的产物，如同沃土中长出的灯芯草'。借着这个机会我认识了叶芝、庞德等一批西方诗人。"

　　"因为这些西方诗人的缘故，我的诗歌很快就在西方文坛流传开来，我也因此吸引了更多作家的目光，紧接着不久，诺贝尔奖委员会又把诺贝尔文学奖授予了我，于是泰戈尔这个名字就随同我的作品一起传遍世界了。"

台下的同学听得神往不已，有同学站起来问："老师，这些西方文化人应该算是您的伯乐了吧？"

泰戈尔老师优雅地笑了笑："印度诗歌能够走向世界，我确实非常感谢当时英国、美国等国家的各位作家朋友，也要感谢英文，毕竟如果不是将作品翻译成英文，也不会被这么多人看到。不过在我看来，与英文的形式表象相比，更能打动大家的还是我诗歌中透露出的印度哲学，印度人所特有的恬淡的生活意境。"

"我不能算作一个纯粹的诗人，我更喜欢自己作为一个来自印度的思考者的身份，我喜欢通过文学向世界传递一种属于我们印度的人生哲学。"泰戈尔老师一口气说了这么多。

顾玄忍不住站起来提问："那么老师，印度的哲学是什么呢？"

泰戈尔说："印度哲学就是一种融入自然的恬静淡泊，有些类似于中国古代老子的清静无为，在这个基础上，又产生了一种人与人之间的爱和人对于美的追求。"

"老师，您讲的太过抽象了！"同学们异口同声地说。

泰戈尔老师解释说："确实是如此，印度哲学体现得更多是意境，确实是比较抽象的。而在我的文学作品里，我则把这种哲学思想具象到了神祇和自然上。"

顾玄附和说："是的，老师，我发现您的作品里经常出现神仙、精灵、男人女人、智者老者这样的人物，和飞鸟、太阳、月亮、白云、大树这些自然景物，这就是您说的具象吧！"（如图9-2所示）

图9-2 诗歌中的意象

　　泰戈尔老师肯定了顾玄的说法："确实是这样，这些具象的人或物代表的就是一个个哲学符号，大家都听过我那句'天空中没有留下鸟的痕迹，但鸟已经飞过'的诗句吧！"

　　"听过！"同学们一起答道，这么有名的"金句"怎么可能没人听过呢？

　　"在这句诗里，我所表现的就是一种自有自在的哲学，而飞鸟代表的就是自有这个抽象的概念！所以，用具象的景物表达抽象的恬淡哲学，这就是我乃至印度文学的一个特点了。"泰戈尔老师总结说。

　　顾玄问道："那么爱和美又是如何体现的呢？"

　　泰戈尔老师回答说："爱是印度哲学的永恒主题，也是我进行文学创作所围绕的精神核心。我认为爱是在人的生活中无限延伸的，在我们的生命中，无处不被爱所包围，所以最高的人生境界就是博爱，爱这个世界上的一切。在《飞鸟集》中，我说过这样一句话——当我死时，这个世界，请在你的沉默中替我留着'我已经爱过了'这句话。而在另一些著作中，我又将作者的视角转换为自然景物，用主观的视角写出自然的魅力和人生，这也体现

153

了我对自然的爱。至于男女之爱，人与人之间的爱，则更是我的文学主题，例如《园丁集》就完全是一部反映人与人之间的爱的作品。"

"我懂了，博爱就是印度文学的精髓之一，但其实我们中国古典哲学也有对博爱的追求！"顾玄说道。

"确实如此，像中国和印度有着深厚积淀的古老文化，都必然会孕育出博爱的精神。"泰戈尔老师点头称赞了顾玄，然后又接着说："至于美，在我的作品中美是符号化的，有人说符号化的文学元素过于生硬，但我却不这样认为。例如在我的大多数作品中，'神'就代表着美和人类对美的追求。"

"确实，有的老师认为符号化的文学元素是要极力避免的。"有同学小声回应。

"不错，对文学的理解本来就见仁见智，每个人喜爱的文学形式都不同，我们所需要做的就是理解并尊重任何一种文学特点，给每个人探索自己的文学才能的可能性！"泰戈尔说道。

"我明白了！"顾玄大叫起来，"这就是您说的博爱！"

看到大家有这样的领悟力，泰戈尔老师露出了欣慰的表情。

第三节　"爱国主义"的文学表现

"马上又要见到博爱的泰戈尔老师啦！"蒋兰兰眉飞色舞地说道，满心期待着与泰戈尔老师见面。

"怎么上了泰戈尔老师两节课，你成他的小粉丝了，是吗？"顾悠看着蒋兰兰笑呵呵地打趣道。

蒋兰兰反问顾悠："难道你不喜欢浪漫又博爱的泰戈尔老师和他的诗吗？"

邢凯这时走了过来，对着蒋兰兰翻了个白眼："蒋兰兰你每天把喜欢挂在嘴边不害臊吗？低调一点吧！一会儿全世界都知道你喜欢泰戈尔老师了。"

邢凯的话顿时让蒋兰兰有点难为情，她大声反驳道："我这是欣赏，欣赏懂吗？泰戈尔老师的诗歌写得这么好，我爱屋及乌，连带人一起欣赏一下，有什么问题吗？"

顾玄这时插了一句嘴："绝对没问题，泰戈尔老师值得！"

四人拌嘴拌得正开心，泰戈尔老师推开门，走进教室，和蔼地笑着说道："大家聊什么这么开心，说出来让我也高兴一下？"

顾悠赶紧接了泰戈尔老师的话茬儿："老师，我们在夸您呢，尤其是蒋兰兰，对您赞不绝口，她说上了您的两节课后，感觉您既博爱又浪漫。"（如图 9-3 所示）

图 9-3　文学创作的博爱

蒋兰兰瞬间小脸红得像苹果，小声嘟囔着："本来就是啊！"

泰戈尔摸着他那白花花的胡子，笑着说道："那真是谢谢蒋兰兰同学的认可呀！既然说到了博爱，我要问大家一个问题，你们所理解的博爱应该去爱什么呢？"

"爱父母。"邢凯脱口而出。

"爱朋友。"顾玄紧随其后。

"我认为博爱就应该爱这世界上的一切呀！"蒋兰兰说道。

"其实我觉得还是爱国家比较重要。"顾悠最后说出了答案。

泰戈尔老师这时候说道："大家说得都有道理，博爱就是应该爱一切，但是今天我想就顾悠同学的答案展开来讲一下——爱国。"

泰戈尔接着说道："众所周知，我笔下的爱国诗歌有很多，而我之所以会在作品中注入爱国主义，这与我的一些经历有关，我的国家印度曾被英国殖民者占领过，因此我对殖民主义深恶痛绝。1905 年，印度的反殖民主义运动达到一个高潮，我也投身爱国运动，在此期间，我写下了很多爱国诗篇。不知道同学们有没有读过我的爱国诗作呢？"

蒋兰兰抢答道："我曾经读过您的《我生长在这片土地上》，其中'我们在这里生息繁衍，我们在这里委曲求全'两句真是让我印象深刻，尤其今天听您讲了您的经历后，我更能体会您诗中的那种爱国情感了。"

"确实，这首诗作是写于印度被英国殖民时期，国家沦丧，国土被侵占，我再也抑制不住满腔的爱国热情，于是将自己的爱国主义精神融于这首诗中，希望我的国家可以早日实现民族独立。"泰戈尔老师语重心长地说道。

"当时，我真的太希望我的国家可以早日获得独立和自由了，所以在一些作品中对民族主义和自由也做过一些阐述，我曾在 1899 年写过一首名为《世纪的黄昏》的诗歌，不知道大家有没有读过？"

坐在讲台下面的学生纷纷摇头。

泰戈尔老师接着说："既然大家都没有读过，那就听我来给大家讲一讲吧！我认为英国之所以会侵占我的国家，就在于他们的民族意识过于膨胀，竟然会选择通过这种'强盗'行为来凸显自己的民族，所以我在《世纪的黄昏》中先是痛斥了西方民族意识膨胀所带来的危害，接着呼吁大家要警惕民族利己主义，应保持本民族温良恭俭让的传统，并呼吁自由时代的到来，好在现在这一切都已经实现了，真心推荐大家课下去读一读这首诗，来深切体会一下我今天所讲的内容。"

"老师，关于爱国主义和民族主义还有没有一些其他作品推荐？我可以一口气都读下来！"蒋兰兰激动地说道。

泰戈尔老师笑着说道："其实，关于民族主义，我还写过两本长篇小说——《戈拉》和《家庭与世界》，大家如果感兴趣的话，可以找来读一下，课上时间有限，我就不细说了。"

"泰戈尔老师，英国曾经侵略过您的国家，那您是不是对这个国家的一切都很讨厌呢？"邢凯问道。

"有一点我想一定要说明白，虽然我很憎恶英国殖民者的侵略行为，但是作为一个理智的学者，我并没有对他们持全面否定的态度。英国这个国家有它厉害的地方，不然我的国家也不会成为它的手下败将。

"我想，在这里，有必要和你们讲一下我和我的朋友甘地的故事，我们对'英国'的态度简直是两个极端。我知道我的国家有不足，所以即使面对侵略者，也并没有持全盘否定的态度。很多印度人为了泄愤去焚烧英国货物，并且辱骂英国人，这些我都不提倡，我提倡学习英国先进的科学技术，并通过教育的方式来推广这些科学技术。

"可我的朋友甘地并不这么想，他对英国就是坚决斗争、绝不合作的态度，我丝毫不否认我们两个都是爱国的，只是方式不一样罢了。但是你们放心，我们的关系依旧很好，并没有反目成仇。"

泰戈尔老师话音刚落，下课时间也到了，同学们似乎还沉浸在泰戈尔老师的"爱国情怀"中迟迟没有走出来。

第十章
罗曼·罗兰主讲
"人道主义"

本章用四个小节讲述罗曼·罗兰至高无上的人道主义精神。在本章中，我们将了解罗曼·罗兰以英雄为主题的文学作品，以及这些作品背后所蕴含的无与伦比的人文关怀，以及罗曼·罗兰以全人类为一体，意图以蕴含人道主义精神的文学作品，凝聚全人类精神的伟大构想。

罗曼·罗兰（Romain Rolland，1866 年 1 月 29 日—1944 年 12 月 30 日）

法国文学家、思想家、音乐评论家和社会活动家。他追求人道主义精神，一生为争取人类自由和光明而斗争。代表作品有剧作《群狼》《丹东》，传记《贝多芬传》，小说《约翰·克利斯朵夫》《母与子》，等等。

第一节　英雄的文学主题

　　终于，新的课程又开始了。一进入寒暄书院，顾悠就看到一个穿着讲究的挺拔男子站在讲台上。

　　顾悠迫不及待地凑到讲台边上，像是欣赏艺术品似的近距离端详起来：高挺的鼻梁，深邃的眼睛，有个性的胡须，锃光发亮的脑门，白衬衫加西装大衣的穿着。顾悠小声问道："您是罗曼·罗兰老师吧？"

　　"是的，这位同学请你回到座位上，马上要开始上课了。"感受到罗曼·罗兰老师犀利的目光，顾悠乖乖回到了自己的座位上。

　　"某些方面来说，阅读和创作给了我新的生命。"罗曼·罗兰老师开口说道，"阅读、创作过程中所遇到的伟大灵魂让我获得了重生。我的第一次重生是与莎士比亚先生的邂逅……"

　　"老师，您和莎士比亚并不是一个时代的啊，怎么可能邂逅呢？"顾悠不经意的发问再次打断了老师。

　　罗曼·罗兰老师沉浸在自己的情绪中，没有说话，只是沉默着。当顾悠意识到犯错，不好意思地低下头后，罗曼·罗兰老师才再次开口："我的父母都是老实本分的普通人，他们认为生活不易，没有什么比拥有一份稳定工作更有价值，所以我从小就被寄予厚望，那就是找一份稳定且收入可观的工作。而我呢，因为保姆的粗心大意（把不满一岁的我忘在了冬天的院子里），从小身体就十分羸弱，再加上性格敏感，妹妹早夭，童年的我几乎是在压抑中惨淡度过的。很多时候我都觉得自己实在太柔弱、太渺小了，好像稍不注意就会死去。直到十六七岁时，我读到莎士比亚的《哈姆雷特》，莎翁用他强健有力的笔触穿过历史的云烟与我进行了一场跨时代的'畅谈'，让我的内心充满了力量。可以说，莎翁给了我生活下去的勇气，并让我清楚地见识到了文学的魅力。"罗曼·罗兰老师双手撑住讲台，环视着在场同学，激动地说。

"现在我的父母也是这样的想法，认为稳定最重要，最好考个公务员，端个铁饭碗，别想着自己去创业，安安稳稳就够了。"邢凯感同身受地说道。

罗曼·罗兰老师的一番话引起大家强烈的共鸣，不过大家的关注点似乎和罗曼·罗兰老师的关注点并不太一样。

"好了！"罗曼·罗兰老师出声制止了同学们的热烈讨论，继续说道，"后来，随着阅读的深入，我又遇到了托尔斯泰，于我而言，他就是一个'活着的莎士比亚'，是照进我生命里的又一束亮光，是我毕生的偶像。"

蒋兰兰问道："那您见过托尔斯泰本人吗？"

"没有，不过我们曾经通过书信联系过。"罗曼·罗兰老师笑着回答，眼睛弯弯的，像是想起了很有趣的事情。

顾玄有点小骄傲地炫耀道："那我们可比您幸运多了，前几天，托尔斯泰先生还给我们讲过课呢。"

罗曼·罗兰老师一听眼睛更亮了几分，激动地问道："真的吗？那先生现在在哪里？"

"可能离开了吧，一般上完课后就消失了。"蒋兰兰有点惋惜地说道。

"好吧。"罗曼·罗兰老师眼神黯淡下来，继续说道，"他的作品对我触动很大，是我的指路明灯，我一直通过它们跟着他的脚步，认同他所赞扬的，厌恶他所批判的，思考他所探讨的，直到他的世界观激变，他推倒了曾经的自己，也使得我陷入了迷茫中。苦苦找寻不到出路后，我抱着一丝希望写信向他求教，令我诧异且惊喜的是，我居然收到了长达 8 页的亲笔回信。这封信对我意义非凡，我将其称为人类德行的典范，是我创作的起源，也是我思想道德的基础。"

"那信里写了什么？"顾悠问道。

"很多很多，其中有一句话让我的内心受到极大的震动——只有使人们团结的艺术才有它的价值，只有为自己的信仰敢于牺牲的艺术家才能得到承认，不应该是热爱艺术，而要热爱全人类，这才是一切真正志趣的前提。"罗曼·罗兰老师说到这里颇为动容。

"从那之后您就开始了文学创作？"顾悠继续追问道。

"不，还要再晚几年。这时候我虽然有了灵感，但还缺少素材，在学习游历了几年后，我才有了创作的条件。或许是因为受到莎士比亚先生的影响，戏剧是我一直以来最喜欢的艺术形式，刚开始创作时，我所写的也都是戏剧。那时候，巴黎乃至全法国，人民意志普遍消沉，缺乏斗志，贪图享乐，很多作家文人为了迎合观众们的要求，创作的都是那种庸俗不堪、缺乏深意、充斥着色情意味的文学。可笑的是，这些作品非常受欢迎，很快便占据了法国文坛的半壁江山。"罗曼·罗兰老师有些悲痛地说。

"这就是当今社会的'奶头乐'啊！如果人们都被这种文学控制，那整个社会就会混乱不堪。"邢凯评论道。

"没错，我一定得唤醒他们，我心里这样想着，手中的笔也握得更紧了。但是写些什么呢？我满脑子都是勇敢的、革命的、理性的英雄形象，所以我就以'政治''英雄主义'为主题，用历史上的英雄事件为题材开始写剧本，并设想它们可以在'人民剧院'辉煌上演。"罗曼•罗兰老师动情地说道。

"听说您还组织了一场'人民戏剧运动'，把自己写的这些剧本都搬上了舞台？"顾悠问道。

"说来惭愧，虽然我的想法很美好，但现实却是人们对我写的这类东西根本没兴趣，即使搬上了舞台，他们也选择视而不见。我不停地写剧本，但似乎并没有什么用，我觉得自己与周围的一切都格格不入，感到了一种前所未有的孤独和烦闷。"说到这里，罗曼•罗兰老师突然停住，仔细看了看同学们的反应后问道，"你们是不是觉得我说的前言不搭后语，不知所云呢？"

"没有啊，我听着很有意思。"知道自己惹了老师生气的顾悠见缝插针，忙不迭地讨好道。

还是蒋兰兰足够理性，她指出："是有些混乱，不过，我想您从自己的身世讲到自己的创作，从个人处境说到社会常态，这其中应该是有什么联系的。"

"嗯，不错。"罗曼•罗兰老师脸上有了一丝笑意，"我想要跟大家探讨的是关于'谁是真正的英雄'这一问题，在大家的心目中，真正的英雄是什么样的？"

罗曼•罗兰老师的问题，让同学们陷入思考之中，讨论争辩的声音也随之响起。

"老师，不如，您先说说您的理解吧。"大家争辩不出个结果，只好将问题推回给罗曼•罗兰老师。

"从创作之初我便在想，到底什么人才是真正的英雄，是那些推动历史进程的帝王将领，还是博学多识的思想大家？我突然看到了小时候的自己，畏畏缩缩地躺在床上，渺小、恐惧又绝望，我又看到了莎士比亚，想到了托尔斯泰，听到了贝多芬说'我要扼住命运的咽喉，它妄想使我屈服'……于是我便将目光转到了自己崇敬的对象身上，开始深入研读他们，研读得越深，我就越是为他们的不幸感到震惊，并逐渐开始被他们的不屈奋斗深深折服。最后，我恍然大悟，这才是英雄的样子。"罗曼·罗兰老师解释道。（如图 10-1 所示）

图 10-1　真正的英雄

"您认为那些能够克服困难的人便是英雄吗？"蒋兰兰问道。

"你要问我英雄到底是什么，我也说不大清，我只知道他们会做自己能做的事情，而旁人却做不到这一点，他们明知世界残酷，却还是热爱它，他们可以给不幸绝望的人带来希望的微光，他们有着伟大的人格和博爱的思想，他们的高贵精神可以拯救堕落的世界，他们不以思想或强力称雄，而是因为心灵而伟大。"罗曼·罗兰老师回答道。

"这便是您创作《名人传》的原因吧？"蒋兰兰继续追问。

"没错，贝多芬、米开朗基罗、托尔斯泰，这些人的伟大之处不仅仅在于留下了多少经典名作，而是在于他们的人格。伟大的灵魂有如崇山峻岭，普通人虽不能登顶高峰，但也应该心向往之。通过心灵的接近，他们可以与英雄交换肺中的空气以及脉管中的血液。他们也将感到更贴近永恒。当再回到人生的荒原，他们心中就会充满战斗的勇气。这便是英雄的作用，同时也是我创作《名人传》的初衷。"罗曼·罗兰老师总结说。

第二节　用文学讴歌人类的精神

罗曼·罗兰老师刚在讲台上站定，蒋兰兰就说道："上节课您所说的那些可以称之为英雄的人，他们都有着宽广的胸怀，在自己的生活之外，他们更关心人民疾苦，关注人类命运，厌恶战争，痛斥杀戮，这些都和您所倡导的人道主义、和平主义是一致的，我想这也是老师推崇他们的原因之一。"

罗曼·罗兰老师一边点头，一边说道："对于恺撒、拿破仑等以武力称雄的人，我不否认他们的功绩，也肯定他们思想的前瞻性，但他们与我所认为的英雄相距甚远，英雄之于世界当是宽容和救赎，而不是杀戮和征服。"

"所以说《名人传》就是一部为社会探索真理的英雄奋斗史。"蒋兰兰继续说道。

"虽然《名人传》将老师心中的英雄主义展现得淋漓尽致，但要说英雄主义的集大成之作，我觉得还是小说《约翰·克利斯朵夫》。"顾玄提出了自己的观点。

听到顾玄的话，罗兰老师显然来了兴趣，微笑着问道："你为什么这么认为？"

"小说主人公的经历展现的是罗曼·罗兰老师本人精神探索的直接经验，这一主人公形象原型来自于两个人，一是老师自己，一是贝多芬先生。"顾玄说道。

"约翰·克利斯朵夫出生在德国莱茵河畔小城一个贫穷的音乐师家庭，小时候受到祖父英雄创世观念的影响产生了做大人物的想法。他在童年和少年时代就表现出卓越的音乐天赋，但因为阶级差别经常受到贵族少爷小姐的压迫和凌辱，他对父母卑躬屈膝的样子深感厌恶。由此，反抗意识逐渐形成。随着年龄的增长以及对社会认识的加深，克利斯朵夫成为一位才华横溢又有个性的音乐家，骨子里的反抗意识越来越强烈。他从对单个贵族的反感上升到了厌恶整个统治阶层。与现实世界格格不入的他沉迷于音乐中，然而，在这个领域他与周围的一切也极度不合拍。他痛斥那些迎合小市民趣味的感伤音乐，后来又因仗义救人，造成命案流亡法国。"顾玄继续说道。

"这的确就是罗曼·罗兰老师啊。"听到这里，顾悠忍不住说道。

"对啊，只不过在小说中，老师是从音乐的角度来表达的。"顾玄解释道。

"先听这位同学说完。"罗曼·罗兰老师提醒顾悠不要插话。

"逃亡到巴黎后，克利斯朵夫目睹了文学界乃至整个社会的堕落和虚伪，深感失望，但他并没有沉沦，而是潜心于音乐事业，穷困潦倒且高傲地活着。后来他和法国青年文学家奥利维成为知己，在奥利维的影响下，克利斯朵夫认识到那些为人类做出贡献的伟大的理想主义者应该选择的道路，也因此到达思想自由的高峰。当迁居到贫民窟的克利斯朵夫看到了底层人民的苦难生活后，他又开始研究贫困问题，寻找革命的方向，但并没有起到作用。

紧接着好友奥利维在示威斗争中死去，他也因为打死了一名军警，逃亡到瑞士。接连遭受打击的克利斯朵夫开始逃避斗争，反省自己的一生，不再过问世事。晚年的他内心趋于平静，陶醉在爱情中，向现实妥协，与过去和解，转向宗教音乐创作，在追求内心和谐中死去。"顾玄继续说道。

"你讲是讲完了，可英雄主义是如何体现的呢？"蒋兰兰向顾玄发问。

罗曼·罗兰老师也点了点头，示意顾玄解释一下。

"老师通过对主人公克利斯朵夫一生心灵历程的讲述，也将普法战争到'一战'前40年的法国社会全景展现了出来。老师在小说中将克利斯朵夫的一生如长河一样铺展开来。作品讲述了主人公天赋个性初现的童年，抗争权贵的青年，以及发生精神危机的中年。克利斯多夫弥留之际达到精神宁静的崇高境界，全然依靠的是坚毅纯净的心灵以及对人类自由顶峰的追求。"顾玄解释道。（如图10-2所示）

立场转变

图10-2　克利斯朵夫的心路历程

"他不断战胜内心的阴暗面，摆脱现实的污秽，在与虚伪的反动势力作斗争的过程中实现自我的完善和升华，这是一个追求真诚艺术，为健全社会而努力奋斗的音乐家的形象，表现出了个性反抗、不甘堕落、为探寻真理而斗争的英雄气概以及光明终将战胜黑暗的信仰。克利斯朵夫正像罗兰老师所崇敬的伟人以及他自己一样，敢于揭露社会的弊端，在不幸中仍不忘追寻真理，锻造出伟大的人格和灵魂。他个性的张扬，对自由的渴望，对强硬势力的不妥协以及对平民生活的关注等都是英雄主义的体现。"顾玄继续说道。

"还有一点内容，你没有说到。"罗曼·罗兰老师补充道，"我在写小说时习惯走进人物的内心世界，以感情和灵魂历程为主线展开故事。也是因为如此，我会使用大量笔墨去刻画主要人物的所思所想，使他们具备多重性格，对于克利斯朵夫，坦白讲，他的性格很复杂，身上的缺点也不比优点少。纵观那些灵魂伟大的人，他们在生活中都不是圣人，一点都不完美，但他们能够战胜自我的狭隘而不受外界的污浊之气影响，最终到达思想的至高顶峰。"

"多重性格、多重身份所带来的复杂性在克利斯朵夫的身上和谐共存，并不会让人感到违和与不适。"顾玄说道。

"事实上，克利斯朵夫本身是极其矛盾的，他的身上同时有着爱和恨的力量、软弱的内心和伟大的愿望、高傲的自尊和可悲的处境……不过，伴随着他的经历，这些对立面最终达到了神圣的'统一'，抵达了生命的澄明之境——精神的和谐。"罗曼·罗兰老师继续说道。

"您通过这样一个落魄音乐家的奋斗经历来倡导英雄主义、人道主义、理想主义，也讴歌不朽的生命力、永不言败的灵魂以及人类的和谐精神，让人深感震撼，故事所展现出的生命力是持久的、永恒的。"顾玄补充道。

对于顾玄的论述，罗曼·罗兰老师点点头表示肯定，接着以自己写在小说扉页的那句话"献给各国的受苦、奋斗，而必战胜的自由灵魂"结束了这堂课。

第三节 超越极端主义的人文关怀

"今天我们暂且不谈文学作品，我想为大家分享一段十分难忘的经历。"今天的罗曼·罗兰老师兴致不错，一进门就笑着说道。

大家一听瞬间安静下来，都坐回座位，摆出了听故事专用脸。

"1914 年 7 月末，我在瑞士的一个火车站等车，突然看到墙上的一则通告，我震惊地发现那是'一战'爆发的公告，为此一路上我都感到莫名的不安。回到旅店后，我颤抖着打开日记本记下了自己的感受——在这一年中最晴朗的日子里，在温柔的风和美丽的景色映衬下，欧洲各国却开始了相互厮杀……"罗曼·罗兰老师说道。

"您为什么会有如此强烈的反应呢？"顾悠太关注老师的状态，忽视了主题内容，提出了个有点不合时宜的问题。

"这不是废话吗？听到国家要打仗了，你能不着急不害怕吗？"一个同学大声说道。

"我……"这次顾悠无话可说了。

"其实这位同学说得也不错。"罗曼·罗兰老师替顾悠解围后说道，"相比周围的人，我的反应确实过于强烈，这与我之前的经历相关。此前德法之间从各种争端到开战，持续了相当长一段时间，这使得我整个青年时代都生活在动荡与不安中，战争与死亡每天都在我眼前发生。我亲眼见到过战争的残酷，深知那种战战兢兢、与死神近距离接触的窒息感，所以得知历史又要重演时，我内心深埋的恐惧和憎恶就再一次被召唤了出来。"

"怪不得您对战争这么深恶痛绝。"顾悠说道。

"战争是死神的盛宴，是生者的地狱，也是文明的最大破坏者，它绝不应该发生在这可爱的世间。但可悲的是，自从托尔斯泰离开后，欧洲再没有一个人具备那种伟大的道德权威，继承他光辉的人格灵魂，承担起唤醒和引导人们的重任。"罗曼•罗兰老师强调道。

"所以我自告奋勇扛起了一面'和平'的旗帜，企图阻止战争。1914年9月15日，我就在《日内瓦日报》上发表了我人生中第一篇对政治问题进行评论的文章——《超然于纷争之上》，以此表明各民族各个国家文化的完整性以及它们各自的优点和内涵，希望不要发动战争去破坏它们，有可能的话，可以建立'最高道德法庭'来阻止战争。"罗曼•罗兰老师继续说道。（如图10-3所示）

图10-3 超然于纷争之上

"您肯定失败了，而且被一通乱骂。"顾玄很直白地说道。

"为什么反对战争会被骂呢？"顾悠好奇了起来。

"历史读得少才会问出这样的问题。"对历史有些了解的邢凯接住了问题，"'一战'前夕各交战国社会各个阶层都被极端的民族主义所裹挟，人民对战争是相当支持的。"

"什么是极端民族主义？"顾悠又问。

"你还让不让老师讲课了？"邢凯望向老师，得到应允后才说道，"就是有强烈的民族优越感，只服务于本民族，歧视其他民族，为了本民族的利益可以毫无原则地对其他民族进行排斥伤害、践踏侮辱，漠视他们的自由和生存权。"

看到顾悠点头，罗曼·罗兰老师才继续说起来："我的老朋友茨威格曾对当时的社会场景进行过一段看似夸张却十分契合的描述。商人的信封上印着'愿上帝惩罚英国'的邮戳；社交界的妇女们纷纷写信给报社，发誓自己再也不说法语；莎士比亚从德国歌剧院被逐出；瓦格纳和莫扎特也无法在英国和法国的音乐厅演奏……没有一个城市，没有一群人不被这种可怕的仇恨的歇斯底里所感染。"

"这种情况下，老师的这种举动可真是'不识时务'。"顾玄的刀子嘴又开始了。

"是啊。"忆起这样的往事，罗兰老师的眼里似有泪光闪动，"这种逆社会潮流的行为引起了一片哗然，很快就招致来自舆论的谴责，他们说我是卖国贼，是虚伪的中立主义者。当时，欧洲的很多有威望的作家也都深陷狂热的爱国主义中，毫无底线地支持本国政府，比如霍普特曼和托马斯·曼。还有一些作家，他们内心是反对战争的，但迫于压力不敢言表只能顺服。"

"帝国主义战争就是一小部分人为满足欲望实施的阴谋。政客们可恶贪婪地操纵着战争，在背后鼓动着狂热的爱国主义，煽动无辜的人民奔赴战场，做出毫无意义的牺牲，摧毁无价的文明和财富。"蒋兰兰愤慨地说道。

"没错！在这种情况下，各国学识渊博的思想家们，理应承担起唤醒民众，阻止战争的职责，可他们却反其道而行，盲目地附和发动战争的热情，煽动民族仇恨，宣传混战，任由民众和国家迷失在黑暗中。那时的知识分子失去了自由的意志，失去了自由的判断，他们的思想'受制于他们民族的狂热'，而他们本身成为狂热的有用工具，这是可耻的、笨拙的、荒谬的。"罗曼·罗兰老师说道。

"您没有被'一战'时期那病态的民族主义吞噬，敢于表达自己内心的真实想法，即使背负骂名也要同邪恶势力做斗争，这才是真正的英雄所为。"蒋兰兰有些激动地说道。

"不不，这与英雄还差得远呢。"罗曼·罗兰老师谦虚地表示，"我只是在做我想做且力所能及的事情，况且英雄哪是那么好当的。"

"是啊，英雄的特立独行通常是不被理解的，他们的处境往往都不怎么乐观。"顾玄说道。

"德国人指责我，法国人攻击我，一些之前很要好的朋友在这件事发生后怕受到牵连，便公开和我断绝了关系，我还经常收到匿名的辱骂信件，甚至差点遭人暗杀。那段时间我的生活一片混乱，精神上遭受无尽的折磨，常常发高烧，整夜整夜地失眠，就是因为这样，好几次我都想一死了之。"罗曼·罗兰老师伤感地说道。

听完老师的这段经历，大家的神色也都凝重起来，见状，罗曼·罗兰老师话锋一转，换了一种相对轻松的语气说道："好在，我还有一位知心的老朋友茨威格，他也同样立场坚定，反对战争，在《柏林日报》上发表文章公开表明自己反对分裂和厮杀，也因此他的境遇和我差不多，遭受各方谴责和排斥。后来，我们通过信件鼓励彼此，互相扶持着走过了那段黯淡无光的日子。"

"这样的友情真令人羡慕，浓而不腻，淡而不远，心灵相通，不离不弃。"蒋兰兰有感而发，"您和茨威格先生这种反对战争、爱好和平的思想和行为，超越了国界，超出了民族的局限，真正做到了'超然于纷争之上'。"

第四节　人道主义的内容与表现

再次走进寒暄书院，罗曼·罗兰老师用略微低沉的嗓音说道："在最后一节课，我将之前所讲的做一个总结。英雄、和平、自由、博爱、真理……或许还有更多，它们的源头和终点都归结于一种思潮，那就是人道主义。"

"其实，我还不知道人道主义究竟是什么意思。"顾悠自己都有点难为情。

"没关系，不懂就要问，敢说出自己不知道的总比假装知道默不作声要强得多。"可能是最后一节课的原因，今天的罗曼·罗兰老师让人觉得尤为亲切。

"简单来说，人道主义就是一种思想，一种世界观，一种理论。欧洲文艺复兴时期，在基督教神学思想盛行、教会力量强大的情况下，出现了那么一群人，他们抨击神学的愚昧和禁欲主义，反对教会对人精神世界的控制，并针对此，提出了以人为中心的世界观，提倡人权，关怀和尊重人，这便是人道主义的雏形。随着社会的发展和时代的进步，人本思想的内容也在变化和丰富着，法国大革命启蒙运动的思想家将其内涵具体定义为自由、平等、

博爱，而我所倡导的人道主义精神就是以此为基础的。"罗曼·罗兰老师解释道。（如图 10-4 所示）

以人为本，尊重爱护人

神、真理和博爱

个人意识

图 10-4　人道主义的内容与表现

　　"我知道了，人道主义的雏形在文艺复兴时期也被称为人文主义，英文中其实是同一个单词，只是中文为了区分不同时期的 humanism，翻译不同而已。"蒋兰兰说道。

"是的，你的英文很棒。我曾说过，世界上只有一种英雄主义，那就是在得知生活残酷的真相后，依然热爱生活并积极地为之寻找出路，这种英雄主义的内核就是维护社会和谐，关注人的生活。同样，和平主义、反战思想、博爱情怀、平等自由意识等也都是人道主义的具体表现，反对战争和杀戮，崇尚和平，强调人的尊严，注重人格平等，尊重人的价值。"罗曼·罗兰老师强调道。

"所以，传记三部曲《贝多芬传》《托尔斯泰传》《米开朗基罗传》浓厚的英雄主题色彩背后散发的是强烈的人道主义气息。"顾玄又适时插了一句。

"正如老师所说人道主义的内容随着社会和时代的变化也在不断改变着，不同时期、不同社会条件下，甚至在同一时期，不同的阶层或个人身上，人道主义也都会表现出不同的特征，那么老师，您的人道主义除了'以人为本，尊重爱护人'这一基本内容外，还有什么特别之处呢？"顾玄问道。

"最基本的是博爱，这种爱当是无条件的，没有界限的，对所有的人都一视同仁，普遍关爱，而不是设定在某些条条框框之下的伪善。在文学作品中，不能追求空洞的形式美，而是要立足于真，依附于爱，创造出有灵气、有血有肉的美，如此才能有动人心魄的精神感召力。然后是个人意识或者说个性的释放和对自由的追寻，人道主义的核心是人，一个人有了个人意识，才会有爱的能力，对真理产生渴望，最终达到博爱的崇高境界，如果人人都能做到如此，那么人类的泛爱将得以实现。"罗曼·罗兰老师从两个维度解释了自己眼中的人道主义。

"个人意识这一点，在您的小说《约翰·克利斯朵夫》中体现得最为深刻，主人公克利斯朵夫从一开始就具备鲜明的个人特性和反抗意识，且在后续的发展中越来越强烈，没有被社会的残酷磨平棱角，而您晚年的逃避斗争、反思过往，也并不是对现实的妥协，而是在经历了太多后，最终达到了超然物外、精神宁静的博爱境界。"顾玄接过罗曼·罗兰老师的话说道。

"实际上，英雄主义的作品不管是《名人传》，还是《约翰·克利斯朵夫》，我想要展现的都是人类对自由、平等和真理的向往与追求，而反战小说《皮埃尔和吕丝》描写的则是人类对和平的渴望，这些都是人道主义思想的表现。"罗曼·罗兰老师说道。

"老师所说的，似乎和泰戈尔老师的'真善美'是一致的，最终的目的也都是'普遍关爱'。"蒋兰兰在思考时想到了前面所学的内容，不禁脱口而出。

"我一直以来都很关注亚洲国家尤其是印度，也曾拜读过泰戈尔先生的作品，支持他和甘地倡导的非暴力主义。泰戈尔先生也是一个爱好和平、争取光明、推崇博爱的人道主义者，他曾在我那篇发表在法国《人道报》的'精神独立宣言'上签过名，还与我有过一面之缘。"罗曼·罗兰老师肯定了蒋兰兰的观点。

"是吗？这么奇妙的缘分啊！"顾悠感慨地说道。

"我记得大概是1926年，那时候正是万恶的法西斯猖狂之时，泰戈尔先生先到意大利见了很多受到迫害的意大利知识分子，安慰并鼓励了他们，随后他又到了瑞士，我们两个正是在那里见面的。"罗曼·罗兰老师回忆道。

"你们都聊了什么，您对泰戈尔老师是什么样的感觉？"蒋兰兰追问道。

"志同道合的两位大师，必定是惺惺相惜。"邢凯抢先说道。

罗曼·罗兰老师回忆了一下，嘴角略带笑意地说道："泰戈尔或者说印度人总是笼罩着一种浓烈的宗教神秘色彩而让人觉得不可捉摸，有种超脱凡世的感觉。"

"我就说吧，像位得道高人。"邢凯再次强调。

"后来，1930年泰戈尔先生就受邀去了苏联访问，而我也在这5年后接受了老朋友高尔基的邀请去了苏联，说来，我们还真挺有缘分的。"罗曼·罗兰老师笑着说道。

"老师，你的好朋友可真多，而且都是大人物。"顾悠羡慕地说道。

"我也没有什么爱好，就喜欢写写东西、听听音乐、交交朋友，而我能有所作为，全仰仗这些朋友，也是他们带领我走上了人道主义的创作之路。莎士比亚的人文思想、伏尔泰的自由与平等激发了我的创作灵感，托尔斯泰的欲求真理为我指明了方向，莫扎特和贝多芬两位音乐大师的旋律让我找到了精神的避风港，他们都是我的好友也是我的良师，即使我们无法相见，心灵也是相通的。他们的信念之美让我体会到了博爱、真理、自由的伟大。"谈到这里，罗曼·罗兰老师的笑容变得更加灿烂。

"人类高贵的灵魂果然是相通的。"顾玄若有所思地说。

"老师，据说您和一位中国年轻的诗人也有过交流？"刑凯不失时机地提问。

罗曼·罗兰的眼光望向远处，似乎要穿透历史的迷雾。

"是的。你说的那位诗人是梁宗岱君，我一共和他有过两次会面。第一次是1929年的夏天，我住在瑞士的峨尔迦别墅。梁宗岱那时候是个26岁的年轻小伙子，他刚和我见面的时候还有些许惶恐。但是聊到文学的话题，我就滔滔不绝起来，梁宗岱也就不那么拘束了。我还带他参观了毗邻的卢梭和雨果居住过的别墅。后来，梁宗岱将翻译的《陶潜诗集》邮寄给我。当读到'蔼蔼堂前林，少无适俗韵'这些诗句的时候，我仿佛听见了亚尔班山上一座别墅里泉水演奏的庄严音乐。亚洲其他民族没有一个和我们的民族显出这样的姻亲关系的。"罗曼·罗兰老师讲到这里，眼神温柔地望着大家。

"是的，怪不得我们看老师比看别的国家的作家更加亲切呢。"顾玄不由自主地接话道。

"一直以来，我都认为法国人和中国人有某种亲密联系。我接触过的东方民族不可谓少了，没有一个像中国人那么和我们相近的。日本人来访得很多，但和他们谈了一个钟头的话往往还不知道他们的要点所在。印度人却永远有一种茫漠的宗教背景显得不可捉摸；唯独中国人，头脑的清晰，观察的深刻和应对的条理，简直和一个知识阶级的法国人一样。"罗曼·罗兰老师说道。

"拿破仑也认为中国是一头沉睡的东方睡狮呢。"邢凯补充道。

"我与梁宗岱君的第二次会面是在1931年秋天。那时候我大病初愈，又兼丧父之哀，一直闭门谢客。但当得知梁君要来拜访的时候，我破例接待了他。我们两人都崇拜歌德和贝多芬。他给我讲述了游学德国和意大利的印象。临别时，我赠送了他两部新写的书，这是他答应我译成中文的。自此一别之后，我们就再也没见过面。"罗曼·罗兰老师说到这里颇为伤感，眼睛里似有泪花。

"原来老师和中国诗人有着这么一段交往的佳话呢。我们一定认真学习，更好地通过文学了解法国文化，延续老师开创的中法文坛的友谊。"顾玄认真地说道。

第十一章
高尔基主讲
"理想主义"

　　本章用三个小节讲述高尔基的创作历程和文学特点。在本章中，我们将了解高尔基是如何从社会底层人士成长为世界文坛巨匠的，并由此了解高尔基的文学特点，和由他奠基的、带有理想主义特质的社会主义现实主义文学。

马克西姆·高尔基（Maxim Gorky，1868 年 3 月 28 日—1936 年 6 月 18 日）

　　苏联作家、政论家，社会主义现实主义文学奠基人，苏联文学的创始人之一。他年幼时做过学徒、搬运工，后来专心从事文学创作。他的作品中处处洋溢着对积极人生的赞美，热情地歌颂无产阶级革命。代表作品有散文诗《海燕》，故事集《意大利童话》《俄罗斯童话》，长篇自传体小说《童年》《在人间》《我的大学》。

第一节　流浪汉中的创作者

　　"同学们好，我是流浪汉中的创作者——马克西姆·高尔基。"高尔基老师走上讲台，微笑着望向大家说道。

　　看着同学们激动、兴奋的表情，高尔基老师接着说道："大家可能会觉得奇怪，我为什么这样定义自己呢？这是因为我年轻时曾流浪多年，这段经历让我对底层人民的生活状况有了更深刻的认识，对我后来的写作产生了非常重要的影响。根据这段经历，我写了很多流浪汉题材的作品，像《草原上》《我的旅伴》《阿尔希普爷爷和廖恩卡》《叶美良·皮里雅依》《切尔卡什》《柯诺瓦洛夫》《奥尔洛夫夫妇》《沦落的人们》《玛丽娃》等。大家读过这些作品吗？读过的同学可以站起来给大家简单介绍一下。"

　　顾悠一听，正好有自己刚读过的书，连忙站起来说："我读过您写的《草原上》和《叶美良·皮里雅依》，这两部都是流浪汉题材的作品。《草原上》讲的是'士兵''大学生'和'我'在俄罗斯草原上的一段流浪经历。三个人一路饱受饥饿折磨，途中遇上了一个身患重病的细木匠扔给了他们几块面包，但三个人并不满足，趁着夜色抢走了细木匠身上所有的食物。深夜时，'大学生'趁他人熟睡，掐死了细木匠，抢走了他所有的钱财，逃跑的时候还企图嫁祸给'士兵'，把细木匠的手枪塞到'士兵'怀里。"

　　顾悠顿了顿，接着说道："《叶美良·皮里雅依》讲的是叶美良在去盐场找工作的路上，和同行的朋友讲起的一段往事。八年前，有人给叶美良介绍了一桩小买卖：谋杀一个商人，夺取他的钱财。他深夜埋伏在桥头，没等来那个商人，却等来了一位想投河自尽的少女。少女的悲痛激发了叶美良的同情心，他放弃了杀人，竭力劝说这位少女，让她恢复了对未来生活的信心。"

听完妹妹的精彩发言，顾玄也少见地没有戳穿她"临时抱佛脚"的事实，只是用调侃的语气说："没想到我妹妹懂这么多，不愧是中文系的人才。"顾悠瞪了他一眼，也没回怼他。

高尔基老师听完笑着说："顾悠同学说得很好。流浪的那些年，我接触到了各种各样的人，这些现实主义作品是当时底层人民生活的真实写照。在面临生活困境的时候，当时的沙俄有很多像'大学生'一样自私自利的人，但也有不少叶美良这样纯洁善良的人。不过，我们不应该把目光局限在个人品德上。从根本上来说，是社会制度的不合理导致了底层人民困苦的生活。正是因为黑暗的现实存在，才让人们萌发出建设美好社会的理想。那么，你们知道我写过哪些理想主义的作品吗？"（如图 11-1 所示）

图 11-1　从现实出发的理想主义

这一次邢凯第一个站起来说道："《海燕》就是理想主义的作品，还有《鹰之歌》《马卡尔·楚德拉》《伊则吉尔老婆子》等。"

181

高尔基老师点点头："这位同学说得不错，《海燕》大家应该都很熟悉了，你能说说自己对这首诗的理解吗？"

"我觉得《海燕》写的是 1901 年俄国革命前急剧发展的革命形势。这首诗里用了很多象征手法，'大海'象征着广大人民群众的力量；'暴风雨'象征着推翻沙皇独裁统治的无产阶级革命；'乌云''狂风'象征着当时黑暗的社会环境和强大的反革命势力；'海燕'象征着勇敢的无产阶级革命先驱们；'海鸥''海鸭''企鹅'象征着苟且偷安的假革命者和不革命者。"邢凯继续说道。

高尔基老师笑着说："你说的这些都没问题，不过还少了一点——'乌云遮不住太阳'这一句中的'太阳'，象征着无产阶级革命的光明前途。我写这首诗，也是想要让劳动人民都能看到'乌云'后面的'太阳'，积极行动起来，参与到伟大的革命斗争中去，还有没有同学想说说自己对我其他作品的理解呢？"

"我读过您写的《鹰之歌》，感觉和《海燕》有很多相近的地方，也有一些不同的地方。"顾玄站起来说道。

"哦，那你说说，哪些地方相近，哪些地方不同？"高尔基老师问道。

顾玄解释道："在《鹰之歌》中，'鹰'和'蛇'的对比，与'海燕'和'海鸥''海鸭''企鹅'的对比相近，都是对无产阶级革命者的赞颂。不同的地方是《海燕》中您着重描写的是'海燕'，让我感觉豪情万丈，对革命充满信心；而《鹰之歌》中'鹰'在革命中受伤牺牲了，您用了更多笔墨去描写'蛇'对革命的消极态度，让我感觉有些悲凉和无奈。"

高尔基老师笑着说："既然这样，读完《鹰之歌》后，你是想做'鹰'还是想做'蛇'？"

顾玄马上回答："当然是想做'鹰'了！与其苟且偷生，我更愿意为革命事业献出生命！"

高尔基老师赞许地看着他说："这就对了。之前给你们讲课的罗曼·罗兰老师，在《名人传》中写过一句话：'世界上只有一种英雄主义，就是看清生活的真相之后依然热爱生活。'无产阶级革命战士就是这样一群英雄，他们知道自己很可能会牺牲，知道会有人不理解甚至冷嘲热讽，他们的心中也有悲凉，也有无奈。但即便如此，他们仍然义无反顾地参加革命，为了理想、为了自由进行斗争。我希望大家明白，理想主义文学并不是让人们脱离现实，沉浸在幻想之中，而是鼓励人们在看清残酷的现实后，仍能为建设理想中的美好社会不断努力。只要遇到合适的环境，理想主义将会变成一场现实的社会运动。"

同学们听高尔基老师讲完，都觉得受益匪浅。不知是谁先带的头，大家开始热烈地鼓掌。

等掌声停止，蒋兰兰站起来说道："您的讲解让我对理想主义的理解更加清晰了。当年正是这些理想主义文学作品，给苦难中的劳动人民指明了方向，帮助他们转变成一群怀揣理想的革命者，最终推翻了沙皇的黑暗统治，建设了强大的苏联，难怪巴金先生说您是一位'伟大的做梦的人'。"

高尔基老师笑着说："这实在是过誉了，就像刚开始说的那样，我只是一个流浪汉中的创作者罢了，真正伟大的是理想主义。理想主义为人类设计的美好蓝图就像一颗种子，只有在现实社会的土壤中开枝散叶、开花结果，才能证明它的价值。我们的理想既要高于现实，又必须与实践相结合，不断尝试对现实做出调整。换句话说，理想主义的目标就是让社会变得更美好，这也是我致力于无产阶级文学创作的原因。"

同学们听完由衷叹服，再次热烈地鼓掌。高尔基老师向同学们施了一礼，宣布下课。顾玄和邢凯回宿舍的路上，还在思考、讨论着高尔基老师讲的理想主义。

第二节 "生活"是最崇高的艺术

第二天，高尔基老师早早来到了教室。等所有同学入座之后，高尔基老师说："同学们，昨天的课上，我们讲到了理想主义。那么理想主义是从哪里来的呢？哪位同学可以说一下自己的见解？"

顾玄马上站起来说："我觉得理想主义是人们基于信仰的一种追求，它来源于人们的信仰。您之前讲过，理想总是高于现实的。在我看来，理想主义是一种精神指导，虽然它并不排斥物质，但始终是以精神层面为核心。"

邢凯也站起来说："我的观点和顾玄的观点不太一样。我认为理想主义来源于生活。人们因为对生活不满，想要改造现实社会的思想倾向，就是理想主义。"

高尔基老师说："这两位同学说的都有各自的道理。其他同学怎么看呢？如果有其他的见解也可以提出来。"

同学们开始小声讨论，最终还是落在这两种观点上。顾悠表示支持哥哥的观点，蒋兰兰则表示支持邢凯的观点。高尔基老师面带微笑，静静地听着同学们的思辨。

过了几分钟，高尔基老师说道："好了，同学们静一静。我听了一会儿，其他同学的观点主要也是这两个方向。顾玄同学的观点有一定的道理，但需要先对信仰做一个限定，即积极的、高尚的，能引导人们去建设未来的信仰。将来有一天，同学们离开校园、进入社会，就会发现人们的信仰各不相同，并非所有的信仰都是积极的、高尚的，有些信仰其实是消极的、鄙陋的。基于这样的信仰产生的追求往往是在逃避现实，寻求一个'乌托邦'，用你们中国的典故来说，就是世外桃源。"（如图11-2所示）

图11-2　高尚的信仰与鄙陋的信仰

　　高尔基老师顿了顿，接着说："因此，我更赞同邢凯同学的观点，理想主义来源于现实生活。我写过很多描写现实生活的作品，现在回想一下，里面有很多我的理想主义思想产生的痕迹。"

　　蒋兰兰接过高尔基老师的话说道："最著名的就是您的自传体小说三部曲《童年》《在人间》和《我的大学》了。"

　　"今天就先讲一下《童年》。蒋兰兰同学，你能先给大家介绍一下你眼中的《童年》吗？"高尔基老师点了点头，微笑着问道。

　　"《童年》这部小说讲述的是主人公阿廖沙三岁到十岁的童年生活。阿廖沙三岁时失去了父亲，母亲瓦尔瓦拉把他寄养到诺夫哥罗德城的外祖父家。阿廖沙来到这里时，外祖父的产业已经开始衰落，人也变得越发残酷暴躁，经常打骂工人甚至自己的亲人。阿廖沙的两个舅舅米哈伊尔和雅科夫更是互相仇恨，不断吵架甚至斗殴。只有外祖母慈祥善良，她爱亲人，爱邻居，爱所有的人。"

"外祖母给阿廖沙讲了很多歌颂正义和光明的民间故事，帮助阿廖沙建立起了正确的价值观基础。此外，淳朴的小茨冈，正直的老工人葛利高里，也给阿廖沙愁苦的童年带来了一丝欢乐，让他对底层人民产生了好感。可惜后来小茨冈搬运十字架的时候被压死，葛利高里也被外祖父赶出家门。"说到这里，蒋兰兰停顿了一下。

讲台上高尔基老师脸上的微笑已经消失了，见蒋兰兰看向自己，他点点头，示意蒋兰兰继续说。

"后来，外祖父迁居到卡那特街，招了两个房客。一个是抢劫教堂后伪装成车夫的彼得，他的残忍和奴隶习气让阿廖沙极度反感；另一个是进步的知识分子，绰号叫'好事情'。他是一个内心友善、热爱读书的人，在他的影响下，阿廖沙的内心深处产生了对知识的渴望。

"又过了一段时间，阿廖沙的母亲回来了，她变成了一个愁苦的怨妇。后来母亲再婚，阿廖沙跟着母亲一起搬进了继父的家中。再婚并没有让这对母子的生活得到改善，反而掉入另一个深渊。贫困、疾病和丈夫的家暴，将阿廖沙的母亲折磨得不成人样，阿廖沙与继父之间也产生了激烈的冲突。

"因为实在无法继续与继父相处，阿廖沙又回到外祖父家中，而此时外祖父家已经破产。为了生活，阿廖沙只能在放学后和邻居的孩子们一起捡废品补贴家用。这让阿廖沙在学校受到很多歧视和刁难，他读完三年级就被迫辍学。没过多久，母亲去世了，阿廖沙结束了自己的童年，进入社会谋生。"蒋兰兰一口气说完了阿廖沙的整个童年。

听着蒋兰兰的叙述，高尔基老师眼含热泪，很多同学也眼圈泛红。高尔基老师示意蒋兰兰坐下，哽咽着说："其实我很早就想写自传，但每次回忆起这段经历，就压抑得无法动笔。直到列宁同志跟我说，这些经历有极好的教育意义，应该把它们都写下来。"

高尔基老师停顿了几秒，接着说道："对信奉理想主义的文字工作者来说，写作不必回避生活中的任何丑事。因为要改变这种丑恶的现实，就必须先让人们了解它、重视它，从这个角度来看，生活就是最崇高的艺术。我希望《童年》传达给大家的是一种积极的思想。无论环境多么恶劣，生活多么艰难，大家都要怀着一颗正直善良的心，为了理想而不断努力。"

第三节　高尔基的理想主义文学

高尔基老师整理了一下自己的情绪，微笑着说："《童年》就先说到这里，哪位同学愿意介绍一下自己眼中的《在人间》呢？"

顾悠站起来说道："《在人间》讲述的是主人公阿廖沙少年时代的生活。为了生活，他先是在鞋店和绘图师家当学徒，在轮船上做洗碗工，后来又在圣像作坊做学徒。做洗碗工期间，阿廖沙结识了正直的厨师斯穆雷。斯穆雷对阿廖沙很好，让他免受其他帮工欺负，并引导他开始读书。后来，阿廖沙又遇到了裁缝的妻子和'马尔戈皇后'。裁缝的妻子把书借给阿廖沙看，开阔了阿廖沙的思想，帮助少年的阿廖沙建立了正确的善恶观；'马尔戈皇后'不仅经常把书借给阿廖沙看，还多次劝他上学。"

"阿廖沙在少年时代确实遇到了许多好人。"高尔基老师动情地说道。

顾悠看向高尔基老师，发现他的眼中有一抹亮光，似乎满含着感激。顾悠接着说道："但这样的好人只是少数。在这段人生中，阿廖沙周围的人大多都是低俗、鄙陋的小市民，他们不仅不懂读书的益处，还极力阻止阿廖沙读书。虽然现实生活是龌龊可憎的人间，但普希金的诗集、阿克萨柯夫的《家庭纪事》等优质的书籍，构成了阿廖沙少年时期的阅读天堂。阿廖沙就这样度过了五年时光。丰富的阅历和大量的阅读扩展了阿廖沙的视野，带给他坚强和智慧，也让他无法再像身边的人一样麻木地随波逐流。上学的渴望越来越浓烈，最终，16岁的阿廖沙下定决心，离开家乡奔赴喀山。"

"顾悠同学说得很好，读完这部小说后，你有什么感想吗？"高尔基老师点点头，示意顾悠再多说一些。

顾悠思考片刻说道："污浊的社会环境和小市民们龌龊的行为，让我感到无比的压抑，而阿廖沙的善良和坚强，又深深震撼了我。小说里的人之间没有爱和信任，只有恨和欺骗，就连美好的爱情，也被扭曲为肮脏的肉欲。如果我生活在这样的环境中，很可能会绝望，和周围的人一起堕落。很难想象，阿廖沙生活在那么污浊的环境中，内心仍能保持正直善良、积极向上，最终打破环境的桎梏，勇敢地去追求自己的理想。"

高尔基老师的眼神更亮了，嘴角也翘得更高，他笑着说："非常感谢顾悠同学的分享，同学们是否有其他的见解或者疑问，现在可以提出来。"

蒋兰兰犹豫着站了起来问道："高尔基老师，我有一点疑问。在这部小说中，大部分时候阿廖沙给我的感觉是善良而热情的，与小市民的麻木截然不同，但在面对周围人的死亡时，他又好像表现得过于平静，甚至让我觉得有些……。"

高尔基老师笑着说："有些什么？没关系，你继续说。"

蒋兰兰想了想，说："有些冷漠、麻木，似乎这些人的死并没有在阿廖沙的心里激起什么波澜。"

高尔基老师脸上仍然带着微笑，说道："其实这些事发生的时候，我并没有那么平静。只不过后来我写这部小说的时候，刻意避开了那些消极的情绪。"

高尔基老师看着同学们疑惑的眼神，接着说："我写自传并不是想让大家怜悯我，或者怜悯那些底层人民，而是想让大家了解我的心理成长过程，了解我的理想主义是如何形成的。因此在某些时候，我需要把阿廖沙的心灵作为一个客观存在的实体来写，从旁观者的角度来描述阿廖沙的心理活动。与周围的人不同，阿廖沙不是被动、消极地接受生活的摆布，而是积极主动地去探索生活，通过不断地学习和思考去认识社会。少年阿廖沙在成长过程中，一直在积极地从现实的生活和优秀的书籍中汲取经验和知识。当然，这些经验和知识不仅有美好的、高尚的，也有丑恶的、低俗的。前者唤醒了他内心的善良，激励他变得坚强；后者让他认识到现实存在的丑恶，引导他去斗争，去改变。正是在这个过程中，他磨炼出了反抗精神，培养出了进步理想。"（如图 11-3 所示）

见同学们还是似懂非懂，高尔基老师又补充道："我在文字中掩饰那些伤感、痛苦，是希望大家在成长过程中，能够冷静而积极地面对现实，不要害怕现实、逃避现实。一个健康积极的内心世界必定是和现实生活紧密联系的。我们只有投身到现实生活中，直面残酷的现实，积极地去分析、解决遇到的各种困难，才能得到真正的成长。"

图 11-3 每一段经历都是一种成长

"在这个过程中，最困难的就是保护自己灵魂的纯净，避免被环境玷污。我希望每个少年都能像阿廖沙那样勇敢起来，保持正直善良、积极向上的心态，长大后成为一个心中充满希望的理想主义者，共同建设一个美好的社会。"

"理想主义的文学作品就是要激发人们积极向上吗？"邢凯问道。

"我认为理想主义文学不只是构建一个美好的理想社会，更重要的是要向读者传递积极向上的精神，现在有些年轻人心态比较消极，遇到挫折总是逃避，经常说什么'生而为人，我很抱歉'。我希望通过我的作品能够传递给读者一些我自己对人生和社会的积极看法。年轻人需要从理想主义文学作品中汲取积极的养分，不要总对自己的人生说抱歉，要因自己生而为人感到自豪！"

第十二章
鲁迅主讲
"批判现实"

本章用四个小节讲述鲁迅先生作品的文学特点。在本章中，我们将了解批判现实主义文学的相关内容，从批判现实主义的内涵，到故事题材的选择。作为中国批判现实主义文学的代表人物，鲁迅先生擅长运用夸张、反语等手法讽刺、抨击社会现实，在这一章中，我们将为大家详细讲述这些讽刺手法的运用。

鲁迅（1881 年 9 月 25 日—1936 年 10 月 19 日）

　　原名周樟寿，后改名为周树人，中国著名文学家、思想家、革命家，新文化运动主将，中国现代文学的奠基人之一。早年学医，后弃医从文，代表作品有小说集《呐喊》《彷徨》《故事新编》，杂文集《华盖集》《三闲集》，散文诗集《野草》和散文集《朝花夕拾》，等等。

第一节　批判现实并不是否定现实

　　这天一早，在众人的期待中，鲁迅老师穿着他的灰色中式长衫来到讲台上。他清了清嗓子说道："这节课我要给大家讲的是批判现实主义文学。它是十九世纪欧洲等地流行起来的一个流派。批判现实主义的作家们会在自己的作品中真实地记录社会风俗、人情、国民性和社会矛盾，勇敢地揭示其黑暗面给人民带来的痛苦感受。"

　　"这位同学你来说说对批判现实主义的看法，或者也可以说说自己对批判现实主义有哪些不太理解的地方。"看大家听得有点懵，鲁迅老师随机叫起来一位同学提问，这人正是邢凯。

　　邢凯早已有所准备，他迫切而诚恳地询问道："对于'国民性'这三个字，学生不太理解，您能详细讲讲吗？"

　　鲁迅老师似乎看出了邢凯的小心思，他在讲台上走了几步后说道："要说'国民性'这个词，对于生活在当下这个和谐社会中的你们可能确实不好理解。我、李大钊以及陈独秀等人生活的时代，国民意识本就淡薄，还被大量封建的、落后的思想充斥和束缚着，为此，我们不断地进行国民性批判是为了让国民意识到自己身上存在的劣根性，能够积极去接纳和学习新的思想。"

　　"这么说来批判现实主义，就是对现实主义的批判吗？"顾悠问道。

　　"错！大错特错！批判现实主义是对社会现实的批判，而不是对现实主义的批判，正相反，它是现实主义的一种形式，在某种程度上，文学领域的批判现实主义也可以等同于现实主义。"鲁迅老师说道。

鲁迅老师就是有这样的魅力，用他的方式一解释，大家就有如醍醐灌顶，一下子明白了大半。就连平时从不记笔记的顾玄，此刻也默默拿出笔记本刷刷地写着，只不过别人可能一字不落地全记下来，顾玄则是三言两语一笔概括，能写一句绝不写两句。

当众人正在记笔记时，蒋兰兰提出了自己的问题："鲁迅老师，听说您大学时读书成绩优异，拿到了去日本公费留学的机会，并且当时您在日本学的是医学专业，后来弃医从文也是为了批判国民的劣根性吗？"

鲁迅老师仔细瞅了瞅面前的小丫头，思考了几秒后答道："批判现实主义的作家们多对残暴专横的旧制度充满敌意，他们同情下层人民的悲惨境遇，揭露社会的种种黑暗，其目的就是要激起广大人民要求民主、追求自由、敢于破坏旧秩序、反抗腐朽统治的决心。我的父亲被庸医的偏见所害，因此我最初想学习日本先进的医术来拯救被疾病困扰的国民，但后来我发现体格强壮但精神麻木的健康国民比仅仅身体有疾的国民更加可怕，这又让我有了回国后着手筹办文学社的动力。"（如图12-1所示）

图 12-1　靠文学拯救国民

"靠文学的力量就能拯救麻木的国民吗？"蒋兰兰继续问道。

"即使到现在，我也没办法回答你这个问题，大多数批判现实主义作家都能看到尖锐的社会矛盾，并能'以笔为刀'直截了当地指出社会存在的问题，但他们却很少能看到或找到解决这些矛盾的途径，因为想要真正解决社会存在的问题，必须依靠新的世界观和新的社会力量才行。"鲁迅老师解释道。

"高尔基似乎也说过这样的话，他认为批判现实主义揭示了社会的恶习，描写了个人在家庭传统、宗教教条压制下的'生活和冒险'，但却没法给人指出一条出路。"邢凯接过鲁迅老师的话说道。

"的确如此，批判一切现存事物是很容易的，当看到一些不公正、不道德的热点事件时，你们也能给出一些批判性的意见来，但批判现实主义仅停留在这一步显然是无意义的。在这一方面，我很喜欢俄国的批判现实主义作家们，我自己的文学创作也曾经受到他们的影响。"鲁迅老师说道。

邢凯再一次提问道："1907年，您在《摩罗诗力说》中第一次提到国民性时就说'或谓国民性之不同，当为是事之枢纽。西欧思想，绝异于俄，其去裴伦，实由天性。'可见您当时就不准备照搬西方的革新之路，而是要回归本国国民的天性，从本国国情出发解决国民劣根性的问题。并且在您之后的文学作品中，对国民劣根性的批判视角也在不断改进。您是怎么做到从一开始就精准把握住国民天性的方向，并且还能不断改进的呢？"

鲁迅老师的面部表情依旧严肃，但语气却温和了许多，说道："其实批判现实的过程也是一种思辨的过程，需要有一种'众人皆醉我独醒'的勇气和自信，需要不断进行批评与自我批评、否定与自我否定，这样才能拥有一些新的视角和见解。

文学创作可以博采众长，但最终还要立足于根本之上，我当时创作批判现实主义作品的根本在哪？就在当时的中国社会之中，所以我的作品或者说我的批判必须从当时中国的社会现实出发。"

在鲁迅老师的讲解下，邢凯有了一种豁然开朗的感觉，好像一下子想通了很多事情，以至于下课回到宿舍，还沉浸在刚刚与鲁迅老师的一问一答之中。他轻抚了下起伏的胸脯，微微平复着和偶像交谈的激动心情，开始期待下一堂课。

第二节　讽刺，文学的极高技巧

在宿舍中，邢凯一遍遍地抚摸着杂志扉页上烫金的字迹，字迹内容是鲁迅老师说过的话："愿中国的青年都摆脱冷气，只是向上走，不必听自暴自弃者流的话。能做事的做事，能发声的发声。有一分热，发一分光，就令萤火一般，也可以在黑暗里发一点光，不必等候炬火。此后如竟没有炬火，我便是唯一的光。"

蒋兰兰在网上看到一篇很有意思的文章，题为"鲁迅是怎样骂遍民国无敌手的"，她从头到尾看完之后，笑得眼泪都快流出来了。没想到鲁迅老师竟然如此会"骂人"，蒋兰兰决定明天要向老师好好请教一下"骂人的艺术"。

第二天的课程在大家望眼欲穿的期盼中终于到来了。

"老师您好准时呀！"蒋兰兰盘算着心中的问题，不知道怎么开口，只好先套套近乎。

鲁迅老师站到讲台前一本正经地说："生命是以时间为单位

的，浪费别人的时间等于谋财害命，浪费自己的时间等于慢性自杀。既然答应给大家来上课，自然是要准时的。"

没等同学们反应过来，鲁迅老师就开始了他的授课："今天，我们来学习一下，批判文学的写作手法，说白了就是如何有文化地讽刺你要批判的对象。"

蒋兰兰一听这不就是自己正关注的问题吗？难道鲁迅老师有未卜先知的能力，提前知道了自己心中所想？正当蒋兰兰高兴得忘乎所以之时，鲁迅老师点到了她的名字，要求她回答一下"批判与骂人的区别"。

蒋兰兰虽然觉得批判就是骂人的另一种说法，但她却不敢这么说出来，于是委婉地说出了自己的回答："骂是批判的一种，但批判不是无根据地谩骂，而是一种科学的、有理有据的批评。"

鲁迅老师很满意蒋兰兰的回答，说道："我曾经在《论讽刺》和《什么是讽刺》两篇文章里用过一个道理来解释讽刺，现在我还可以用它来解释批判。某个作者，用精炼的或者夸张的艺术手法，写出一群人真实的一面来，那么被写的一群人，就会称这部作品为批判的作品。"

"批判少不了夸张、戏谑甚至带点攻击性的语言，就算是骂，也要骂得有文化。我的杂感常不免于骂，那么到底要怎么骂呢？第一点就是要守住底线。"鲁迅老师补充道。

"守住底线？骂人的底线是什么？"蒋兰兰不解地问道。

"不是骂人的底线，是讽刺的底线。在我看来，非写实绝不能称为'讽刺'，这便是讽刺的底线。你要讽刺的事情不必是曾有的实事，但必须是会有的实情，它不能是捏造的，也不能是臆想的。"鲁迅老师解释道。

"没有事实根据的讽刺就是污蔑！"邢凯附和道。

　　"没错！除此之外，讽刺还要出于善意，充满热情。我们讽刺的目的，是为了促成改善，并不是为了将一群人或某些事彻底定性，如果你的讽刺作品，让读者读完之后觉得一切世事一无足取，也一无可为，那就并非讽刺，而是'冷嘲'了。"鲁迅老师继续说道。（如图 12-2 所示）

我所佩服诸公的
只有一点，
就是这种东西
居然也有发表的勇气。
——鲁迅

猛兽总是独行
牛羊才成群结队。
——鲁迅

浪费别人的时间
等于谋财害命。
——鲁迅

图 12-2　要"热讽"不能"冷嘲"

　　"批判现实主义的作品要'热讽'，而不能'冷嘲'。"邢凯接过鲁迅老师的话说道。

　　"没错，'热讽'这个词是很好的，突出了讽刺的意义。在立足于事实的基础上，为了更好地表达讽刺意味，我还常会用到反语、夸张等手法。"鲁迅老师补充道。

"这个我知道,您在《洋服的没落》中写道:'脖子最细,发明了砍头;膝盖关节能弯,发明了下跪;臀部多肉,又不致命,就发明了打屁股。'这一句给我留下了很深的印象,很具有讽刺意味。"邢凯略有兴奋地说道。

"看来这位同学是有备而来啊,没错,这部分确实使用了反语手法。那么,有没有同学能说一说我在哪些文章中使用了夸张的手法来表达讽刺意味呢?"鲁迅先生肯定了邢凯的回答,并提出了新的问题。

"在《病后杂谈》中有一句'愿秋天薄暮,吐半口血,两个侍儿扶着,恹恹地到阶前看秋海棠。'这里面的'吐半口血'便是一种夸张手法,其中的讽刺意味也是颇为明显的。"邢凯再次抢到了发言权。

"很好,在运用夸张这种手法来表现讽刺意味时,同学们一定要注意讽刺的底线,我们必须对'曾有的事实'或'会有的实情'进行夸张,而不能随意夸张。"鲁迅老师强调道。

"关于讽刺,可用的手法多种多样,这便是文学创作的魅力所在,但无论大家采用何种手法去讽刺,都不能突破了讽刺的底线,不能胡说八道、胡言乱语,这样的讽刺是绵软无力、站不住脚的。"鲁迅老师用这句话总结了这堂课的内容。

第三节　别具一格的社会题材选择

"为什么鲁迅老师笔下令人印象深刻的人物,像祥林嫂、孔乙己、阿 Q、小 D、闰土、吴妈、小尼姑等,都是一些小人物形象呢？这是一种巧合吗？"这是邢凯一直在思考的问题，借着鲁迅老师在讲台上喝水的间隙，邢凯站起身来准备提问。

鲁迅老师见状，把水杯稳稳放下，看向邢凯。

"您的小说中农民题材占据了大量的篇幅，甚至可以说贯穿了您整个小说的创作过程，请问这是偶然的吗？因为感觉您应该是和知识分子更亲近，怎么会写了那么多农民题材的作品？"邢凯问道。

"没错！"鲁迅老师严肃的脸上露出些许笑意，他对同学们笑笑说，"不知你们有没有读过果戈里先生的一句话？"

"什么话？"同学们齐声问。

"事物越平常，诗人就越要站得高，才能从平常的东西中抽出不平常的东西，才能使这样不幸的东西变为完美的真理。如果让我来说这句话，我会将'诗人'这个词改一改，这便能符合我们国家的社会环境了。"鲁迅老师说道。

"我知道，因为我们国家是农业大国，农村人口众多，所以要解放思想就要先解放农民的思想。"顾玄抢答说。

听了顾玄的回答后，鲁迅老师一边点头，一边微笑。

"那您是有过农村生活的经历吗？怎么会将农村题材挖掘得如此深刻？"邢凯追问道。

"鲁迅老师的母亲就是农民出身，在老师的少年和青年时代，由于种种原因，到过绍兴的四十几个农村，这些都说明老师是体验过农村生活的。"顾玄再次抢答道。

"是的，虽然年少时我的家庭条件还算不错，但在外祖母家的生活让我有机会接触到农民生活并有一些了解。"鲁迅老师说道。

"您是在认识到农民生活的苦难后，才觉得应该将他们的故事写出来吗？"顾悠问道。

"小时候我看劳苦大众就像看花看鸟一样，闰土是那样的自由自在、无拘无束。但真正和农民亲近、接触后，我才认识到他们毕生都受着压迫，和花鸟是完全不一样的。"鲁迅老师继续说道。

"老师选择农民题材作为切入点，主要还是为了在精神上启蒙大众，毕竟当时多数国民的思想还是愚昧无知的。"邢凯说道。

"我所生活的年代，恰逢中国社会转型时期，社会各方面都发生了剧变，唯独民众的精神思想变化不多。深受封建社会毒害的劳苦大众尚未获得思想上的启蒙，新文化运动就难以获得最广泛的群众基础。"鲁迅老师解释道。

"当时的社会现实确实是值得批判的，将劳苦大众的生活确定为创作题材，其实也是您对'国民性'主题的延续，您要批判的是当时国民身上的种种痼疾。"邢凯继续说道。

"在讲批判现实主义文学时，我们说过批判现实并不是否定现实，我同情劳苦大众的不幸，也痛恨他们精神思想上的弊病，我用手中的笔尖锐地揭露这些痼疾，也是希望能够唤醒他们的自觉，治愈这些痼疾。"鲁迅老师在讲述的同时，给同学们提出了一个问题，"既然大家都很了解我对国民身上痼疾的批判，那有谁能说说我笔下都描述了国民身上的哪些痼疾？

听到鲁迅老师的提问，课堂中先是一片寂静，短暂沉默后，邢凯第一个站起来说道："阿 Q 的'精神胜利法'就是一种当时国民身上存在的典型痼疾。清王朝还没灭亡时，中国就逐渐沦为半殖民地半封建社会，对于当时的国民来说，自我欺骗也是一种消解现实苦难的方法，他们无法在现实中取得胜利，所以只能去追求精神上的自足。"

邢凯刚一说完，蒋兰兰便接过话说道："您曾说过，深受封建专制思想毒害的国民，都有着根深蒂固的奴性，他们不会想着摆脱奴隶身份去追求自由，而更乐于安安稳稳地做好奴隶，就像您笔下的祥林嫂一样。"

"你们说的都不错，当时的国民身上确实有太多的痼疾需要批判了，最广大的群体还带有这样的思想痼疾，想要靠他们推动社会发展、改造整个社会，就是一句空谈。所以，改造社会之前要先改造国民的思想，传播新文化，培育新青年，才能创造新社会。"鲁迅老师越说越激动，一时间忘记了这是一堂文学课，而并非政治课。

"这样说来，创作批判现实主义的文学作品，题材选择很重要，如果所选题材没什么可批判的，或者说我们只从个人主观角度对其进行批判，那创作出来的作品就成了胡说八道的文章了。"邢凯的及时总结也将鲁迅老师从回忆中拉了回来。

"没错，正是如此，我一直强调文学创作'选材要严，开掘要深'，不能将那些琐碎的、一点意思也没有的事，随便填充成一篇文章。既然要针砭时弊，那就要选择那些无懈可击的题目，以免自己洋洋洒洒写了几万字，对方随便提出两个问题，就把你的所有立论都击倒了。"鲁迅老师解释道。

"您在《南腔北调集》的《作文秘诀》一文中所总结的'有真意，去粉饰，勿做作，少卖弄'说的是否也是这个意思？"顾悠问道。（如图12-3所示）

"不渲染、不铺陈，用最精炼、最简省的文字描绘出人物的精神面貌，反而最能展现人物的基本特征，这要比那些使用华丽辞藻矫揉造作一番的文章更有可读性。在批判现实主义文学创作中，这一点尤为重要，如果不能一针见血地指出问题，那读者看你的文章就会感觉云里雾里一般。"鲁迅老师回应道。

图 12-3　别具一格的题材选择

第四节　独特的人物形象塑造

"这节课我们一起来研究一下如何刻画批判现实主义文学中的人物形象。"鲁迅老师说道。

听了鲁迅老师的开场白，同学们立刻来了精神，坐得笔直等着听鲁迅老师的下文。

"我写的小说虽然不算多，但塑造过的人物却不算少，各位同学对我笔下的哪些人物印象比较深刻，可以与大家交流一下。"鲁迅老师继续说道。

顾悠接过话来说道："孔乙己！他是个可爱又可悲的人，他会耐心教小孩子们学字，每次欠了酒钱也都会如数偿还，但因为生活所迫沦为窃贼，遭人嘲笑，最后悄然结束了自己悲惨的一生。"

　　"孔乙己确实很有特点，他是封建知识分子的典型代表，有知识分子清高自重的品质，同时也深受封建礼教思想所害。"鲁迅老师补充道。

　　"《孤独者》中的魏连殳也是典型的封建知识分子，与孔乙己不同的是，他对封建礼教制度具有反叛精神，曾经和封建势力作过斗争，但他太过脆弱了，在斗争遇到挫折后便一蹶不振，变得迂腐孤独，也是挺可悲的。"蒋兰兰略有惋惜地说道。（如图 12-4 所示）

图 12-4　独特的人物形象塑造

"《孤独者》中的魏连殳和《在酒楼上》的吕纬甫很像，他们都有与封建势力做斗争的经历，但最后都以失败告终，这样的知识分子在当时的中国有许多。"鲁迅老师说道。

"《伤逝》中的涓生也是五四时期的知识分子，他与子君冲破封建势力的阻碍，追求婚姻自主，虽然取得了阶段性胜利，但最终又被日常生活中的柴米油盐之事击败。他们的故事放在现在也同样适用，抛开'柴米油盐'的婚姻自由是难以长久的。"邢凯说道。

"我更多考虑的是知识分子的个性解放与整个社会制度之间的关联，塑造涓生和子君这两个人物，就是想告诉广大青年想要彻底获得个性解放，就要先探索出一条变革社会的新道路来。"鲁迅老师解释道。

"知识分子算是我的小说中出现较多的人物形象，之所以会这样，或许与我自身就是知识分子有很大关联，在描绘当时社会的知识分子形象时，我更能感同身受一些，所以刻画起人物来也会更得心应手。"鲁迅老师继续说道。

"您的小说中也出现了许多农村的小人物，他们给我的印象反而要比这些知识分子给我的印象更为深刻，像是阿Q、祥林嫂、闰土等人，尤其是您对少年闰土和中年闰土的描写，更是让我感到震撼。"一个胖胖的戴着眼镜的男生说道。

"没错，我也觉得您对闰土的形象塑造实在是太精彩了，可以说少年和中年闰土判若两人，真不知道他在这段时间中都经历了什么。"顾悠接过男生的话说道。

"闰土啊……确实，他的变化也令我感到震撼，可这就是当时的社会现实。作为一堂文学课，我们暂时先抛开对当时社会的分析，单纯从文学的角度来说一说用何种艺术手法才能更好地塑造人物形象。"鲁迅老师说道。

"在塑造闰土这一形象时,您用到了对比的手法,将少年闰土的外貌与中年闰土的外貌进行对比,将少年闰土与中年闰土对生活的态度进行对比,突出表现了封建社会对人性自由的禁锢。"戴眼镜的男生回答道。

"对比确实是一种很好的艺术表现手法,在批判现实主义文学中,这种艺术手法的运用能够很好地展现作者所批判的内容。在我眼中,少年闰土是活泼可爱、富有生命力的,他有自由的思想、善良的心地和灵活的头脑……但中年闰土却变了样子,他被生活压得喘不过气来,对生活也失去了信心,只把幸福寄托在神灵身上。"鲁迅老师说道。

"我发现老师还很喜欢通过描绘人物的眼睛来展现人物性格、行为和形象的变化。"蒋兰兰说道。

"对,在《祝福》中,有二十多处都描写了祥林嫂的眼睛,从她到鲁镇时'顺着眼',到她再次来到鲁镇时'眼中带着泪痕,没有了过去的神采',再到祥林嫂临死前'眼睛麻木地转',仅从老师对祥林嫂眼睛的描写,就能感受到她悲惨的命运。"顾悠接过蒋兰兰的话说道。

"这种'画眼睛'的表现手法,是我国传统小说中很常见的一种艺术表现手法,在我看来,想要极为俭省地表现出一个人物的特点,画出他的眼睛是最好的方法。大家能从祥林嫂眼睛的变化,看出她所经历的精神上的折磨,以及她那悲惨的人生,也正说明了'画眼睛'这种方法是可行的。"鲁迅老师说道。

"这样说来,语言也是展现人物的重要因素,您笔下的每个人物似乎都有自己的个性化语言,比如孔乙己说的'窃书不能算偷''读书人的事,能算偷吗',还有杨二嫂说的'不认识了吗?

这真是贵人眼高''啊呀呀，真是愈有钱，便愈是一毫不肯放松，便愈有钱'，从这些话语中，都能看出他们的个性特征。"蒋兰兰说道。

"没错，在文学创作中，人物语言是刻画性格的重要手段，在塑造人物时，必须根据人物的不同职业、经历、生活习惯和精神状态，来设计个性化的人物语言，以此来表现人物的不同性格特征，使人物形象更为完美。有兴趣的话，大家可以研究一下中外文学作品中的典型人物形象，他们都有自己独特的个性化语言。"鲁迅老师解释道。

"这样看来，想要塑造好一个人物，可用的方法还是很多的，很多优秀的故事正是靠着那些经典人物支撑起来的。"邢凯感慨道。

"确实如此，对人物形象的塑造可以提升小说叙事的自由度，增大叙事内容的密度和力度，从而使小说人物的形象更为丰满，小说故事也更为精彩，在这一基础上，我们再去讽刺、再去批判，读者就会更容易接受了。"一番论述后，鲁迅老师又将话题转回了批判现实主义文学。这时候下课铃声也响了起来，同学们都感觉到意犹未尽。

第十三章
卡夫卡主讲
"表现主义"

　　本章用四个小节讲述弗兰兹·卡夫卡表现主义文学的特点和风格。从表现主义文学开始，我们将领略到卡夫卡独具特色的文学作品的魅力，体会他的荒诞文字背后对世界的哲学思考，并走进卡夫卡孤独又神秘的内心世界。

弗兰兹·卡夫卡（Franz Kafka，1883 年 7 月 3 日—1924 年 6 月 3 日）

　　欧洲著名的表现主义作家，出生于奥匈帝国治下捷克的一个犹太商人家庭，早年曾做过保险业务员，后从事文学创作。作品大都采用诡异荒诞的形象和象征直觉的手法，代表作品有《审判》《城堡》《变形记》《与醉汉的对话》等。

第一节　独特的表现主义文学

等待上课的时间略显漫长，顾悠翻看上次在阅览室摘抄的文字，那正是卡夫卡《城堡》中的一段文字："城堡的轮廓已渐次模糊，它仍一如既往、一动不动地静卧在远处，K还从未见到那里有过哪怕一丝一毫生命的迹象，或许站在这样远的地方想辨认清楚什么根本不可能吧，然而眼睛总是渴求着看到生命，总是难以忍受这一片死寂……"

"啊！"正看得出神时，顾悠猛然发现一个男人正目不转睛地看着她的摘抄本。

男人用手指着其中一处说道："谈谈你对这一部分内容的看法吧。"

顾悠稍微一想，便知道眼前的男人就是这堂课的老师卡夫卡了。于是她瞄了瞄摘抄的文字，思考片刻回答道："我看见了一座一直被迷雾笼罩、空灵缥缈、让人无法看清真实面貌的城堡。城堡中的故事看似真实，却又笼罩着一种诡异的气氛。"

说到这里顾悠顿了顿，看了看卡夫卡老师，满是钦佩地说道："老师，您是怎么把城堡描写得如此朦胧，却又能让它在人心中留下深刻的烙印的？"

卡夫卡老师长叹一声，低着头说道："《城堡》来源于我内心深处的一种渴望。"

"就像是《桃花源记》中，人们对桃源圣地的向往和渴望一样吗？"顾悠继续问道。

卡夫卡老师并没有读过《桃花源记》，也不知道如何回答顾悠的提问。

"《桃花源记》是中国东晋时期的文学家陶渊明所作的一篇散文。陶渊明运用虚景实写的手法，借武陵渔人行踪这一线索，把现实和理想境界联系起来，使人感受到桃源仙境是一个真实的存在，通过对桃花源的安宁和乐、自由平等生活的描绘，表现了作者追求美好生活的理想和对现实的不满。"蒋兰兰补充道。

听了蒋兰兰的介绍，卡夫卡老师说道："不，桃花源是超然物外的令人神往的天堂的化身，它是能让人们安身立命、怡然自得的外部环境。而城堡是官僚的国家机器的象征，它象征的是与桃花源相反的主观的精神世界，充满了灵魂与国家机器的斗争。"（如图 13-1 所示）

图 13-1 "象征直觉"的写作手法

"《城堡》的主人公 K 是一名土地测量员，一天他收到一封信，上面通知他到一个城堡附近的村庄就职，可是他来到城堡后，城堡的工作人员不承认聘请过他。K 想尽了一切办法，也无法走进城堡，只能在附近的村庄徘徊挣扎，始终无法与城堡中的领导者取得联系，至死也未能进入城堡。"卡夫卡老师说起了《城堡》的故事情节。

"对，我还记得有一段描写是这样的：虽近在咫尺，却虚无缥缈，一路上，孤独地求索打开城堡大门的钥匙，却遇见冷漠与荒诞随时间奔跑。城堡的门紧闭着，终成寂寥……"蒋兰兰小声说道。

听过蒋兰兰的感慨，卡夫卡老师继续说道："我的大多数作品，都具有浓厚的表现主义色彩。表现主义产生于 20 世纪初的德国，到了 20 世纪 30 年代时已经风靡全球，是一种强调作家自身情感和自我感受，夸张展现客观现实形态的文学思潮。这类文学作品多以厌恶现代西方城市文明为主题，批判西方社会对人的个性的压抑、人的异化以及帝国主义战争。在具体的表现手法上，我比较喜欢用'父亲'与'儿子'的矛盾来表现年轻一代对专横残暴的旧制度的反叛和抗议。"

"在您的作品中，父亲的形象总是很权威，他们的话就像纪律与秩序一样。"顾悠说道。

"没错，父亲总是代表着权威、纪律和秩序，这种秩序是荒谬愚蠢的，它泯灭了青年人生命的激情。除了这一点，表现主义还突出表现了资本主义社会人的异化，比如我所写的《变形记》……"卡夫卡老师说道。

蒋兰兰似乎忽然想到了什么，举手问道："老师，《变形记》里的主人公格里高尔有一天睡醒后变成了一只昆虫，这是为了表现什么呢？"

"我是想通过身体的变形这一荒诞的情节来表达 20 世纪初

期人性的变形与异化。格里高尔在变形以前兢兢业业地做着一份不喜欢的工作，忍受着上司的暴脾气，他也幻想着有一天能够离开这样的岗位。但是，家庭的重担和责任，让他不得不一再牺牲和压缩个人的需求和特质，去适应社会和家庭的要求。在格里高尔的心里，他把自己当作一台必须持续高效运行的机器，一个必须为家庭挣钱的工具。"卡夫卡老师解释道。

"这样说来，现代社会有很多人也像格里高尔一样，背负着各种债务和家庭责任，一旦丢掉了工作，他们的家庭就会陷入危机之中，所以他们只能默默负重前行。"顾悠感慨道。

"对于现在的生活，他们肯定是有不满的，就像格里高尔一样，他在变形最初还保留着人类的语言功能，但到了最后，就连语言功能也丧失了。通过这样的细节安排，可以表现出格里高尔丧失掉了作为人的最后一点意志和需求。在面对生活的重压时，纵使内心有诸多不满，格里高尔也没有去反抗，或是寻求改变，从这一角度来说，现代社会的大多数人确实也是如此。"卡夫卡老师解释道。

第二节　谜语特征式的小说结构

接下来的几天里，顾悠拉着蒋兰兰和哥哥顾玄泡在图书馆里读《城堡》。当顾悠读到"K 已经走到前厅，盖斯泰克又一把抓住他的袖子，这时老板娘在他身后嚷道：明天我会得到一件新衣服，也许我会让人把你叫来呢"这句话时，小说便结尾了，这让顾悠感到颇为不解。

"什么？就这样结束了吗？"顾玄也对这突然到来的结尾感到不解。

"这有什么好惊讶的，你去看看卡夫卡老师的其他作品，很多都没有结尾呢！"相较于顾玄的惊讶，蒋兰兰就显得淡定多了。

"怎么会这样？"顾悠明显很是不解，"不行，我明天要好好问问老师。"

他们终于盼来了卡夫卡老师的第二堂课,这堂课的主题叫"没有谜底的谜题。"卡夫卡老师虽然有点社交恐惧症，但早就洞穿了同学们的心理，他打算这堂课给大家好好解释一下自己谜语特征式的小说结构。

"同学们知道什么是谜语吗？那位女同学先来说说你的理解。"卡夫卡老师指着蒋兰兰说道。

蒋兰兰起身说道："谜语就是用最简短的语言对同一个事物进行不同角度的表述。"

"嗯，没错，但是不够全面。"卡夫卡老师评价道。

"谜语由谜面、谜目、谜底三部分构成。蒋兰兰回答的表述部分就是谜面，谜目是给谜底限定的范围，谜底就是谜面所提问题的答案。"顾悠补充道。

"嗯，将你二人的回答结合起来就完整多了。"卡夫卡老师示意顾悠和蒋兰兰坐下，在讲台上继续讲道，"我是一个自传式的作家，我笔下的人物角色皆来源于我自己，而我自己到底是谁这样的问题，一直困扰着我，这也是我的很多小说都没有结局的原因。"（如图 13-2 所示）

"老师要给我们讲谜语背后的故事了，太好了！"蒋兰兰激动地抓起顾悠的手。

谜面　　　　　　谜目　　　　谜底：未知

图 13-2　谜语特征式的小说结构

卡夫卡老师自嘲地笑着说道："其实我一直试图去给《城堡》和《审判》填一个结尾，但我的内心不允许我这样做。"

"是没信心吗？"顾玄小声嘀咕道。

"才不是，一定是老师追求完美！"顾悠说道。

卡夫卡老师听到，不禁感慨道："一切还要从我的父亲说起。"他走上讲台，一口气在黑板上写下好多词语——强壮、健康、食欲旺盛、声音洪亮、能说会道、自鸣得意、高人一等……"我会用这些词语来形容自己的父亲！"不善言辞的卡夫卡老师谈到自己的父亲不免有些激动，他的双拳紧紧握着。

看到"自鸣得意"这个词，有几位同学已经捂着嘴偷偷笑了，顾玄、顾悠兄妹俩也偷偷交换了一下眼神。

卡夫卡老师并不理会台下同学们的举动，继续说道："我的父亲是个极为强势的人，这或许来自犹太人的文化传统。他强我弱——地位的迥异使我们视对方为彼此的威胁。我特别期待父亲可以对我说一句软话，可以不动声色地引导我，甚至是给我一个鼓励的眼神，可我的父亲从不这样做，我们俩甚至没有过一次心平气和的交谈。我的一生都想要逃离我的父亲，我想去母亲那里寻找慰藉，可发现母亲那里到处都是父亲的影子，她太爱我的父亲了。我觉得我一辈子都活在他的阴影下，于是我想要逃离一切。"

"那座城堡就是您逃离家庭后的归宿吗？"蒋兰兰问道。

213

"城堡不是我逃离后的归宿。追逐城堡是我由内向外挣扎、表现自我的过程。我一方面想倾诉，同时又害怕人们进入我的世界。对于你们来说，我和我的作品是一个谜。但对于我个人来说，我只想通过文字重现我梦幻般的内心世界，仅此而已。"卡夫卡老师解释道。

"我按照自己的心理模式塑造角色。我把他们看成现实自我的外化和延伸，于是赋予了他们和我自己相同或相似的人格属性。凡是重要的人生体验和感受我都会在人物角色当中体现。我这一生都在苦苦探求人生的价值与意义，可从未得到满意的答案，因此我也无法给他们一个完整的结局。"卡夫卡老师越说越激动。

教室里鸦雀无声，许久之后，顾玄打破了这份宁静："人们评价您的小说，说它们是没有谜底的谜题，而这种谜语特征式的结构也成了您的小说的主要特征，这种结构究竟该怎样理解？"

卡夫卡老师解释道："我写作不注重环境的写实和性格的刻画，而是透过现象表现本质。有些甚至时间、空间和人物都不确定，这才会让大家感觉读我的小说，就像是猜谜语一样。就拿《审判》来说，主人公约瑟夫·K 在 30 岁生日那天莫名其妙被捕，他虽自知无罪，但仍摆脱不了被捕的下场。奇怪的是，被捕以后，他虽然要定期接受审判，中间却可以自由地工作、生活。他试图通过多种途径证明自己无罪，找律师、法官，找所谓的证人，然而最终一切都是徒劳，没有谁能证明他无罪，整个社会如同一张无形的网笼罩着他。他始终摆脱不了有罪的指控，最后被杀死在采石场，莫名其妙地结束了短暂的一生。"

"至于他因为何事被指控，原告是谁，审判官是谁，我并没有在小说中提供明确的信息，这似乎有些荒诞——这不是完全违背了小说创作的'六要素'吗？但是那又如何？我不告诉读者这些，他们也会自己去寻找贴近的答案，就当我为你们出了一个谜语好了，每个读者都可以尝试说出自己的谜底来，不也很好吗？"

听完卡夫卡老师的阐述，大家不约而同地鼓起掌来，久久不绝。

第三节　矛盾统一的叙事艺术

这时，卡夫卡老师做了个手势，掌声才渐渐停下。他接着说："在表现主义文学里，除了可以用荒诞戏谑、象征直觉等写作手法，叙事角度同样举足轻重。哪位同学可以谈一谈叙事的角度都有哪些？"

一位同学回答说："我知道的有第三人称全知叙事角度、第三人称限制叙事角度和第三人称客观叙事角度。"（如图13-3所示）

第三人称全知叙事角度　　第三人称限制叙事角度

第三人称客观叙事角度

图13-3　矛盾统一的叙事艺术

"这位同学回答得很好，下面我分别用几个例子，先给大家讲解一下第三人称的叙事角度。"卡夫卡老师说道。

一天，饥饿的老虎看见一只老鹰正在天空飞翔，老鹰的嘴里叼着一块肉。这只老鹰要把肉带给自己的孩子，因为它们已经有两天没吃东西了。

"同学们注意观察画线部分，不难看出第三人称全知叙事角度，特点就在于'全知'。作者不但知道故事的全部，而且知道故事中所有人物的一切，包括其复杂微妙的心理变化。"卡夫卡老师解释道。

一天，老虎看见一只老鹰正在天空飞翔，老鹰的嘴里还叼着一大块肉。"我真想吃到那块肉啊！"老虎心想。

"大家观察画线部分，限制叙事角度是指从故事中某一个人物的角度讲述，只描述一个人物的思想感情，所有事情的发生都用一个标准去看待和衡量。"卡夫卡老师继续解释道。

一天，一只老鹰嘴里叼着一大块肉在天空飞翔。"啊，我真想吃那块肉！"老虎悄悄地说道。当老鹰落在附近的一棵树上时，老虎跑到那棵树下卧下来，脸向上冲着老鹰喊："雄鹰先生，早安！您今天可真精神啊！你的羽毛多么整洁！您的眼睛多么明亮！"老鹰抖抖身上的毛，头抬得高高的。老虎继续说道："您这么英俊，嗓音一定高亢洪亮，能为我高歌一曲吗？"

"客观叙事角度呈现的就很像摄影机拍下来的画面，作者完全处于画面之外，只写所见所闻，从不写见闻之外的事，这也是我所喜爱的表达方式，可以很好地抹去作者的痕迹。那么，除了第三人称叙事角度呢？还有其他叙事角度吗？"卡夫卡老师问道。

顾悠大声说道："还有第一人称主要人物叙事角度、第一人称次要人物叙事角度和第一人称观察者角度。"

"看来顾悠同学准备得很充分，我们同样通过几个例子来了解这些叙事角度。"卡夫卡老师说道。

<u>一天，我看见一只老鹰在天空飞翔，嘴里叼着一块肉。</u>我是一只聪明的老虎，我一定要想办法把那块肉弄到手。

"观察画线部分，老虎是这个故事的主要人物，我借用了老虎的眼睛去观察就是第一人称主要人物视角。"卡夫卡老师解释道，"如果换故事里的次要人物作为第一人称，结果就会像下面这个例子一样。"

一天，我衔着一块肉在天空飞翔的时候，看见一只老虎。当我落在附近的一棵树上时，老虎便在这棵树下坐下来，扬起头冲我喊："雄鹰先生，早安！您今天可真精神啊！您的羽毛多么整洁！您的眼睛多么明亮！"

"如果是第一人称叙事角度，就又会变成下面这样。"卡夫卡老师继续说道。

一天，我看见一只老鹰在空中飞翔，嘴里叼着一大块肉，它被一只老虎发现了。

同学们一边听着卡夫卡老师的讲述，一边刷刷地做着笔记。

"您在《城堡》的创作过程中都用到哪些叙事手法，可以给我们讲讲吗？"写字比较快的一个同学抓住机会赶紧提问。

"当然可以，刚才给大家讲解叙事理论的知识，就是为了让同学们能更好地理解我作品中矛盾统一的叙事艺术。"卡夫卡老师解释道。

"这种矛盾统一的叙事主要表现在两个方面。首先，我选取了两种视角，一种是文章中主要人物 K 的视角，第二种是与 K 对话的人物的视角，两种视角相互呼应，充分发挥了人物视角的聚焦作用，使城堡显得更加梦幻朦胧。其次，在这部作品的叙事话语之中，还存在着矛盾统一的叙事视角，大家能否从《城堡》中找到一两处这样的语句来。"卡夫卡老师继续说道。

顾悠翻开摘抄本，很快就找到一处，读了起来："在这儿，没有一个人感到累，或者不如说，人人时时刻刻都感到累，但这并不影响工作，是的，反倒好像能推动工作。"

等顾悠读完，卡夫卡老师解释道："在这里我想强调的是城堡官员秘书的累和土地测量员 K 的累是不同的。利用'累'的矛盾统一加深大家对人在环境中越挣扎越无奈的理解。"

蒋兰兰这时候也找出一处，读了起来："有没有监督机构？监督机构有的是，不过他们的任务不是查出广义的差错，因为差错不会发生，即使偶尔发生一次差错，就像在您的事情上，可是谁又能肯定这是一个差错呢？"

卡夫卡点点头继续讲道："从话语上，在这里我想借用村长自相矛盾的话，来揭露体制的缺陷，这种错误不是某个官员犯下的，而是资本主义体制本身犯下的。卑微的个人不可能与强大的资本主义体制抗衡，即使被损害利益，也只能屈辱地忍受。所以我认为人们并非只单纯地渴望着荒诞世界的毁灭，毁灭不是人们想要的结果，重建才是。"

"荒诞的世界？对了，有人说老师您本身就是个充满矛盾的个体，您认为这种评价是否客观？"一个同学好奇地问道。

卡夫卡想了想回答道："孤僻、脆弱、敏感是我的代名词，我用尽一生的时光去想，为何我是这样的我，并得出了三个原因：一是我所处的时代，'一战'前后奥匈帝国政治腐败经济萧条，人民都生活在痛苦之中；二是我的犹太血统，以及童年时期父亲留给我的创伤几乎让我成为一个异类；三是我本身软弱敏感的性格，所以我不否认这种评价。"

"正因为老师是这样的人，所以才能写出《变形记》这么优秀的小说。"这位好奇的同学评价道。

第四节　荒诞世界中的小人物

顾悠很喜欢《变形记》里的格里高尔，她觉得格里高尔的形象最伟大，他是父母的孝顺儿子，是妹妹的好哥哥，是公司的好职员，哪怕变形后遭受家人冷眼，他依然关心着父亲的债务，心系妹妹的学业前途，拼命赚钱替父亲还债，送妹妹深造，可是他的家人却始终不接纳他，他实在是太可怜了！

"为什么格里高尔变成了甲虫，还要想方设法赶班车上班，而不是借机放松自己，再也不用工作了，格里高尔不是不喜欢那份工作吗？"顾悠不解地问道。

"因为格里高尔是全家的支柱，因为有他每日的辛劳，家人才能住上大房子，父亲才得以逐渐偿还外债，每日都能悠闲地喝着茶水看报纸。母亲才得以雇人为全家做家务，有时还会去参加舞会。妹妹才得以买各种首饰，有机会去音乐学院深造……这一切都因为格里高尔的变形而宣告结束。格里高尔的身上背负着两个重担，一是工作上的重担，一旦丢掉工作，他就会失去经济来源；二是家庭的重担，全家人的生活都靠他的收入来维系。由于金钱和物质的巨大压力需要格里高尔一个人去承受，使得他从活生生的人被异化为背着沉重外壳的甲虫，酿成了人生悲剧。"卡夫卡老师解释道。（如图 13-4 所示）

图 13-4　荒诞世界中的小人物

"那您为何不让格里高尔变成老虎、狮子这样凶猛的动物，而让他变成无用低能的甲虫？"一个同学好奇地问道。

"因为格里高尔的原型就是我呀，我生活在奥匈帝国即将崩溃的时代，作为一个异乡人，这成为我心中不可抗拒的梦魇。资本主义是一个从内到外、从上到下密布着层层从属关系的体系，一切都有等级，一切都戴着锁链。人太渺小、太脆弱了。"卡夫卡老师自嘲道。

"那为什么不变异成毛毛虫，而是带着壳的甲虫？"这个同学继续追问道。

"因为即使变形，也不能放弃自我保护，人被异化后，面对外界的恐惧仍需要保留一副外壳。"卡夫卡老师解释道。

"您塑造的这些荒诞世界中的小人物，譬如《变形记》中发现自己变成甲虫的格里高尔，《城堡》中永远徘徊在城堡之外无法进入的土地测量员 K，《审判》中莫名成为被告无法脱罪的 K 先生，他们的命运如此荒诞悲哀。您为什么如此钟情于刻画这类人物呢？"另一个同学又提出了新的问题。

卡夫卡老师笑着说道："事实上，作家总要比社会上普通人想象的敏感得多，脆弱得多。因此，他对人世间生活的艰辛比其他人感受得也要更深切、更强烈。"

"所以老师只是放大了这种悲伤，您并不是没有感受过生活中的快乐，对吗？"这位同学接过话来说道。

卡夫卡老师点点头，继续说道："我在自己第一次订婚的时候还是体会到了爱情的甜蜜的。但是，艺术向来都是要投入整个身心的事情，因此，艺术归根结底都是悲剧性的。"

"小说中的角色其实都是荒诞世界中的小人物，与他们所处的荒诞世界相比，实在是太过渺小、太过脆弱了。"顾悠似乎捋清了一些逻辑。

"是这样的，如果荒诞世界里人的心是一片冰封的海洋，那么文学作品就是用来凿破人们心中坚冰的一把斧子，这样人们才能把模糊朦胧的世界看清楚，把喜、怒、忧、思、悲、恐、惊这七情理清，把眼、耳、鼻、舌、身、意这六欲辨明，才能灵台清明。为此，写作的人更需多下几番苦功夫。"卡夫卡老师说道。

　　卡夫卡老师的一番话说得顾悠热血翻涌，但同时也让她产生了一些新的疑问："老师对文学情有独钟，也是因为这些吗？"

　　"我不是对文学感兴趣，而是我本身就是由文学构成的，我不是别的什么，也不可能是别的什么。我患有严重的肺结核，不顾一切地写东西是我为了维持生命唯一可以做的事情。我的作品在生前都没有发表，所以写作对我来说是一种私人性质的心理治疗，我通过它来抚平内心的创伤。"卡夫卡老师解释道。

　　顾悠略带迷茫地看着卡夫卡老师继续问道："老师，那我们应该怎样看待周遭的世界呢？"

　　"不管别人怎么看，在我的眼里，我生活的那个世界就是荒诞的。我生活在一个恶的时代，没有一样东西是名副其实的。人的根早已从土地里拔了出去，却还谈论着故乡。尽管人群拥挤，但每个人都是沉默的、孤独的，以至于那时候的欧洲人对世界和对自己早已不能正确地评价。'一战'前后的西方人不是生活在被毁坏的世界，而是生活在错乱的世界。"卡夫卡老师继续说道。

　　"面对那样的世界，您选择了以写作进行抗争？"顾悠又追问道。

　　卡夫卡老师回答道："如果活着的时候应付不了生活，我就用一只手挡开点儿笼罩着命运的绝望，同时，用另一只手记下我在废墟中看到的一切。我正是这样做的。"

第十四章
海明威主讲
"迷惘的一代"

本章通过四个小节讲述海明威的人生旅程和文学创作道路，以及由海明威所代表的美国"迷惘的一代"（The Lost Generation）。通过本章的内容，读者可以了解"迷惘的一代"的本质是一种反叛和坚守，并了解"硬汉文学"和"冰山理论"的文学特点。

欧内斯特·米勒尔·海明威（Ernest Miller Hemingway，1899 年 7 月 21 日—1961 年 7 月 2 日）

美国作家、记者，20 世纪最著名的作家之一，美国"迷惘的一代"作家中的代表人物。他的作品文体轻松、造句简单、用词平实，常对人生、社会和整个世界都表现出迷茫与彷徨，代表作品有《老人与海》《太阳照样升起》《永别了，武器》《乞力马扎罗的雪》等。

第一节　战争影响下的文学

"所谓'迷惘的一代'，也称'迷失的一代'，指的是第一次世界大战到第二次世界大战期间出现在美国的一类作家。他们之所以迷惘，是因为他们这一代人的传统价值观念完全不再适合战后的世界，可又找不到新的生活准则，从而感到彷徨并对美国社会发展产生一种失望和不满。"顾玄一边走，一边说道。

之所以会谈论起"迷惘的一代"，是因为这周到寒暄书院讲课的人，正是"迷惘的一代"的代表人物海明威老师，他也是顾悠最喜欢的小说家之一。

来到寒暄书院后，顾悠的心情久久不能平静，眼睛直勾勾地盯着讲台。而海明威老师似乎感受到了大家炙热的目光，面向同学们给出了一个"硬汉式"的微笑。

待同学们都坐定了，海明威老师清了清嗓子说道："大家平时是不是都不怎么锻炼，怎么看着一个个都弱不禁风的？像你们这样在战争时期可是不行的啊！"

"现在是和平年代，怎么还会有战争发生？"一个胖胖的男生回答道。

"和平年代？和平，这是多么珍贵的字眼啊！战争是残酷的，我曾与战争有过近距离的接触，能够深刻体会到死亡就在眼前的感觉……"说到这里，海明威老师似乎陷入了悲伤的回忆之中，神情说不出的复杂。（如图14-1所示）

图 14-1   与战争的近距离接触

"老师，给我们讲讲您的经历吧，我们很想听。"顾悠一脸期待地说道。

"既然你们有兴趣，那我就讲一讲。"海明威老师调整了一下情绪，"童年时期我在农民的家庭长大，跟父亲一样，我也喜欢打猎、钓鱼等活动。除此之外我还喜欢看各种漫画书、听好玩的故事。初中时期我为两个文学报社撰写过文章，高中时我成为文学报编辑。高中毕业后，我没有去上大学，而是直接进入《堪萨斯城星报》当了记者。"

"听说您还参加过第一次世界大战，成了战斗英雄？"在海明威老师说话间隙，顾悠插话道。

"没错，第一次世界大战爆发后，我就想加入美国军队观察第一次世界大战的战斗情况，我的父亲不同意，但最后我还是按照自己的想法辞职参军了。由于视力原因，体检不达标的我被调到了红十字会救伤队担任救护车司机，我的任务就是将巧克力、香烟和明信片送至战场前线。在前往意大利前线时，我得以最近距离地接近战场，在那里我亲眼看到并亲身经历了战争的残酷，到处都是受伤的士兵。我记得，当时米兰附近的一个弹药库发生爆炸，造成严重伤亡，停尸房放满了尸体，并且很多都是妇女。"海明威老师说道。

"听说您在战争中也受过重伤？"胖胖的男生问道。

"是的，在一次运送补给品时，我被一枚奥地利迫击炮弹的弹片击中头部，随后又被子弹击中膝盖，那种疼痛是无法忍受的，但当时我也不知哪来的勇气和耐力能坚持那么久。我和一群意大利士兵一起躺在独木舟上，我们浑身上下都受了伤，但却很平静，最后等到这些受伤的士兵都得到照料，我才撤离，还因此而被授予了十字军功章奖章。"海明威老师继续说道。

"哇，老师您真是太厉害了，那么坚强勇敢，要是我肯定就被吓坏了。"蒋兰兰似乎是联想到了电视剧里残酷的画面，有些胆战心惊的样子。

"那可不一定，人的极限是可以提高的，环境就是一个很重要的因素。如果你处在那时的情境中，说不定比我更坚强更勇敢呢！"海明威老师解释道。

"是啊，中国历史上不也涌现出很多女英雄，都是巾帼不让须眉。"顾悠说道。

"我第二次经历战争是在 1937 年至 1938 年，西班牙内战和第二次世界大战期间。当时我的身份是战地记者，通过随军行动拍摄纪录片对战况进行报道。那时我在军中结交了不少好友，也有几个工作伙伴，我常常和他们谈笑聊天。"海明威老师接着说道。

"战争时期的友情是极为深厚和珍贵的！"顾悠说道。

海明威老师脸上露出怀念的表情，点点头说道："的确，因为相见和永别可能就是一瞬间的事情。西班牙内战时，我曾到马德里拍摄纪录片，亲眼目睹了一场激烈的突围战。我与真实战斗之间最近的距离也不过是战场上的一处疏散点，眼前是来来往往的担架和伤员，周围是轰隆隆的声响。那天我们拍摄的很多镜头都是尘土飞扬的山头和缓慢移动的坦克。"

"几天后，我们再次体会到了战争的滋味。那天，我们本来打算隐藏在公园内的一座小山上对军队进攻进行拍摄，因为这样可以拍到近距离的透视缩影——枪口冒出阵阵白烟，然而可惜的是我们最终还是被隐藏的狙击手和流弹逼退到了一栋被炮火摧毁的楼房中。我们艰难地拖着设备爬到了3楼，将镜头对准战斗场地，整整拍摄了一个下午，看到坦克似甲虫般来回飞奔。"海明威老师说道。

"这样的经历真是太精彩了！"顾悠感慨道。

"精不精彩我不知道，这样与战争近距离接触的感觉却是难忘的，但没人想要再去经历这些，没人会喜欢战争……"海明威老师说话的声音越来越小，随后似乎又想起了什么，陷入沉思之中。

"那您参战的时候没有写作文学作品吗？"一个学生的提问将海明威老师的思绪唤回。

"也不全是，我也有过一段世外桃源般的生活，常去狩猎、钓鱼，做一些自己喜欢的事情。我在《老人与海》中对桑地亚哥与鲨鱼斗争场面的描写，很多也是来源于我自己身上的真事儿。有一次出海捕鱼，我亲手拖住了一头鲨鱼，准备拿手枪把它打死，却意外打到了自己的腿上，然后带着伤和鲨鱼进行了搏斗。"海明威老师解释道。

"我的天，老师您的经历也太惊险刺激了吧，怪不得能把那些场景描写得如此真实而生动。您的作品该不会都是根据亲身经历，以您自己为原型创作的吧？"顾悠惊讶地问道。

"嗯，这么说也没错。"海明威老师点点头。

"我在红十字会工作时的经历为《永别了，武器》这部小说提供了创作灵感。后来我随狩猎的旅行队去非洲，又根据在非洲的见闻和印象，创作了《非洲的青山》以及《乞力马扎罗的雪》

227

等作品。参与报道西班牙内战后，我又出版了以西班牙内战为背景的小说《丧钟为谁而鸣》。"海明威老师总结道。

第二节　"冰山理论"的叙事艺术

第二节课刚一开始，一个声音便从同学们中间冒了出来："海明威老师，您的作品大多是小说，而小说最主要的就是写人叙事，对这方面，您觉得哪些是需要注意的？"

这个问题立即得到了大家的附和，看来，大家对海明威老师别具一格的写作方法还是更感兴趣。

"我认为对一些动作、事件、感情的描写没有必要用太多的文字修饰雕琢，只要将事物描述清楚就行，其他的交给读者来决定。所以我在写作时，一般都是用最简单的词汇，最基本的句式，将名词动词组合在一起，是什么就是什么，不用那么多华丽优美的词语进行修饰。"海明威老师说道。

"这就是所谓的'冰山原则'吗？只写出一部分内容，剩下的大部分交给读者自己去想象，以有限的形式去表现无限的内涵。"蒋兰兰问道。

"没错，我很在乎写作的客观性，用简单的语言揭示事物的本来面目，用客观的方式抒发自己的情感，这就是我的叙事风格。举个例子，在《老人与海》中，对老汉用鱼叉制服大鱼进行描写，我使用了'老人放下钓索，把鱼叉举得尽可能的高，使出全身的力气，加上他刚才鼓起的力气，把它朝下直扎进鱼身的一边'这样的叙述，简单直接，这要比用诸如青筋暴起、快如闪电、眼神坚毅等修饰词要好得多。当然，这也与我从事记者工作的语言书写习惯有关。"海明威老师说道。

一个胖胖的男生接着说道："在《永别了，武器》中您也使用了这种叙事手法，男主人公不顾护士的阻拦执意要看妻子的遗容，看到之后却没有一句表述，也没有一滴眼泪，这种无声的诀别才更扣人心弦。痛哭流涕、声嘶力竭这些词语都比不上这种表述，那些隐含的内容，读者会自己想象的，全写出来反倒失了味道。"

海明威老师赞同地点了点头，接着说道："叙事时，我们常常需要描述几个人在一起对话的场景，这时候我认为应该如实展示，而不是自我总结讲述。也就是说，创作者要竭力营造一种不是自己在讲话，就是作品中的某一个人在说话的假象，不介入或很少介入叙事，把发言权全部交给人物，尽可能不留下讲述的痕迹。"

"仔细想来，如果全部由创作者来自我总结，那确实显得有些刻意了。"顾悠总结道。

"没错，这样的表达是极为简洁的，为了配合这样的效果，人物的关系和对话也要尽量简单易懂。对话语言不用深奥冷僻的词，不用大词，而用小词，句子短，结构简单，只要读者按照顺序读下来，就能明白每一段话的意思和说话者是谁。另外，每次参与对话者一般是两个，一问一答，或聊天，或争论，让读者容易搞清谁说的哪一句，这一点非常重要，当要出现第三者或更多的人对话时，一定标明说话人的姓名。"海明威老师强调道。

"老师您为什么如此钟情于这样的叙事方式呢？"顾悠问道。

"你们知道结构主义中的'距离与角度'理论吗？"海明威老师反问道。

　　大家互相看看，不约而同地摇了摇头。

　　"作家在叙述一个故事或者某一事物时，其叙述角度是把他对现实世界的体验转化为语言虚构世界的基本角度，这也是作者聪明才智的体现，但作者的观念和角度与读者总归存在差异。布斯曾说过，作家最重要的任务就是消除隐含在作者的观念与读者观念之间的任何距离，但一般来说，距离是无法彻底消除的。而在小说创作中，作者就要通过各种叙事技巧的精心设计，努力构建一个包括叙事者、作家、人物三个叙述主体之间的理想距离，使得读者能够接受，实现双方之间的交流。"海明威老师解释道。（如图14-2所示）

图14-2　"冰山三角"

　　"所以，您选择的是对话的方式，再加上各种技巧的使用。比如在《丧钟为谁而鸣》中您使用了'时间透视法''时间的空间化'等典型的叙述技巧，来达到'构建理想距离'的目的。"蒋兰兰接过海明威老师的话说道。

　　"正是如此，我认为人物的对话能使读者产生身临其境的感觉，但是作者的自我叙述则难以收到这种逼真的效果。另外，对话比叙述来得更为简洁，也更为生动可感，蕴涵的内容更为丰富。因此，我在作品中会毫不犹豫地大胆使用大量对话，比如在《乞力马扎罗的雪》中，我为了突出对话，文章的一开篇就全是对话。"海明威老师肯定了蒋兰兰的观点。

第三节　谁造就了"迷惘的一代"

"老师，我还有一个问题，您被称为'迷惘的一代'的代表，您在作品中是如何体现这一特点的？您的迷惘又是怎么造成的呢？"那位胖胖的男生又提出了新的问题。

"在讨论这个问题之前，我们先聊一些更有意思的事。"海明威老师以一种放松的姿态说道，"同学们有没有看过《海上钢琴师》这部电影？"

"看过！看过！我的最爱之一，1900被炸死我还哭了好久呢。"老师话音刚落，顾悠就迫不及待地叫了出来。

"那你看懂了吗？"海明威老师看着顾悠问道。

"看懂了啊！那不就是讲述一个弃儿在船上长大，成为一名卓越的钢琴师，最后不愿意下船被炸死的故事吗？"顾悠脸上满是疑惑。

"明白了这部电影的内涵，上面那个问题也就解决了一半了。你认为1900为什么不下船？在你眼中，这个人物是怎样的形象？顾悠你先来说。"海明威指明要顾悠回答这个问题。

顾悠想了一会儿说道："他的世界很简单，除了琴还是琴，他的灵魂很纯粹，只做自己喜欢的事情，而这种简单和纯粹正是那艘船给予他的。可以说，从被抛弃到船上、被工人捡到的那刻起，他就与这艘船融为一体了，他是船的一部分，船也是他的一部分。1900之所以选择不下船，是依赖、恐惧，也是个性、冒险，生于海上，终于海上，就是他的命运。"

"顾悠说得不错，但有些太过抽象了。当我们联系当时的背景以及现实去看时，就会发现1900这个形象远比我们想象得更复杂，也更有意义。"海明威老师点评道。

"1900是导演虚构的一个形象，也代表1900这个年份。联系历史现实，当时世界中心从欧洲逐渐向北美转移，遭受世界大战重创的欧洲已经残缺不全。1900代表的是昔日辉煌的欧洲文明，船下的世界则代表着美国的新工业文明。虽然1900也动摇过，但当他从船上下来，走到舷梯中央，看到烟雾弥漫的城市、鳞次栉比的高楼以及一条条没有尽头的街道时，他突然决定放弃，不再下船。他做出这样的选择有两层含义，一是对新文明、新追求无所适从的不安和不屑，二是向欧洲旧秩序做出的告别。"海明威老师解释道。

"这么深奥吗？我当初看的时候可没有想这么多，现在一听老师分析，突然感觉脑子有点不够用了。"顾悠挠着头说道。

"哈哈哈，这只是我自己的解读。因为这部电影表现的时代正是我经历过的岁月，所以更加感同身受一些。"海明威老师看顾悠憨憨的样子忍不住笑出了声，"我的迷惘也和1900如出一辙，'一战'后，美国经济势力向外扩张，通过技术革新、企业生产及先进的管理等，生产和资本的集中速度加快，经济发展迅速。与此同时，很多新兴事物和现象也随之出现，比如爵士乐、飙车、烫头、喷浓重的香水、穿超短裙等，美国进入一个追求物质、追求金钱的新时代。面对这些与传统观念格格不入的新事物，面对这样一个迅速更迭的新时代，很多人根本无所适从，我就是其中一员。"（如图 14-3 所示）

图 14-3   让人迷茫的时代

"您是觉得这些新事物不应该出现吗？"顾悠问道。

"没有应该或不应该，只是些个人感受罢了。从独立战争的宣言开始，到西进运动，再到南北战争，这些事件中都包含了普通美国人民希望通过自己的不懈奋斗去追求美好生活的努力和愿望。'一战'前夕，美国掀起一股进步主义热潮，总统在演讲时宣称第一次世界大战是为人道而非为单纯的征服而战，这使得进步主义者们更加确信美国的胜利将在世界范围内维护美国的民主旗号。于是在'一战'期间，包括我在内的很多二十岁左右的年轻青年怀揣着理想主义和梦想，为了捍卫世界民主，争先恐后地加入了战争。"海明威老师说道。

"那个时期，有很多和我一样的作家，自以为作品主题体现了所谓美国精神的精髓。然而，残酷的现实让我们意识到那种热血和信仰是多么可笑，《凡尔赛和约》中那一系列针对德国的不平等条约，明明确确地告诉我们这场战争是不道义的，根本不是所谓的民主，更有悖于我们所理解的美国精神，这一度让我怀疑自己曾经的决定。后来，离开战场的我们，一方面厌恶发战争财而出现的畸形繁荣；另一方面也失去了指引生活的精神和思想文化，不可避免地陷入了迷惘和寻找答案之中。"海明威老师继续说道，

"如果生活在现在的美国，您应该会更迷茫吧。"胖胖的男生小声说道。

"这下你们知道，我的迷惘从何而来了吧。"海明威老师似乎并没有听到男生的话，苦笑着对同学们说道。

大家都默默地点了点头。"其实，最主要的还是精神层面的，就像1900无法想象和接受陆地上的生活。"蒋兰兰的发言打破了沉默。

海明威老师冲她点头微笑了一下，随即又说："至于刚才你所问的迷惘是如何在作品中体现的，其实不用我多说，你只要看了就能感觉到。我举一个简单的例子，在《太阳照常升起》中，男主人公巴恩斯在感情上就是无比迷惘的。他从战场回来后爱上了阿什利夫人。但是他在'一战'中脊柱受伤，失去了性能力，只能无奈地默许她与别的男人在一起。最后眼睁睁看着自己的爱人变成他人的未婚妻，自己则只能在夜深人静时借酒浇愁，暗自哭泣。"

"很难理解这种行为。"顾悠有些不好意思地说道。

"别忘了要从现象看到本质，作品呈现出来的只是现实中的特殊片段，不必纠结于此，而且这只是个别的例子。"海明威老师最后进行了总结，"可以说，全世界向往的20世纪初的美国，其实一点也不梦幻。美国的大地上到处都是充满烟囱的城市和'迷惘的一代'。所谓'美国梦'也已经深深卷入了金钱和欲望，那正是狄更斯口中'最美好，也是最糟糕的时代'。"海明威老师解释道。

第四节　"硬汉文学"的精神核心

"我们曾怀揣着独立与民主的理想，奋不顾身地投入战争之中，但并未看到光明和希望，相反陈列在眼前的是鲜血、是屠杀、是苦难，而我们本身也深受折磨，这让我们一度怀疑自己曾经的决定是错误的，也因此变得彷徨和不知所措。就像格特鲁德·斯泰因对我说的一样，'你们都是迷惘的一代'，的确如此，但是我们不会因此而被打败，也不会彻底消沉下去。"海明威老师坚毅的脸庞因激动而微微有些颤抖。

顾悠看着老师手背上若隐若现的疤痕，崇拜之余又多了几分心疼，同学们也深受感染，难掩惆怅之情。

海明威老师见状，马上调整了一下情绪，笑道："哪个同学猜一下，我接下来要讲什么？"

顾悠猛地站起来，大声说道："肯定是反抗，不认命。"

"为什么呢？"海明威老师问道。

"因为您的作品中塑造了太多反抗式的角色，他们都是底层人物，来自各行各业，有拳击手、斗牛士、渔夫、猎人等。"顾悠回应道。

"不错，看来你很喜欢读我的作品。"海明威老师对顾悠微微一笑。

"那谁知道哪一个形象是最具代表性的呢？"海明威老师继续发问。

蒋兰兰站起来说道："《在我们的时代里》的尼克，《太阳照常升起》中的巴恩斯，《永别了，武器》中的亨利，以及《丧钟为谁而鸣》中的乔丹，他们都是不屈服的抗争'形象'，但我认为最典型的还是《老人与海》中的老渔夫桑地亚哥，他的身上虽然也有以往人物形象的影子，但更是他们反抗意识的发展和升华。"

海明威老师赞许地点头说道："这位同学说得非常棒，以上你谈到的人物可以称为悲情色彩英雄的发展历程，而桑地亚哥就是这些人物群像的集中反映。"

"为什么呢？一个年迈的老人为什么会比前面真正的战士（尼克、亨利、乔丹）还要伟大呢？"一个疑问的声音不知从哪里传了出来。

"真正的伟大从来不被体力更不被身份职业所禁锢。一个人生来不是要被打败的，他可以被毁灭，但不能被打败，这是桑地亚哥的信念，同时也是我的信念。"海明威老师动容地说道。（如图 14-4 所示）

图 14-4　你可以消灭他，但却打不败他

"有的人表面上获得了胜利，却是个失败者；有的人肉体消亡，精神却永存，就像中国当代诗人臧克家的那首诗：有的人活着，他已经死了；有的人死了，他还活着！"顾玄感慨道。

海明威老师微笑着点点头，接着问道："谁来介绍一下这部作品以及故事梗概呢？"

一个戴眼镜的男生站了起来，推了推眼镜，摆出一副老学究的姿态，清了清喉咙说道："《老人与海》的故事发生在 20 世纪中叶的古巴，一位老人在墨西哥湾独自乘一条小破船垂钓，整整 84 天，却一无所获，其他人嘲笑他，戏弄他，叫他倒霉鬼，但老人并不在意，终于在第 85 天的时候，他钓到了一条比船还大的马林鱼，并费力地制服了它。在回程途中，老人遭遇了五次鲨鱼的袭击，他尽可能地用身边的武器与鲨鱼展开殊死搏斗，最后鱼叉丢了，老人受了伤，但还是安全回到了岸上，不过马林鱼已经被撕咬得只剩下骨架。"

"桑地亚哥老爷爷真的很可怜，我当时看的时候就觉得好心疼。"一个女孩子大概联想到了自己的爷爷奶奶，忧伤地说道。

"桑地亚哥听到你这样说，他会不高兴的，他可不需要被人怜悯。"海明威老师摇摇头继续说，"面对多天的一无所获和众人的嘲笑，老渔夫的希望和信念从没有消失过。而当希望终于降临时，等待桑地亚哥的却又是一次次绝望的困境，捕捉庞大的马林鱼已经让他耗费了大半体力，加上还要抵御凶恶的鲨鱼的数次攻击，老渔夫早已筋疲力尽，武器也被抢走，面对实力悬殊的较量，明知道结果可能会失败，但他依然不服输，不遗余力地去抗争，尽管他的大鱼被吃光了，但鲨鱼也快被他打死了。想象一下，一个风烛残年的老人究竟是在什么样的信念支撑下才会有这般惊人的战斗力！"

"这位老人的坚毅真的很让人敬佩。"顾悠说道。

"在旁人的眼中，连续84天捕不到鱼是一个失败者。尽管钓到了大鱼，却被鲨鱼啃咬干净，他还是个失败者。但在我的眼中，他却是一个胜利者。老渔夫真正可贵的是，那种'知其不可为而为之'的勇气和永不服输、不向命运低头的骨气。面对命运的一次次戏弄和挑战，他用尽一切办法反击，任什么也无法摧残他的意志。即便把生命押上，他也不会退缩，在大海的喧嚣和咆哮中，他用一句'奉陪到死'诠释了'向死而生'的人生观和价值观。"海明威老师说道。

海明威老师话音刚落，大家就情不自禁地鼓起了掌，顾悠的思绪早就跑到了桑地亚哥所在的墨西哥湾，仿佛在跟老人并肩作战。

"人在很多时候是脆弱的，但人性却是强悍的，正是有了诸如桑地亚哥这样的人一次次向极限发起冲击，人类的极限才会一次次被打破，也才有机会去迎接更大的挑战。不管挑战的结果是成功还是失败，他们始终拥有不败的精神和勇气。"海明威老师笑着说，眼中闪烁着点点光芒。

顾悠看着讲台上的老师，突然出现了一种错觉，仿佛教室就是一艘船，而海明威老师就是那个老渔夫。他们这群学生正是跟着他瞻仰和学习那种不败精神的马诺林。

"一艘船越过世界的尽头，驶向未知的大海，船头悬挂着一面虽然饱经风雨剥蚀但却依旧艳丽无比的旗帜，飘扬的旗帜上舞动着四个字——超越极限！"海明威老师将这句话作为自己此次课程的总结。

第十五章
贝克特主讲
"荒诞文学"

本章通过四个小节，讲解塞缪尔·贝克特的创作过程和他对荒诞文学的贡献。从荒诞文学是什么，到荒诞文学中人与世界的状态，再到贝克特擅长的环形封闭式小说结构，本章将会对这些逐一进行讲解，让读者在具有代入感的文字中，体会荒诞主义文学的价值所在。

塞缪尔·贝克特（Samuel Beckett，1906 年 4 月 13 日——1989 年 12 月 22 日）

爱尔兰剧作家、小说家，1969 年诺贝尔文学奖得主。他擅长以奇特手法来反映西方社会的荒诞现实，用扭曲的人物形象和破碎的戏剧语言来表现人生的无奈与现实的荒诞。代表作品有《等待戈多》《马龙之死》《无法称呼的人》《一句独白》等。

第一节　荒诞文学中人与世界的状态

顾悠被蒋兰兰拉着来到教室时，这一周的老师还没有来。顾悠环顾正在播放戏剧的教室问道："奇怪，今天讲什么？怎么大家看起戏剧来了，老师呢？"

"老师迟到了，还没来。"顾玄说道。

"那么，大家这是在看什么呀？"顾悠又问道。

顾玄小声地说："《等待戈多》。"

"他们两个在干什么？"顾悠追问。

顾玄无奈地答道："等待戈多！"

"那我敢肯定戈多不会来了。"顾悠笑了笑，"就像现在，老师迟迟不来，苦煞了等待他的同学们……"

"门口那个穿黑色大衣、戴格子围巾的瘦高男人是不是老师？"同学们顺着蒋兰兰手指的方向看去。

门外的贝克特老师不知道教室里发生的事情，他理了理衣襟，迈步走了进来。在同学们的注视下，贝克特老师在讲台中央站定，放下手中的教具，清了清嗓子说："不好意思，同学们，让大家久等了。为了教学效果我特意迟到十五分钟过来，以便让大家更好地体会等待的感觉。由于事先不能和大家讲明，在这里向大家道歉了。"

原来老师不是真的迟到，而是有意为之，他的话让同学们瞬间从等候的郁闷变得活跃起来。

贝克特老师满意地笑笑，一双鹰眼炯炯有神，锐利地扫视着台下的同学，他今天可是有备而来，在调动学生情绪初见成效之后，正式教学开始了。

"同学们好，我是贝克特。我听说大家在前面的课程当中，已经接触过一位荒诞文学的代表了，大家还记得他的名字吗？"贝克特老师问道。

"是卡夫卡老师，他写过《变形记》。"顾玄抢着答道。

"你叫什么名字？"贝克特老师问道。

"顾玄。"顾玄答道。

"很好，那么你知道'荒诞'的意思吗？"贝克特老师继续问道。

"不就是指没有意义或非理性的事物吗？"顾玄回答道。

"一点儿也没错。'荒诞戏剧'是'写实戏剧'的反面，它的目的是揭示生命的无意义，以此引起观众的反思。当然，它的用意并不是鼓吹消极的人生态度，而是通过揭露日常生活情境的荒谬，让观众去追求更为真实而有意义的人生。"

"听起来挺有意思的。"顾悠说道。

"荒诞戏剧经常会描绘一些非常琐碎的情景，比如《等待戈多》中'等'这个情景，虽然这个动作很简单，却贯穿始终，并真实地还原了人们在生活中等待的样子。当你们把刚刚发生在自己身上的'等候老师'的景象搬上舞台时，观众就可能会觉得很好笑。不信的话，我可以叫几位同学上来还原一下刚刚那个画面。"贝克特老师解释道。（如图 15-1 所示）

"不用了，不用了！"顾悠和蒋兰兰两人相视一下，不好意思地干笑着说。好不容易逃过一劫，她们可不想被老师发现自己刚刚的囧样。

你在干什么？

我在等待戈多。

他什么时候来？

我不知道。

戈多说他今天不来了，明天准来

咱们走吧！

咱们不能！

为什么不能？

我们在等待戈多

图 15-1　荒诞戏剧中的荒谬之事

"那我们就跳过这个环节吧！我们其实可以用另外一个说法定义'荒诞'——也就是'超写实主义'，我们把观众的笑看作观看演员在台上被嘲弄时的防卫机制。"贝克特老师说道。

"看到剧中人对荒谬事情的那种逆来顺受的态度，实在是令人哀叹惋惜。"蒋兰兰喃喃道。

"这种手法也是卓别林大师在他的默片中惯用的手法。有时我们会有'我必须远离这样的事，虽然我不知该往哪里去'的感受。这种感受并没什么不好，试想如果房子着火了，你只能冲出去，尽管没有其他地方可去。"贝克特老师继续说道。

"老师您创作荒诞戏剧的初衷是什么？也是抒发对世界的不满吗？"蒋兰兰问道。

"这部剧写于 1952 年。那时候发生了很多可怕的事情，'二战'中的法西斯暴行，千千万万的人被杀戮，我对此已经失望透顶，而荒诞派戏剧就是我解剖世界、人的处境以及人自身生存状态荒诞性的一把利刃。"贝克特老师回应道。

"纳粹德国屠杀犹太人是德国历史上最黑暗的一页，这个事件的残忍程度不亚于发生在中国的南京大屠杀，可称'二战'最为严重的暴行之一，场面十分血腥和残忍。"一位学识渊博的同学补充道。

"老师您当时在做什么，也曾身陷囹圄吗？"蒋兰兰关切地问。

"我当时在巴黎，参与过一些联络和翻译的工作。后来组织遭到破坏，很多成员被出卖并因此被关入集中营，我也险些被巴黎的盖世太保组织逮捕。我的很多朋友惨死在集中营里。我被迫隐居乡下当农民工人，'二战'结束后，我才返回巴黎开始写作。"贝克特老师说道。

"好了，回归我们这次课的主题吧——荒诞文学视角下人与世界的状态。"贝克特老师继续道。

"要怎样理解荒诞文学中人与世界的关系呢？"顾悠问道。

"在荒诞文学中，人与世界处于一种敌对状态。人的存在方式是荒诞的，人被一种无可名状的异己力量所左右，无力改变自己的处境，人与人、人与世界无法沟通，人在一个毫无意义的世界上存在着……这种'荒诞'集中体现了西方世界带有普遍性的精神危机和悲观情绪。我研究过一些哲学家的著作，包括我最喜爱的笛卡尔、叔本华等人所写的书。就拿法国思想家笛卡尔来说，他主张人是由两部分构成的……"

"肉体和心灵。"顾玄的抢答打断了贝克特老师的讲述。

贝克特老师笑着说道："说得好！正是肉体和心灵。肉体是机械的一部分，是不依赖于心灵的物质东西；而心灵，则是单纯的思维。荒诞文学中的人物就是被机械性的物质包围着的主观思维的产物，而主观与客观的联系则是笛卡尔理论中最困难的部分，也是我要解决的主要问题。"

"这是不是就是荒诞世界中人物的行为都比较难以理解的原因呢？"蒋兰兰问道。

"是的，荒诞世界中的人物在世界内部和外部之间存在障碍和矛盾，人们在主观上与世界分隔，不断地寻找欲望和需要的满足。他们不关心这个世界，就像这个世界不关心他们一样。"贝克特老师回答道。

第二节　环形封闭的小说结构

"贝克特老师，从小到大我们几乎每个人都知道一种写作结构，那就是'总—分—总'结构，自己写的文章也都尽量套用这种结构，但您在写小说时，似乎很偏爱使用环形封闭式结构，这有什么特别的原因吗？"顾玄说。

"文学作品是需要有一定的创作背景的，需要有独创性，可写的题材以及能发挥的空间也会比你们的课文、作文大得多，所以在写作结构选择上也会更为多样一些。在介绍我自己的写作结构之前，有哪位同学能谈一谈写作结构究竟是什么吗？"贝克特老师问道。

"结构是事物的构造形式。"蒋兰兰回答道。

"那小说的结构呢？"贝克特老师追问道。

"小说的结构就是……就是……"这可触及蒋兰兰的知识盲区了。

顾悠捂嘴偷笑，正巧被贝克特老师逮个正着，他指着顾悠说道："那位同学不要笑了，你来回答一下。"

"是！"被老师点到，顾悠下意识地站起来说道："小说的结构就是根据塑造的形象和表现的主题，运用多种艺术表现手法，把一系列生活材料、人物、事件分轻重主次地、合理而匀称地加以安排和组织的过程，包括小说情节的处理、人物的配备、环境的安排以及整体的布置等，使之成为一个有机的整体。"

"这么复杂？我以为结构就是框架线索呢！"顾玄小声嘀咕道。

贝克特点点头，示意她们坐下，接着往下讲道："框架也好，线索也好，指的都是小说的结构形式。传统的小说结构形式主要是线型的，如单线型结构，即构成小说情节的线索只有一条，自始至终围绕中心人物展开有头有尾的情节；还有多线型结构来应对复杂情节和众多人物。意识流小说的出现打破了传统的小说结构，因为意识流小说看不出情节线索，不具备故事性，而是侧重于对作者情绪的书写。"（如图 15-2 所示）

图 15-2　两种不同的小说结构

"哦，我明白了。大家说贝克特老师的小说是受到了意识流派的影响，但您在结构上别具一格的原因是您所开创的环形封闭式结构依然是一种线型结构。"蒋兰兰若有所悟地说道。

"是的，环形封闭式结构也是线型结构的一种，整体像是一个环，在小说的结尾处，故事开头的一幕将再次出现。"贝克特老师解释道。

"我突然就想到一个大家熟悉的故事，用的恰好是环形结构。"顾玄摸摸下巴，神秘地说。

"顾玄同学，不妨说出来，大家一起鉴别鉴别是否是环形结构。"贝克特老师说道。

"这个故事十分简单，就连幼儿园的小朋友们都能讲出来。故事是这样的：从前有座山，山上有座庙，庙里有个老和尚给小和尚讲故事，讲的是什么故事呢？讲的是从前有座山，山上有座庙，庙里有个老和尚给小和尚讲故事……"顾玄说道。

顾悠第一个笑出声音，接着一个、两个、三个，大家都忍不住大笑起来。一本正经地听完故事的贝克特老师反应了几秒后，也和同学们笑作一团。

"顾玄同学所讲的这个故事妙就妙在没有深刻的内容，只有形式上的重复，正是这样才让我们觉得它有一种耐人寻味的美学意义，但大家有没有注意到，时间在故事中失去了意义，什么是前？什么是后？在有些故事中，因果扭曲，我们既不知何为因，也不知何为果。所以大家会看到《等待戈多》的定位是一部悲喜剧，而'悲喜'就是从这里来的。"贝克特老师解释道。

"在您的小说《马龙之死》中，似乎也运用了这种结构形式。"蒋兰兰说道。

"是的，的确如此！《马龙之死》的主人公马龙大部分时间处于无意识或弥留状态，但他却意识清醒地经历着缓慢而痛苦的等待死亡的过程。马龙渴望讲述自己，但又不知如何讲述。于是他只好为自己创作一系列替身，通过别人的声音和语言来讲述自己。马龙在床上写作，他记述的是自己走向死亡的旅程，同时还虚构了小说中的小说。死亡本就意味着虚无和意义的终结，小说套小说，一环套一环，用‘死亡’的线索串成一个圆，这就是环形封闭式结构。"贝克特老师总结道。

"在《马龙之死》中，‘死亡’好像贯穿于整个故事之中。"蒋兰兰说道。

"《马龙之死》是一部死亡主题的小说，我在塑造马龙时，让他张口说的第一句话就是‘无论如何他最终都将死去’，自此他就一直笼罩在死亡的阴影下。死亡是人类的最终归宿，没有谁可以例外，人只要活着，就必须面对悬浮在头顶的死亡之剑，马龙亦无时无刻不在感受死神的降临。他在病榻上反复诉说着‘我的头将死去，这就是我的终结’，这种循环往复的过程，让死亡成为故事的环状线索，首尾衔接。"贝克特解释道。

第三节 "自我"存在的矛盾

"在 20 世纪 30 年代，我就开始了小说练笔，但在早期一直都找不到自己的风格。直到我开始转入法语写作，也就是 1947 年到 1951 年这段时间，这种状况才有所好转，期间我写下了《莫洛瓦》《马龙之死》和《无法称呼的人》这三部作品。但在写《无法称呼的人》这部作品时，我又陷入了自己设下的死局，这使得我在接下的 30 年里无法在散文虚构作品里继续走下去，我被阻挡在'继续走下去意味着什么''为什么应该走下去''谁应该走下去'这些问题上。"介绍完自己的小说结构，贝克特老师又讲起了自己的小说创作经历。

"那后来您又是怎样继续创作的呢？"顾悠追问道。

"后来的《乒》《嘶嘶声》等都还维持着《无法称呼的人》和《是如何》的骨架，《无法称呼的人》尚且还有黑色幽默的能量可以支撑，但到 60 年代末的一些作品时，其中的喜剧能量就被冷漠、干燥的自我撕裂所代替，写得我甚是受折磨。我开始意识到，那些作品里的自我审问并非徒劳，个人存在真的是一个值得探讨的话题。说到这里，大家有谁了解过存在主义究竟是什么吗？"在一番叙述后，贝克特老师问道。

"我在网上查到'存在主义'最早由法国天主教哲学家加布里埃尔·马塞尔提出，作为一个传播很广泛的哲学流派，其包括有神论的存在主义、无神论的存在主义和人道主义的存在主义三大类内容。存在主义认为人的存在本身没有意义，认为人所生活的宇宙也是无意义的，但人可以在原有存在的基础上进行自我塑造、自我成就，让自己活得更精彩，从而让生活拥有意义。"顾悠说道。（如图 15-3 所示）

"对，正是这一概念给了我启发！"此时的贝克特老师显得非常激动，手舞足蹈地说，"把弯掰直的漫长历程很辛苦，但也不是没有收获。我还年轻的时候，就开始在这样的想法中寻求慰藉——也许有一天，真正的文字终于从心灵的废墟中显露出来，我会紧紧地抱着这个梦想直至死亡。"

"原来老师您想表达的是要让人生变得有意义！我一直以为您是一位悲观主义者呢！"蒋兰兰惊讶地说。

在无意义的宇宙中生活

人的存在本身
没有意义

自我塑造、自我成就，
活得精彩，从而拥有意义。

图 15-3　存在主义

"是啊，大概所有人都认为我是一个彻头彻尾的痛苦主义者、悲观主义者，可能大家对我或是对我的作品有什么误解吧。我的确总是忧郁、严肃的，而且经常陷入沉思，我的作品里会有巨大起伏的失落感，但即使是在最困难的时候，我都没有放弃过。小说写到尽头，我就去写剧本，用《李尔王》里我最喜欢的两句话来说就是'谁能肯定我现在的处境最糟'，'只要我们还懂得说最糟糕，就说明最糟糕的时候还没有到来'。"贝克特老师说道。

"我懂了，这用我们'90 后'的话，叫'间歇性丧失生活意志征候群'。"顾玄打趣地说道。

"什么征？什么群？"贝克特老师皱着眉，似乎有点难以理解。

"这是流行于'90 后''00 后'群体中的一种新文化形式。因为现实中生活、学习、事业、情感等的不顺，在网络上表达或表现出自己的沮丧已成为一种文化趋势。间歇性觉得自己'差不多是个废人了''其实不是很想活''躺尸到死亡',但马上又会觉得'我又行了''我可以''我站起来了'。"顾玄耐心地解释道。

贝克特老师很快就消化了这个新表达,笑着说道:"正是基于'自我'存在的矛盾,存在主义者引入了'荒谬'一词。这里的'荒谬'指的是'世界本身的不合理与人类渴望解释一切的冲突',就如你在一片荒野里大声呐喊最终却得不到回应。'二战'后人们的心理已经转为对原有世界秩序的绝望和无助,这点在我的作品中就以两个流浪汉苦苦等待无果的情节呈现了出来。"

"看上去,这两个流浪汉确实挺痛苦的。"蒋兰兰说道。

"存在主义者们认为人生而自由,人的选择只受自己控制,但同时人又无时无刻不处在他人的注视之下,承受着如在地狱一般的恐惧。现在世界中的每个人不也是如此,既活在意识赋予自己的自由之中,又无时无刻不承受着他人及世界的注视,至于个人的自由是否会因为他人的注视而丧失殆尽,就要看他们是如何看待自己,以及如何看待'戈多'了。"贝克特老师继续说道。

第四节　荒诞世界的艺术特征

阅览室里,顾悠正在拼命翻阅戏剧史,顾玄则在忙着研究哲学。两人头也不抬,丝毫没有察觉有人靠近。都怪贝克特老师痴迷哲理，还把哲理糅进了小说里，蒋兰兰一点都看不懂，只能硬着头皮求助面前的两位学霸。

"上节课贝克特老师讲的内容太抽象了，我完全没有听懂，课后老师布置的作业，我也没理解，贝克特老师笔下的荒诞世界究竟有哪些艺术特征啊？"蒋兰兰疑惑地问道。

顾玄满是笑意，提议道："你可以像我一样去查查二元论，萨特的'存在主义'，笛卡尔的'我思故我在'，等等，说不定就有思路了。"

"也可以好好看看《等待戈多》这部剧，哲学那部分太深奥，以后有兴趣再看就可以了。"顾悠思考了一下，给她推荐了更好理解的《等待戈多》。

蒋兰兰懵懵懂懂地点头，将他们的建议记在心里，脸上露出甜甜的微笑，冲着二人说道："谢啦，玄哥哥！谢啦，悠同学！"

第二天一早，同学们就带着新的疑问与求知的渴望来到了寒暄书院。

"戈多究竟是谁？"一位短发同学刚一走进教室，就迫不及待地大声问出了自己的疑问。

"戈多是上帝！"另一位同学嚷道。

"可是尼采早就宣布'上帝死了'！"短发同学说道。

"剧中人波卓就是戈多。"那位说"戈多是上帝"的同学又嚷了起来。

"波卓是世俗人眼中的戈多，是理想戈多的化身。"贝克特老师也参与到这场争论中，他总觉得和这群年轻的孩子们一起学习，好像自己也年轻了许多。

"咦？老师您是作者，您应该知道戈多是谁吧？"同学们一同问道。

贝克特老师两手一摊，苦笑着说道："我要是知道，早就在戏里写出来了。但我知道的是，无论戈多是谁，他都会给剧中人带来希望。戈多是不幸的人对未来生活的呼唤和向往，也就是人们对明天的希望和憧憬。"（如图15-4所示）

图15-4　贝克特式荒诞世界

"我所构建的荒诞世界从不缺少等待和希望这样的主题。为什么等呢？因为希望即使今天不来，明天也一定会来！"贝克特老师继续说道。

"老师您不愿意将痛苦的人类推入绝望的深渊，于是在无望之中给人留下一道希望之光，这是存在主义中的人道主义思想？"那位短发的同学问道。

贝克特老师并没有回答，而是对这位同学竖起了大拇指，以示认同。

"今天仍然以《等待戈多》为例，我们接着聊一聊荒诞世界的艺术特征，你们谁先来说一说？"贝克特老师问道。

蒋兰兰勇敢地举起手，一旁的顾姓兄妹用眼神给予她鼓励，贝克特见状，笑着说道："那就蒋兰兰同学先来。"

　　"荒诞文学的特征之一是缺乏故事性，在情节上，《等待戈多》没有故事的开端、高潮和结尾，直接截取主题镜头的两幕剧。在内容上，《等待戈多》也没有交待两个流浪汉从哪里来，为何要等待戈多，而是抓住人物的小动作：脱下靴子，往里看看，伸手摸摸又穿上，抖抖帽子，在顶上敲敲，往帽子里吹吹又戴上，看似充满滑稽与无聊的动作，却能看出老师您是一个特别懂生活的人，因为只有一个热爱生活的人才能够将生活中每一个无聊的细节刻画得如此细腻，让观众不断地反思回味。"

　　"很好，还有补充吗，顾悠同学？"贝克特老师看着顾悠说道。

　　"还有戏剧的语言也很荒诞，人物对话、独白都充满荒诞性。比如，一开场两个流浪汉各自喃喃述说自己的痛苦，驴唇不对马嘴。被主人唤作'猪'的幸运儿，突然激愤地演讲，不带标点的连篇累牍，使人不知所云。这也表明在这个非理性化、非人化的世界里，人已失去其本质，没有了自由意志，没有了思想人格，他们的语言就应当如此机械化。有时人物语言也偶显哲理，流露出人物在荒诞世界与痛苦人生之中的真实感受。"顾悠回答道。

　　顾悠话音刚落，顾玄主动站起来，继续从哲学角度补充道："西方世界自启蒙运动后开始发掘对人的价值的思考，'我思故我在'是那个时代最响亮的口号。文艺复兴打破了宗教对人的桎梏，宗教戏剧也淡出人们的视野。二元论的思维方式虽在此时尚未形成科学的理论，但伏尔泰、康德等启蒙运动思想家都指出，人之为人的重要性在于'理性''天赋人权'，所以18世纪的西方文学创作多数基于理性和思辨。"

　　贝克特欣慰地点了点头，又接着顾玄的话给同学们做了进一步的拓展和延伸："存在主义诞生于二元论瓦解之前，任何理性和思辨都没能阻止人类毁灭自己。在人类世界经历了最大的浩劫之后，人类自己也在进行理性回溯。他们终于发现只重视思辨会导致忽视内心。于是，人之为人的根本属性以及内在的自然感知力在现代主义作家的写作中被重新重视起来。"

第十六章
马尔克斯主讲
"魔幻现实主义"

本章通过四个小节讲述马尔克斯与魔幻现实这一文学主题的相关内容。在本章中，我们将看到马尔克斯笔下的拉丁美洲是什么样子，也会顺着马尔克斯的文字从魔幻现实主义文学出发，体会拉丁美洲不一样的"孤独"。

加夫列尔·加西亚·马尔克斯（Gabriel García Márquez，1927年3月6日—2014年4月17日）

拉丁美洲魔幻现实主义文学代表人物，20世纪最具影响力的作家之一，生于哥伦比亚的马尔克斯，早年曾担任报社记者，在1982年获得诺贝尔文学奖后依然笔耕不辍，代表作品有《百年孤独》《家长的没落》《一桩事先张扬的凶杀案》《霍乱时期的爱情》等。

第一节　魔幻现实主义文学是什么

"大家好，我是马尔克斯。"马尔克斯老师简短的一句自我介绍就赢得了同学们的热烈欢呼。

"同学们这么激动，是因为喜欢看我的书吗？"马尔克斯老师嘴角上扬，眯着笑眼问道。

蒋兰兰挥舞着手中的《百年孤独》，大声喊着："书和人都喜欢，都崇拜！"要不是顾悠在旁边拉着，蒋兰兰估计能跳到桌子上。

"看到这么多同学喜欢我的书，我也很高兴，既然大家都看过，想必也是有一定的了解，咱们是开放式的课堂，大家可以畅所欲言，说自己想说的，问自己想问的。"马尔克斯老师和蔼地说道。

"都说您是魔幻现实主义文学的代表人物，这魔幻现实主义究竟是什么呢？"顾悠问道。

"这还用说吗？当然是用魔幻的、离奇的方式去反映现实啦！"没等马尔克斯老师回答，顾玄插话道。

"这些我当然知道，我想问的是更具体的内容。"顾悠不屑地回应道。

"好了，还是我来解释一下吧！"马尔克斯老师及时阻止了顾悠和顾玄的嘴皮子大战，"首先要说明的一点是，虽然大多数人认为我是魔幻现实主义作家，但我自己却并不这样认为。我笔下那些看上去魔幻的东西，其实都是拉丁美洲现实的特征。我们在生活中经常会遇到一些对属于其他文化的读者来说很神奇的事情，但对生活在拉丁美洲的我们来说，那就是这块土地上每天都在发生的现实。所以说，魔幻现实主义中的'魔幻'并不是真正的'魔幻'，而是由于文化差异所导致的理解上的差异。"

"我知道，这一点您在诺贝尔文学奖颁奖典礼上说过！"蒋兰兰兴奋地说道。

"是的，我想仍然有必要在这里再重复一遍。"马尔克斯老师继续说道，"这非同寻常的现实并非写在纸上，而是与我们共存的，并且造成拉美人民每时每刻的大量死亡，同时它也成为永不枯竭的、充满不幸与美好事物的创作源泉。隶属于这个非同寻常的魔幻现实的人很少需要求助于想象力。因为我们面临的最大的挑战是没有足够的常规手段来让人们相信我们生活的现实。"

"我们的现实生活一点也不魔幻，这种用魔幻的手法来表现现实的手法说来简单，具体又要怎样操作呢？"顾悠不解地问道。

"这个问题，我只能根据我个人的写作经验来回答你，具体来说有几个方面的内容，首先第一个就是时间和空间的构造。"马尔克斯老师说道。

"这个我知道，'多年以后，面对行刑队，奥雷里亚诺·布恩迪亚上校将会回想起父亲带他去见识冰块的那个遥远的下午。'这一经典开场所展现的就是时空构造。"痴迷于《百年孤独》的蒋兰兰小心翼翼地插了一句。

"不错，我用这句话将过去、现在和未来三个不同的时间囊括在一起，并在此后的情节开展过程中，反复持续在这三者之中穿梭，构成了一个没有尽头的时间怪圈，就像我在书中借用角色皮拉·苔列娜说出的那句话一样，'一个世纪的沉浮和经历让他明白，家族、家庭的演变如同一架运作的机器，反复是不可避免的，就像那一只轮子若没有无可挽回的磨损而需要更换，就会一直不停歇地转动下去'。在这种时间循环里，人的存在就显得格外渺小，属于人的一些东西如名字、行为也在重复着，这种重复毫无意义，但没有人能够逃避，这便是一种现实之中的魔幻。"马尔克斯老师解释道。

"我很喜欢这种时间循环或停滞的感觉，在《没有人给他写信的上校》中，风烛残年的老上校一次次遥遥无期的等候，不断循环的无力感更加能衬托出老人的孤独。《伊萨贝尔在马孔多观雨时的独白》中无休止的大雨，打乱了马孔多人的时间意识——时间的概念从昨天起就弄乱了，这时也彻底消失了，停滞的时间，木讷的人，在庞大的雨幕下，孤独感呼之欲出。"邢凯附和道。

"老师，您对时间循环或停滞的构思是怎么形成的呢？或者说灵感从何而来？"顾悠适时提出了问题。

"你们可能不知道，很久以前，南美的古印第安人会在夏季通过对昴星团的观测，来确定第二年的收成。那时起，他们就已经洞察了星星、雨水、收成之间的关系，并因此通过昼夜循环、四季更替建立起一种与之对应的时间观。他们认为时间是循环的或者停滞的，后来的岁月里，拉丁美洲几经变迁，但即使遭到了外来文明的入侵，这种对时间循环、停滞的幻觉依然保留了下来。童年的时候，我就是在两种时间观的交错下成长的，一个来自外祖父，代表着停滞、静止；另一个来自外祖母，代表着循环、永恒。我在作品中展现的便是这两种时间观的运用。"马尔克斯老师解释道。

"哦，原来如此。"顾悠恍然大悟。

"当然，除了上述通过环境、事件来达到时空交错的目的外，还可以通过独特的视角来实现这一点。从创作《枯枝败叶》开始，我就通过三种身份和三种视角讲述了马孔多一家三代人的命运兴衰，并在此过程中插入了马孔多小镇 30 年变迁的历史。三代人不同的第一视角，使得小说中的时空变换交错，场景、事件、人物都有了不同感觉、不同角度的多方位呈现，极大地扩增了小说的容量和内涵。这也是马孔多作为地标第一次出现在我的作品中。从写《枯枝败叶》的那一刻起，我所要做的唯一一件事，便是成为这个世界上最好的作家，没有人可以阻拦我。"马尔克斯老师继续说着。

"老师的志向真的伟大，我们也应该向您一样立长志，而不是常立志。一千个读者眼中就有一千个哈姆雷特，同一事物站在不同的角度去看，所呈现的样子可能都是不同的，这也让我想起了小时候学过的一篇课文《画杨桃》。"蒋兰兰举了个例子。

"不过，我觉得这种叙述方式的重点应该在于，如何让多个角度的内容达到不断重复、交错的混乱效果，穿插的时机很重要，如果每个人都各说各的，一气呵成，这种感觉也就没有了。"顾玄补充道。

"嗯，顾玄说得没错，并不是三个人各自把自己看到的事情从头到尾讲一遍这么简单，几个人的讲述要穿插进行、交织进行。"马尔克斯老师肯定了顾玄的观点。

"接下来我来谈谈本人小说的第二个特点，即离奇的事物和荒诞的情节。既然是魔幻，当然要有奇幻的事物，比如从棺材里死而复生的人，长着猪尾巴的孩子，拥有一对巨大翅膀的老人，少女变身成蜘蛛，病人的伤口里长出向日葵，等等。"马尔克斯老师顺着自己的思路继续说道。

"大作家的想象力就是这么天马行空。"顾悠感慨道。

"并不只是因为我想象力丰富，别忘了我曾经说过，现实世界才是荒诞的源头，我能想到这些离奇的事、物、场景，都要归功于奇特的生活。就拿《百年孤独》里面的离奇情节来说，那个爱吃土的小姑娘雷贝卡就是我喜欢啃泥巴的妹妹的写照；学徒工毛里西奥身边出现的神秘蝴蝶，则是我年少时的真实经历；还有长着猪尾巴的小孩，现实中我不止一次听过这样的报道。"马尔克斯老师解释道。

"有时魔幻非但不虚构还很写实呢，只不过是把生活离奇的一面集中表现放大了。"顾悠补充道。

"没错！不过有时候，为了凸显想要表达的意思，我也会故意将某些情节夸张化，写得不合情理。"马尔克斯老师笑着说道。

还没等马尔克斯老师讲述第三点内容，下课的铃声便响了起来，大家只好压抑下自己的好奇，期待下一节课的到来。

第二节　魔幻现实与文学象征

"上节课的问题，由于我时间安排得不够合理，没有讲完，只能占用这节课一些时间了。"马尔克斯老师有些抱歉地说道。

"没关系，只要是您，讲什么我们都愿意听。"经过这么几天的听课和阅读，顾悠也化身为马尔克斯老师的超级粉丝，和蒋兰兰在一块就像两只小麻雀叽叽喳喳，一刻也不闲着。

"那么接下来，咱们接着说第三个特征——象征手法，这其实跟第二个方面是有一定联系的，很多离奇的事物都具备象征意义，这样的象征更加重了魔幻主义色彩。"马尔克斯老师说道。（如图 16-1 所示）

时间和空间构造

离奇的事物和荒诞的情节

象征手法

图 16-1　以魔幻表达现实

"您似乎很喜欢用黄色来象征死亡，比如'布恩迪亚逝去的时候，天上下起了黄花雨'这一表述。"邢凯说道。

"没错，但我在作品中所用的象征手法还不止于此。我写马孔多人患上了失眠症，在习惯了昼夜不眠后又得了健忘症，他们会逐渐忘掉童年、忘掉过去，甚至忘记自己，就是为了表现拉美人止步于当下，不念过去，也不求进取，所以才会无法逃出循环往复的苦难。我写到蕾梅黛丝纯真美丽、宽容善良，所有对她有非分之想的人都会发生意外，所象征的正是那不可亵渎的神圣的美，也正因为太过美好，所以她无法长久地留存在世间，这也从侧面反映了现实的污浊不堪。"马尔克斯老师激动地说道。

"您的作品中好像经常会出现'马孔多'这个地名，它是不是也象征着些什么呢？"顾悠问道。

"马孔多……马孔多。"马尔克斯老师嘴里念叨着，似乎是回想起了什么往事，转而说道，"马孔多这个名字，是我和母亲到我的出生地阿拉卡塔卡去的时候，偶然间想到的，但我不想说马孔多就是阿拉卡塔卡。此外，我的童年是在一个叫作苏克雷的小镇度过的，在那里我接受了来自外祖母的第一手创作素材，也有过很多难忘的时光，后来我开始写作后，便把这座小镇用一个虚构的名字用在了作品中，马孔多具备苏克雷的某些特征，但也并不完全就是苏克雷。这两个小镇都无法给予马孔多足够的意义，很多时候，我都是把它当作一个光怪陆离的精神世界以代表整个拉丁美洲，用它承载各种离奇荒诞的人和事，尽情地表达孤独的主题。"（如图 16-2 所示）

图 16-2　耐人寻味的"马孔多"

"看得出您在塑造'马孔多'这个地方时，倾注了很多个人情感在其中。"邢凯应和道。

"落后、贫穷、封闭、边缘化，缺乏文明的滋养，这就是马孔多，生活于其中的人，通常也是愚昧无知、目光短浅的，和现实中拉丁美洲的过去如出一辙。但在这样一个虚构的世界里，又发生了很多奇怪的虚幻的事情，于是我便可以把几百年的历史都浓缩在一处，鲜明地展现出漫长的孤独，从这个角度看它就是拉丁美洲的缩影。"马尔克斯老师继续说道。

"与其说马孔多是一个象征性的意象，倒不如说它是杂糅了所有孤独意象的载体。"蒋兰兰跟着老师的思路说出了自己的看法。

　　"没错，除此之外，马孔多还有一个作用，刚才顾悠说，我的作品中经常会出现马孔多。的确如此，我的很多作品中的人都生活在马孔多，大家在看的时候不免会产生一种错乱的感觉。所有人都是马孔多的居民，而他们彼此之间都存在一层隔膜，但无形中也把这些文本统一在了一个巨大的框架之中，形成了一个整体。"马尔克斯老师解释道。

　　"啊，还有这种作用呢！"顾悠恍然大悟之余还有些惊讶。

　　"生活在马孔多中的人，他们期盼美好的生活，但同时被根深蒂固的陋习和落后守旧的思想左右，不对过去进行反思，也不向未来前行，拒绝新事物。他们想以这样一种自以为是的方式反抗孤独，但却始终无法从孤独的泥沼中挣脱出来，一代又一代，最终像布恩迪亚第六代时那样，被一阵飓风席卷一空，连带着那个承载着他们一切的马孔多都化为了乌有。"马尔克斯老师解释道。

　　"马孔多消失了，但孤独却从未减弱。"蒋兰兰说道。

　　"是的，马孔多消失了，但孤独却仍然存在，世界上的每个角落都有它的影子，而这些承载着孤独的地方都可以是马孔多。从这个角度看，马孔多也是全世界的缩影，里面爱恨交加，美好与丑陋并存，无知的人成群结队，远见者总不被理解。如果现实世界的人也像布恩迪亚家族那样发展下去，孤独就会无限放大，最终世界也会像马孔多一样从地球上消失。"马尔克斯老师继续说道。

　　一直没有作声、专心听讲的邢凯不由感叹道："一个虚构的小镇居然有这么多内涵，真是耐人寻味！"

　　"最后，关于魔幻现实主义，我再做一个总结。"马尔克斯老师深有感触地说道，"虽然我一直在强调拉丁美洲的消极状态，控诉它的封闭落后、愚昧无知，但我对它仍是无比热爱和崇敬的，我个人以及我所作的文学都是在它的影响和哺育之下成长起来的。拉丁美洲也曾是人类文化的摇篮之一，令人叹为观止的玛雅文明就诞生在这片土地上。现代的气息和远古的味道、科学和迷信、高楼大厦和原始密林都在这里交织，这里的每一寸土地都充满着神奇魔幻的色彩，它的日常告诉我们，魔幻和现实本就是一体的。造成拉丁美洲贫穷落后的原因既有我们自己不思进取的因素，更多是因为殖民者的疯狂掠夺对其造成的巨大影响。"

第三节　拉丁美洲的特殊文学主题

"老师，您的作品为什么都离不开'孤独'呢？您对孤独的理解究竟是怎样的呢？"马尔克斯老师刚一站定，课堂中便有学生问道。

"既然你上来就给我出这么个'难题'，那我先要考考你，你说的'都'具体指什么？"马尔克斯老师又把问题抛了回去。

提问的学生是一个瘦瘦高高看起来很腼腆的男生，他显然是马尔克斯老师的忠实书迷，听到老师的反问，不慌不忙地站起来说道："其实我看得也并不深入，就简单说一下吧，有不对的地方希望老师批评指正。"

马尔克斯老师点点头，示意他继续说下去。

"在老师的第一部作品《枯枝败叶》中，'孤独'已经初露头角，它的主人公并不是三个故事讲述者——祖父、妈妈和小男孩，而是那个在他们口中备受谴责的大夫。这大夫是中途来到马孔多小镇的，他没有名字，也没有人知道他从哪里来。他大多时候都把自己关在房间里，无所事事，身为医生却对他人的生死异常冷漠，这也招致了小镇居民对他的排斥和厌恶。他并未给马孔多小镇带来什么像样的故事或做出什么贡献，反而在他到来后，小镇越发衰败，他的存在似乎毫无用处，就是为了等待死亡，孤独感自始至终都围绕着他。"男生细声细语地说道。

"很多人读了《没有人给他写信的上校》这本书后，会觉得没意思或者不知所云，其实我认为，老师的目的就是想要表达那种周而复始地在没有意义的希望与失望中徘徊的孤独感。70多岁的老上校为了一份退伍金，56年间一次次满怀希望地奔向邮局，又一次次地失望而归，但是他一直没有放弃，生活也因此变得越发穷困，而他却只能在无奈中孤立无援地等待着，这种等待恰恰就是孤独的最直接体现。"男生又说道。

"《恶时辰》中的小镇镇长，因为一起杀人事件亲自投身调查中，却没有人相信他，因而他总是孤零零地游走在小镇有线索的地方、办公室和家之间，在忙碌和彷徨中穿梭，饱受着权力带来的孤独感。"男生说完长舒一口气，稍稍停顿了一下。

"这哥们够厉害的啊，真是做足了功课。"听着人家这般侃侃而谈，顾玄不由羡慕道。

顾悠撇撇嘴说道："人家那是日积月累，水到渠成，你以为都像你一样临时抱佛脚？"

"嘘，先听这位同学说。"马尔克斯老师做出了一个"噤声"的手势。

"当然了，把孤独刻画得最为深刻的还是《百年孤独》，有人说《枯枝败叶》是暴风雨到来的前奏，而《百年孤独》便是那场暴风雨。《百年孤独》中几乎每一个角色甚至他们所生活的地方都有孤独存在，这是一场关于孤独的狂欢。布恩迪亚家族中的孤独者们则很好地诠释了这三种孤独，神灵有着伟大的灵魂和包容一切的胸怀，但他无法将这种大智慧带来的快乐分享给他人；猛兽充满力量但无法摆脱愚昧和冲动，因而不能和身边的一切友好相处；哲学家拥有真理但因为特立独行而不易被人理解。"男生继续说道。（如图 16-3 所示）

图 16-3　深刻而本质的孤独

"不得不说，你真的是很认真地去看并思考了这些内容。"马尔克斯老师赞许地说道。

"比起老师作品的宏大内涵，我所说的连冰山一角都算不上。《百年孤独》之后的作品中，如《蓝狗的眼睛》《一桩事先张扬的凶杀案》《霍乱时期的爱情》《梦中的欢快葬礼和十二个异乡故事》等，都无一例外地散发着孤独的味道，梦境中的孤独、爱情中的孤独、困境中的孤独、死亡的孤独、权力的孤独、不谙人事的孤独……各种各样的孤独都在老师的笔下获得了丰富的内涵。"听到了老师的赞赏，男生又说了起来。

"这么多？老师你怎么这么钟情于写孤独呢？"没有看过这些书的顾悠也好奇道。

"下面就轮到我来回答问题了。"马尔克斯老师自信一笑，"我为什么一直在写孤独呢？我所表达的孤独，并非单纯个人的心理情感，更是一个家族、一个小镇、一个民族的状态。1982 年时，我曾做过一次演讲，其中就详细说到了我所理解的孤独……"

"我知道，是那篇《拉丁美洲的孤独》，很有名的。"蒋兰兰抢答道。

"是啊，拉丁美洲的孤独，我们的孤独，它从何而来？纵观历史，曾经的拉丁美洲独自处于一片瀚海之中，封闭落后，那时候它无疑是孤独的。但当它被迫打开大门后，孤独非但没有消减，反而更严重了。"说到这里，马尔克斯老师的表情发生了一些变化。

"在随麦哲伦环球航行的佛罗伦萨水手安东尼奥·皮加费塔将在南美洲的所见所闻记录在册之后，欧洲的史学家们留下了更惊人数量的关于拉丁美洲的文献，其中记载了数不胜数的奇异事物，那里更有一个令人垂涎的黄金国，为了寻找这个梦幻国度，多少传奇的人物都趋之若鹜地踏上了拉丁美洲的大地，将拉丁美洲的本土居民带入了灾难。"马尔克斯老师略显伤感地说道。

"可人们对钱财名利的疯狂又怎么会轻易消减？大西洋的浪涛也无法遏制人们对金钱无尽的想象，当那些亦真亦幻的新闻涌入欧洲人的头脑时，这片广袤的土地上诞生了一个个的殖民英雄，铸造了一段段传奇，但生活在这块广袤大地上的人们，却从未获得过片刻的安宁——殖民、饥荒、战乱、瘟疫、独裁……拉丁美洲从形式上刚摆脱西班牙和葡萄牙的统治，旋即又被美国当成了自己的后花园。这里的噩梦从未中断，而我们的孤独就来源于这匪夷所思、充斥着残酷的现实。"马尔克斯老师以这段话结束了这堂课的讲述。

第四节　文学中的孤独与人的孤独

"老师，您上节课说的那段话，我回去想了想还是不明白，能不能再解释一下呢？"马尔克斯老师刚走进教室，顾悠就赶紧追问道。

"不着急，听我慢慢说。"马尔克斯老师慢悠悠地说道，"现实的一切都是孤独产生的源泉，无知会造成孤独，自私会造成孤独，竞争与比较同样会造成孤独……而贫穷更是一种孤独，是孤独中最刻骨铭心的一种——甚至可以使一个落后的民族沉沦或枯萎。我们所处的生活是荒谬的、残酷的，但没有很多人相信，就算用生动的语言、细腻的笔触勾勒出来，西方人也无法感同身受，甚至只会当作虚构之物。但生活的苦难因人而异，没有共同生活经历的人无法理解我们的感受，也不会明白我们的痛苦，所以当我们用西方的标准去解释现实时，只会让我们变得越来越拘束，越来越孤独。"

"对啊，我自己就是这样的状态，很多时候自己觉得感受很深刻的事情，告诉别人，他们却不以为然，还会说我太夸张了。"邢凯若有所悟地说道。

"不只你，大家普遍都会这样，那孤独到底是什么呢？"顾玄问道。

"从拉丁美洲的角度来看，它的孤独来源于没有人相信它所存在的现实，而它自己也无法掌握自己的命运。我也时常会有疑惑，为什么文学中表现的独特性可以被接受甚至得到称赞，而现实中独立自主的社会变革却不断遭受质疑甚至被全盘否决呢？历史上众多战乱与伤痛的起因便是那世世代代的不公和无休止的刁难，这便是拉丁美洲的孤独！"马尔克斯老师继续说道。

"我们可以知道孤独从何而来，但却无法真正解释清楚孤独到底是什么，至少到现在为止我自己还没有明确的答案。我只能说，它是一种异乎寻常的现实，一种每分钟都发生在世界范围内的实验，它无处不在。"马尔克斯老师解释道。

"那孤独有没有什么缓解之法呢？"蒋兰兰问道。

"当我们尽力去了解孤独，逐渐意识到它所带来的危害时，孤独就会变得渺小，至少不会太可怕。说到缓解之法，我想还是要回归现实，采取行之有效的措施改善现实中产生孤独的生活状态，是缓解孤独的最佳方法。"马尔克斯老师说道。

"如此说来，放到个人身上，缓解之法就是如果某件事让自己感到孤独，那就不去做或者改变做这件事情的方式，如果现实无法改变，那就改变自己的想法，但做到哪一个都不是易事，所以说孤独是无处不在、无法彻底摆脱的。"顺着马尔克斯老师的话，顾玄说出了自己的感悟。

"现实世界本身就是残酷的，但不管是一个民族还是具体到个人，面对压迫、掠夺、不公以及由此产生的孤独，我的答案是活着。瘟疫抑或洪水，饥荒抑或战乱，任凭它们多么强大，也无法削弱生命战胜死亡的信念。但我们也应该意识到，孤独是源源不断产生的，凡是阻碍人类生存和发展的因素都会令人产生孤独感，即使旧的被抵制住了，新的也会出现，而我们能做的就是勇敢地反抗，永不妥协。从某些方面来讲，人类的文明进程就是不断地反抗被冠以孤独之名的黑暗，追求光明的过程。"马尔克斯老师似乎不太认可顾玄的观点。

　　"其实，我觉得孤独并没有什么不好，为什么一定要执着于去消灭、抗拒它呢？有时候，人处于孤独的状态下，更能催生出蕴含在体内的能量，获得灵感的爆发或者思考的顿悟，适当与孤独为伴，并没有什么坏处，只要不被它淹没就好。"想不到这次顾悠居然有了自己的思考，"就拿老师您来说，您的这些著作不也都是在孤独的状态下完成的吗？而且不只是您，很多文人乃至普通人都是如此，比如中国古代诗人苏轼那句'我欲乘风归去，又恐琼楼玉宇，高处不胜寒'，李白的'相看两不厌，只有敬亭山'，柳宗元的'孤舟蓑笠翁，独钓寒江雪'……这些名句名篇都是在孤独中书写的对孤独的品味。"

　　"嗯……"马尔克斯老师思索片刻后说道，"文学中的孤独千姿百态，生活中的孤独也是如此，不被孤独淹没不也就意味着反抗吗？要知道，无须刻意躲避，孤独时刻就在我们身边。"